KB166520

모든 것이 산산이 부서지다

Things Fall Apart

THINGS FALL APART
by Chinua Achebe

세계문학전집 171

모든 것이 산산이 부서지다

Things Fall Apart

치누아 아체베

조규형 옮김

민음사

돌고 돌아 더욱 넓은 동심원을 그려 나가
매는 주인의 말을 들을 수 없고,
모든 것이 산산이 부서지고, 중심은 힘을 잃어,
그저 혼돈만이 세상에 풀어헤쳐진다.

— W. B. 예이츠, 「재림」

차례

1부

1장

오콩코는 아홉 마을과 그 너머까지도 잘 알려져 있었다. 그는 자신의 두 손으로 건실한 업적을 쌓고 명예를 일궈 냈다. 열여덟 젊은 나이에 '고양이' 아말린제를 내던져 마을에 명예를 안겨 줬다. 아말린제는 우무오피아에서 음바이노까지를 통틀어 일곱 해 동안 져 본 적이 없는 위대한 씨름 선수였다. 그가 '고양이'라 불린 것은 그의 등이 한 번도 땅에 닿은 적이 없었기 때문이다. 바로 이 사람을 오콩코가 시합에서 내던졌는데, 노인들은 이를 두고 마을의 시조들이 황야에서 일곱 밤낮 동안 귀신과 싸운 사건에 버금가는 격렬한 사건이었다고 입을 모았다.

북과 피리 소리가 고동치는 가운데, 관중은 숨을 죽였다. 아말린제의 기술은 노련했지만, 오콩코는 물속의 고기처럼 미끈거렸다. 온 신경과 온 근육이 둘의 팔과 등과 허벅지에서 솟아올라, 마치 끊어질 정도까지 늘어나는 소리를 정말 들을 수 있을 정도였다. 막판에 오콩코는 고양이를 내던졌다.

그것은 오래전, 이십 년 혹은 그보다 더 오래전이었고, 이후 오콩코의 명성은 하마탄[1] 속의 산불처럼 커져 나갔다. 그는 덩치가 컸고, 진한 눈썹과 넓은 코로 험상궂어 보였다. 숨소리는 항상 거칠어, 잠잘 때도 별채의 부인들과 아이들마저 들을 수 있을 정도였다. 걸을 때면, 뒤꿈치로 땅을 세게 밟는 모습이 마치 용수철을 밟고서 누군가를 덮치려는 듯이 보였다. 그가 꽤나 자주 사람들을 덮친 것도 사실이었다. 그는 말을 약간 더듬었으며 화가 나 말이 따라가지 못할 때면 주먹을 쓰곤 했다. 그는 성공하지 못한 사람을 참지 못했다. 자신의 아버지에 대해서도 인내심이 없었다.

그의 아버지 우노카는 십 년 전에 세상을 떠났다. 생전에 아버지는 게으르고 대충대충 사는 사람인 데다가 내일이라는 것과는 무관했다. 극히 드문 경우지만 돈이라도 조금 생길라치면, 즉시 야자주 한 통을 사 이웃을 불러 흥청망청 놀았다. 죽은 사람의 입에서는 생전에 가진 것을 다 먹지 못한 후회가 엿보인다고 항상 말하는 아버지였다. 물론 모든 이웃에게 작게는 몇 푼에서부터 크게는 상당한 빚이 있었다.

우노카는 키가 컸지만 비썩 마른 데다 등이 살짝 굽었다.

---

1) 아프리카 중부 사하라 사막에서 발생하는 모래 바람. 하마탄이 심하면 기온이 내려가기도 한다.

술을 마시거나 피리 불 때를 빼면 항상 수척하고 을씨년스러운 표정이었다. 그는 피리를 매우 잘 불었는데, 그에게 가장 행복한 순간은 추수가 끝난 다음 이삼 개월이 지나 마을 악사들이 화로 너머에 걸어 놨던 악기를 내릴 때였다. 우노카는 악사들과 함께 연주하곤 했는데, 그럴 때면 그의 얼굴은 행복하고 평온하게 빛을 발했다. 가끔은 다른 마을에서 우노카의 악사들과 춤추는 에구구를 초청하여 그들의 음악을 배웠다. 그들은 장터를 서넛이나 지나는 거리까지 초청을 받아 연주를 하고 대접을 받곤 했다. 우노카는 맛있는 음식과 끈끈한 우정을 좋아했으며, 우기가 끝나고 매일 아침 눈부시도록 아름다운 해가 뜨는 바로 이 계절을 사랑했다. 이 계절엔 북쪽에서 시원하고 건조한 하마탄이 불어 내려오기 때문에 덥지도 않았다. 어떤 해에는 하마탄이 매우 심했고 온통 짙은 안개가 가득했다. 그러면 노인들과 어린이들은 통나무 화로에 둘러앉아 불을 쪼였다. 우노카는 이 모든 것을 사랑했고, 건기와 함께 돌아오는 첫 솔개들을 사랑했으며, 아이들은 이들을 맞이하는 노래를 불렀다. 그는 자신의 어린 시절, 창공을 여유롭게 날아가는 솔개를 찾아 헤매던 때를 되돌아보곤 했다. 솔개 하나를 발견하면 그는 자신의 온몸으로 노래를 불러 길고 긴 여행에서 돌아온 그를 반겨 주었고, 얼마나 긴 깃털을 갖고 돌아왔는지를 물어보았다.

그것은 수년 전 그가 젊었을 때 일이었다. 어른이 된 우노카는 실패작이었다. 그는 가난하여, 처와 아이들은 근근이 먹고살았다. 사람들은 빈둥거리기만 하는 그를 비웃었고 그가 빚을 갚지 않자 더 이상 어떤 돈도 빌려주지 않기로 했다. 하지만 우노카는 항상 더 많은 돈을 빌리는 데 성공하는 그런 사람이어서, 빚은 늘어만 갔다.

어느 날 오코예라는 이웃이 그를 보러 왔다. 우노카는 집 안의 흙 침대에 기대어 피리를 불고 있었다. 그는 곧바로 일어나 오코예와 악수를 했고, 오코예는 들고 온 염소 가죽을 펼쳐 자리에 앉았다. 우노카는 안쪽 방으로 들어가더니 이내 콜라 열매와 기니 생강 그리고 백묵 덩어리가 담긴 작은 나무 쟁반을 들고 돌아왔다.

"콜라 열매가 하나 있네."

그가 이렇게 말하면서 자리에 앉은 다음, 손님에게 쟁반을 건넸다.

"고맙네. 콜라 열매를 내놓는 사람은 살맛 나게 하는 사람이지. 하지만 깨는 것은 자네가 하게."

오코예가 쟁반을 다시 주면서 대답했다.

"아니네. 자네가 하게나."

이들은 한동안 이 문제를 놓고 논쟁을 벌였지만, 이내 우노카가 콜라 열매를 깨는 영예를 받아들였다. 그동안 오코예는 백묵 덩어리를 잡더니 바닥에 선 몇 개를 그리고 엄지발가락에도 칠했다. 콜라 열매를 깨면서, 우노카는 생명과 건강을 주시고 적으로부터 보호해 주십사 조상님께 기원했다. 열매를 먹고 나서 그들은 많은 얘기를 나눴다. 얌 밭이 넘치도록 퍼부은 비에 대해, 다가오는 조상님 제사에 대해, 그리고 곧 닥칠 음바이노 마을과의 전쟁에 대해서도 얘기했다. 전쟁 이야기에 이르자 우노카는 결코 기뻐하지 않았다. 사실 그는 겁쟁이였으며 피를 보는 것을 견딜 수 없었다. 그래서 그는 화제를 바꿔 음악에 대해 얘기했고 마침내 그의 얼굴에 화기가 돌았다. 그의 마음속 귀에는 소리가 들려왔다. 나무 북 에크웨, 도자기 북 우두, 징 오게네가 내는 따뜻하고 아련한 리듬과 함께 자신의 피리 소리가 화려하고도 애달픈 선율로 어우러졌다. 전반적으로는 즐겁고 활기찼지만, 피리 소리가 올라가고 내려가면서 한 소절이 될 때엔 슬픔과 고뇌가 담겼다.

오코예 또한 연주자였다. 그는 오게네를 연주했다. 하지만 그는 우노카와 달리 실패자는 아니었다. 그의 큰 곳간은 얌으로 가득했고, 부인은 셋이었다. 그리고 이제 그는 마을에서 세 번째로 높은 이데밀리 칭호를 받을 예정이었다. 축하연에는 많은 비용이 들 것이고, 그는 자신의 재산을 추스르고 있었다. 이것이 사실 그가 우노카를 보러 온 이유였다. 그는 헛기침을 한 다음 말하기 시작했다.

“콜라 고맙네. 내가 곧 받게 될 칭호에 대해 들었으리라 믿네.”

이렇게 솔직하게 이야기한 다음, 오코예는 다음 이야기는 속담으로 말해 나갔다. 이보족은 화술을 매우 높이 평가했다. 그들에게 있어 속담은 말이 술술 먹히도록 돕는 야자유였다. 오코예의 입심은 대단해서, 에둘러 말하다가 마침내 하고자 하는 말을 하는 식으로 한참 동안이나 이야기했다. 한마디로, 우노카더러 두 해도 더 전에 빌려 간 200조가비를 돌려 달라는 것이었다. 우노카는 친구가 원하는 바를 알아듣자마자 너털웃음을 웃었다. 그의 웃음소리는 크고 길며, 목소리는 오게네 소리만큼이나 선명하게 울려 퍼져, 눈엔 눈물이 맺힐 정도였다. 친구는 의아해 할 말을 잃었다. 마침내 우노카가 스스럼없는 웃음 사이에 대답을 했다.

"벽을 보게나." 그가 오두막의 먼 벽을 가리키며 말했다. 벽은 황토를 발라 반짝였다. "백묵으로 그려 놓은 줄을 보게나."

오코예가 백묵으로 짧게 위아래로 그은 줄들을 쳐다보았다. 다섯 묶음이 있는데, 제일 작은 것이 열 줄이었다. 우노카는 극적 연출력 또한 있어 한동안 말을 멈췄다가 계속했다.

"한 묶음이 한 사람에게 진 빚을 표시하고, 한 줄은 100조가비네. 보다시피, 저 사람한텐 1000조가비 빚이 있다네. 그런데도 아침에 나를 찾아와 빚을 갚으라고 깨우지는 않았네. 어르신들 말씀이, 해는 무릎을 꿇고 있는 사람보다 그 앞에 서 있는 사람에게 먼저 비친다고 하지 않는가. 난 큰 빚부터 먼저 갚아 나갈 것이네."

그리고 마치 이로써 큰 빚을 먼저 갚은 양, 담배를 한 번 더 킁킁거렸다. 오코예는 가죽 깔판을 둘둘 말아 자리를 떴다.

우노카가 세상을 떴을 때, 그는 아무런 칭호도 받지 못했었고 많은 빚만을 남겼다. 아들인 오콩코가 아버지를 부끄러워하는 것이 뜻밖의 일인가? 다행히도 세상은 아버지가 아니라 본인의 가치에 따라 사람을 판단하였다. 분명 오콩코는 큰 일을 할 재목이었다. 그는 어린 나이에 아홉 마을을 아우르는 씨름 왕의 영예를 얻었다. 부자였고, 곳간 둘이 얌으로 가득했으며, 이제 막 세 번째 부인도 얻었다. 게다가 칭호도 둘을 갖게 되었고 다른 부족과 싸운 두 번의 전쟁에서 믿을 수 없는 용기를 보여 주었다. 그러므로 오콩코는 아직 젊지만 이미 당대의 가장 훌륭한 사람 가운데 들었다. 사람들은 나이에 걸맞게 존경을 받지만, 업적 또한 존경의 대상이었다. 노인들이 이야기하길, 어린이도 손을 씻으면 왕과 함께 식사할 수 있는 것이었다. 오콩코는 분명 자신의 손을 깨끗이 씻었고 그래서 왕과 어른들과 함께 식사를 했다. 그리고 이웃이 전쟁과 살육을 피하기 위해 우무오피아 마을에 그 운명을 맡긴 소년을 오콩코가 돌보게 된 이유도 여기에 있었다. 이 불운한 소년의 이름은 이케메푸나였다.

2장

오콩코가 막 야자유 등잔을 끄고 대나무 침상에 편히 눕자마자 마을의 알림꾼이 두드리는 오게네 소리가 고요한 밤하늘을 갈랐다. 공, 공, 공, 공, 속이 빈 징이 울렸다. 알림꾼은 메시지를 전하고는, 말이 끝나자 다시 징을 울리기 시작했다. 모든 우무오피아 남자들은 내일 아침 장터에 모여야 한다는 것이었다. 오콩코는 뭐가 잘못되었는지 궁금했다. 뭔가 잘못됐다는 것만은 분명했기 때문이었다. 알림꾼의 목소리에서 어떤 또렷한 비극적 울림을 직감할 수 있었는데, 소리가 차차 희미해질 때까지도 느껴졌다.

밤은 유난히 조용했다. 달빛이 비치는 밤을 빼면 마을은 항상 조용했다. 어둠은 사람들에게, 가장 용맹스러운 사람들에게도 막연한 두려움을 안겨주었다. 아이들은 사악한 귀신이 두려워 휘파람을 불지 못했다. 위험한 동물들은 어둠 속에서 더욱 사악하고 기이한 것이 되었다. 밤에는 '뱀'이라는 말을 입 밖에 내지 않았다. 혹시 뱀이 들을 수도 있어서, 그냥 끈이라 불렀다. 알림꾼의 목소리가 점차 멀리 흩어지는 오늘 같은 밤은, 숲 속에서 셀 수 없이 많은 벌레들의 울음소리가 한층 격렬하고 활기차게 들리는 정적을 되찾았다.

달빛이 있는 밤은 달랐다. 들판에서 노는 아이들의 밝은 목소리가 들리곤 했다. 아마 더 나이 든 이들은 집에서 짝을 지어 놀며, 자신들의 젊은 시절을 떠올릴 것이다. 그래서 이보 속담에 "달이 뜨면 절름발이도 걷고 싶어 안달이 난다."라는 말이 있었다.

하지만 이날 밤은 어둡고 조용했다. 우무오피아 아홉 마을 전체에서 알림꾼이 징을 두드리며 내일 모든 남자들이 참석하도록 외쳐 댔다. 침상 위의 오콩코는 급한 일이 무엇인지 궁금했다. 이웃 부족과의 전쟁인가? 그럴 것 같지는 않았고, 전쟁이라 해도 두렵지 않았다. 그는 행동하는 남자였고, 전쟁하는 남자였다. 아버지와 달리 피를 두려워하지 않았다. 우무오피아가 가장 최근에 벌인 전쟁에서 그는 적의 머리를 따 온 첫 전사였다. 마을 유명 인사의 장례식과 같은 중요한 행사에서 그는 이 머리에 야자주를 부어 마시곤 했다.

아침에 장터는 가득했다. 한 만 명 정도는 되는 남자들이 모여 낮은 목소리로 말을 나누고 있었다. 마침내 오그부에피 에제우고가 군중 가운데 일어나 "우무오피아 크웨누."를 네 번 외쳤다. 한 방향에 한 번씩 네 방향으로 돌면서 불끈 쥔 주먹을 하늘로 흔드는 것 같았다. 매번 만 명의 남자들은 "야아!" 하고 응답하였다. 그러고는 완벽한 정적이 뒤따랐다. 오그부에피 에제우고는 대단한 웅변가였고 이런 경우 항상 그가 연설을 했다. 그는 백발의 머리 위로 손을 흔들고 하얀 수염을 가다듬었다. 그런 다음 오른쪽 겨드랑이에서 왼쪽 어깨로 걸친 옷매무새를 가다듬었다.

"우무오피아 크웨누."라고 그가 다섯 번째로 외치자, 군중이 소리 높이 화답하였다. 이윽고 갑자기 신이 들린 듯 그는 왼손을 번쩍 들어 음바이노 쪽을 가리키면서 하얗게 빛나는 이를 굳게 다물고는 말했다.

"저 무지한 짐승의 아들들이 감히 우무오피아의 딸을 죽였다."

그가 억누른 분노 속에 고개를 숙이고 이를 갈면서 중얼거리는 소리가 관중을 엄습했다. 다시 그가 말하기 시작했을 때, 안면의 분노는 가시고 대신 그 자리에 어떤 미소가 보였는데 분노보다 더 끔찍하고 불길했다. 분명하고도 감정이 배제된 목소리로 그는 우무오피아 사람들에게, 음바이노의 시장에 간 그들의 딸이 어떻게 죽었는지를 설명하였다. 에제우고는 가까이에서 머리를 숙이고 앉아 있는 오그부에피 우도를 가리키면서, 죽은 여자가 그의 아내였다고 말했다. 그러자 관중은 분노로 피가 끓어 소리를 질렀다.

다른 많은 남자들이 연설을 했고, 마침내 항상 해 온 바대로 행동을 취하기로 결정하였다. 최후통첩을 즉각 음바이노에 전달하고 청년과 처녀 각각 한 명을 배상으로 보내는 것과 전쟁 중 하나를 택하도록 요구했다.

우무오피아는 모든 이웃들이 두려워하는 부족이었다. 그들은 전쟁과 주술 모두에 능했고, 부족의 무당들과 주술사들은 주변 마을 모두가 두려워했다. 그들의 가장 무서운 전쟁 주술사는 부족만큼이나 오래되었다. 어느 누구도 얼마나 오래되었는지 모른다. 하지만 모두가 동의하는 것이 있었는데, 이러한 주술을 부리는 존재는 다리가 하나인 노파라는 것이다. 사실 주술사는 바로 아가디은와이, 즉 노파라 불렸다. 우무오피아 한가운데 공터에 노파의 신전이 있었다. 해가 진 이후 신전 앞을 지나는 바보 같은 짓을 하는 경우 노파가 껑충껑충 뛰어다니는 것을 볼 수 있었다.

이런 일들을 당연히 알고 있는 주변 부족들은 우무오피아를 무서워했으며, 이들을 상대로 한 전쟁보다는 우선 평화적 타결책을 찾고자 했다. 그리고 경우가 분명하고도 정당해 산과 동굴의 신이 승낙할 때 등에만 우무오피아가 전쟁에 돌입했다는 것 또한 여기에서 분명히 기록해야 할 점이다. 실제로 신탁이 우무오피아를 전쟁에 나가지 못하도록 한 경우도 있었다. 만약 그들이 신탁을 어긴다면 질 것이 분명했는데, 그들이 두려워하는 아가디은와이는 이보가 '수치스러운 싸움'이라 부르는 전쟁은 안 할 것이기 때문이었다.

하지만 지금 닥쳐올지도 모를 전쟁은 정당한 것이었다. 상대 부족조차도 그것을 알고 있었다. 그래서 우무오피아의 오콩코가 전쟁 사절로서 당당하고도 위엄 있게 음바이노에 도착했을 때, 그는 엄격한 예의와 존경 속에 받아들여졌고, 이틀 후 열다섯 살 난 남자아이 하나와 젊은 처녀 하나를 데리고 마을로 돌아왔다. 이 남자아이의 이름은 이케메푸나였는데, 그의 슬픈 이야기는 아직까지도 우무오피아에서 회자되고 있다.

어르신들 즉 은디치에는 오콩코가 수행한 임무에 대해 보고를 듣기 위해 모였다. 여기에서 그들은 모두가 예상하는 바와 같이, 오그부에피 우도에게 소녀를 줘서 죽은 부인을 대신하도록 결정했다. 소년은 부족 전체에 속한 존재이므로, 그의 운명을 서둘러 결정할 필요가 없었다. 그래서 오콩코가 부족 전체를 대신해 한동안 그를 돌보도록 했다. 이에 따라 이후 세 해 동안 이케메푸나는 오콩코의 집에서 살았다.

* * *

오콩코의 집안 단속은 엄격하였다. 부인들, 특히 젊은 부인은 그의 불같은 성격을 항상 무서워했고, 아이들 또한 마찬가지였다. 아마 오콩코가 가슴 저 밑바닥까지 가차 없는 사람은 아니었으리라. 하지만 그는 평생 어떤 두려움 속에 살았는데, 그것은 실패와 유약함에 대한 두려움이었다. 그것은 악과 변덕스러운 신 그리고 주술에 대한 두려움, 숲에 대한 두려움, 잔혹함으로 눈이 벌건 자연의 힘에 대한 두려움보다도 한층 더 컸고 뿌리가 깊었다. 그 두려움은 외적인 것이 아니라 내면의 것이었다. 그것은 스스로에 대한 두려움, 즉 그가 아버지를 닮은 것같이 보이게 될지 모른다는 두려움이었다. 아주 어린 시절에도 그는 아버지의 실패와 유약함을 원망했으며, 같이 놀던 친구가 자기 아버지를 아그발라라고 흉보았을 때 느꼈던 수모를 오늘날까지도 기억하고 있다. 아그발라가 여자를 가리키는 것만이 아니라 아무런 칭호도 없는 남자를 가리킨다는 것을 오콩코가 알게 된 것은 바로 그때였다. 그래서 오콩코는 아버지 우노카가 사랑했던 모든 것을 증오하는 감정에 지배받게 되었다. 그 하나가 친절함이었고 또 다른 하나가 게으름이었다.

씨 뿌리는 철이면 오콩코는 매일, 첫닭이 울 때부터 다시 닭장으로 들어갈 때까지 농사일을 하였다. 그는 강인하여 피로를 모르는 남자였다. 하지만 그의 부인들과 자식들은 그렇게 튼튼하지만은 않아 이런저런 고생이 있었다. 그러나 그들은 감히 드러내 놓고 하소연을 하지 않았다. 오콩코는 열두 살이 된 큰아들 은워예의 게으른 성격을 이미 감지하고는 크게 우려했다. 적어도 아버지는 그렇게 보았고, 계속되는 잔소리와 매로 아들을 고쳐놓고자 했다. 그래서 은워예는 자라면서 침울한 표정의 청년이 되어 갔다.

오콩코 집안은 분명 크게 일어나고 있었다. 오콩코에게는 황토 담으로 둘러싸인 여러 채의 집이 있었다. 오비 즉 자신이 쓰는 안채는 황토 담에 낸 유일한 문 바로 뒤에 있었다. 그의 세 부인들은 각각 그들의 집에 기거했으며, 오비 뒤에 반달 모양으로 모여 있었다. 곳간은 황토 담 한편 구석에 있었는데, 얌 더미로 높다랗고 풍요롭게 채워져 있었다. 반대편에는 염소 우리가 있었고, 부인들 집 옆으로는 조그만 닭장들이 붙어 있었다. 곳간 근처에는 조그만 집이 있어, 오콩코가 자신의 개인신과 조상신을 상징하는 목조 상들을 모신 제실(祭室)로 썼다. 그는 이들에게 콜라 열매, 음식과 야자주로 제사를 드리고, 자신과 세 부인 그리고 여덟 아이를 위해 복을 빌었다.

* * *

우무오피아의 딸이 음바이노에서 살해되었을 때, 오콩코가 이케메푸나를 집으로 데리고 온 날 그는 첫째 부인을 불러 그를 넘겨주었다.

"우리 부족 모두의 소유인 아이네. 그러니 돌봐 주게나."

"우리와 오래 있게 되나요?"

"말한 대로 하기만 해, 이 여자야."

오콩코가 소리를 질렀다. 그러곤 "자기가 우무오피아의 은디치에라도 되는 줄 알아?"라고 중얼거렸다.

이렇게 해서 은워예의 어머니는 이케메푸나를 자신의 집으로 데려왔고 더 이상 아무런 질문도 하지 않았다.

소년으로 말하자면, 그는 참으로 겁을 먹고 있었다. 앞으로 어떻게 될지도, 자신이 어떤 처지가 될지도 알 수 없었다. 자신의 아버지가 우무오피아의 딸을 죽이는 데 가담했다는 것을 이 아이가 어떻게 알 수 있겠는가? 그가 아는 것이라곤 남자 몇이 집에 찾아와 아버지와 목소리를 낮춰 의논을 하더니만 그를 끌어내 낯선 이에게 넘겼다는 것뿐이었다. 어머니는 대성통곡을 했지만, 정작 자신은 너무 놀라 울 수도 없었다.

그런 다음 낯선 이는 자신과 또 다른 소녀를 숲속으로 난 외진 길을 따라 집으로부터 멀리, 멀리 떨어진 곳으로 데리고 왔다. 그는 그 소녀가 누구인지 몰랐고, 다시 볼 수도 없었다.

3장

오콩코에겐 많은 젊은이들이 인생에서 흔히 갖는 정도의 출발점도 없었다. 그는 아버지로부터 곳간 하나 물려받지 못했다. 물려받을 곳간이 없었던 것이다. 그의 아버지 우노카가 왜 자신에게는 항상 흉년이 드는지를 알기 위해 산과 동굴의 신을 만나러 갔던 이야기는 우무오피아의 전설이 되었다.

이 신은 아그발라라 불렸는데, 가까이는 물론 멀리 사는 사람들도 도움을 얻기 위해 찾아왔다. 이들은 불행이 닥쳤을 때 혹은 이웃과 불화가 일어났을 때 신을 찾았다. 앞으로의 운명이 어떤지 점을 치고, 돌아가신 조상님 영령에 도움을 청하기 위해서도 왔다.

신전으로 통하는 길은 산비탈의 둥근 틈으로, 닭장의 동그란 문보다 약간 큰 정도였다. 신도들과 신통력을 찾아온 이들은 배를 깔고 틈새를 기어오르면 아그발라 신이 있는 어둡고 끝이 보이지 않는 곳에 도착하게 된다. 이제껏 어느 누구도 아그발라를 본 적이 없었고, 오직 여자 무당만을 만날 수 있었다. 하지만 이 으스스한 신전으로 기어 들어온 사람들은 신의 권능에 대한 두려움에서 벗어날 수 없었다. 무당은 동굴 한가운데 피워 놓은 신성한 불 옆에 서서 신의 뜻을 전했다. 불은 훨훨 타지는 않았다. 새빨간 장작들은 무당의 어두운 모습을 어렴풋이 밝혀 주기 위한 것이었다.

가끔 남자들이 돌아가신 아버지나 친척의 영령에게 도움을 얻고자 찾아왔다. 영령이 나타나는 경우, 그 모습은 어둠 속에서 흐릿하게 보였지만 목소리는 들을 수 없었다. 어떤 사람들은 영령이 날면서 동굴 천장에 날개를 부딪는 소리를 들었다고도 한다.

여러 해 전 오콩코가 아직 소년이던 무렵, 오콩코의 아버지가 아그발라를 찾았다. 그 시절 무당은 치카라는 이름의 여자였다. 그녀는 신의 권능으로 가득했고, 그만큼 무서운 존재였다. 우노카가 무당 앞에 나와 사연을 얘기하기 시작했다.

"매년 땅에 어떤 작물이든 심기 전에 저는 모든 땅의 주인이자 신이신 아니에게 수탉 한 마리를 바쳐 왔습니다." 그가 슬픔에 잠겨 말했다. "그것이 우리 조상님들의 법이지요. 저는 또 얌의 신 이페지오쿠의 신전에도 수탉 한 마리를 바쳐 왔습니다. 수풀을 뽑고 말려 불을 질러 태웠고요. 첫 비가 오면 얌을 심고, 줄기가 나오기 시작하면 말뚝에 매어 주지요. 잡초도 뽑고……."

"그만!" 무당이 소리쳤다. 무당의 목소리는 어두운 동굴을 울릴 정도로 크고 엄했다. "신도 조상님도 거역하지 않았단 말이지. 신이나 조상님을 잘 모셨다면, 수확이 좋고 나쁜 건 본인의 팔에 달린 것. 우노카 자네의 도끼질이나 괭이질이 매가리 없다는 것은 온 마을이 아는 사실이고. 이웃들이 숲을 개간하러 도끼를 들고 나설 때, 자네는 수풀 하나 나지 않아 편하기만 한 쓸모없는 땅에 얌을 심었지. 다른 사람들은 땅을 일구기 위해 강을 일곱이나 건너는데, 자네는 집에만 남아 가망 없는 땅을 위해 제사를 지냈지. 이제 돌아가 남자답게 일하게나."

우노카는 불운한 사람이었다. 자신의 개인 신, 치가 좋지 않아 불운이 무덤까지, 사실 그는 무덤도 없었으니까 죽음까지 따라갔다. 그는 대지의 여신이 가장 혐오하는 일인 종양으로 죽었다. 위나 사지에 종양이 생긴 사람은 집 안에서 죽는 것이 허용되지 않았다. 그럴 경우 악령의 숲으로 옮겨 죽도록 했다. 어떤 고집쟁이는 집으로 기어 들어오기도 해, 다시 숲으로 옮겨져 나무에 묶이는 신세가 되었다는 이야기도 전해진다. 종양은 대지에 대한 모욕으로, 환자는 대지 아래 묻힐 수 없었다. 따라서 가매장과 최종매장 모두 허용되지 않았으므로, 땅 위에서 썩어 갈 수밖에 없었다. 그것이 우노카의 운명이었다. 사람들이 그를 숲으로 들고 가기 전에, 그는 피리를 챙겼다.

우노카와 같은 이를 아버지로 둔 오콩코는 많은 젊은이들이 누렸던 인생의 출발선이 없었다. 곳간 하나, 칭호 하나 물려받지 못했고, 젊은 아내조차도 얻지 못했다. 하지만 이런 불리함에도 그는 아버지가 살아 있는 동안에 이미 풍요로운 미래를 위한 디딤돌을 놓기 시작했다. 더디고 고통스러운 일이었다. 그러나 그는 신들린 사람처럼 혼신을 다했다. 참으로 그는 아버지가 치욕스럽게 살고 부끄럽게 죽었다는 두려움에 사로잡혀 있었다.

* * *

오콩코의 마을에는 커다란 곳간이 셋에 부인이 아홉 그리고 아이들이 삼십 명에 달하는 부자가 있었다. 이름은 은와키비에였는데, 부족에서 두 번째로 칭호가 높았다. 바로 이 사람을 오콩코가 움직여 자신의 첫 얌 종자를 얻어 냈다.

오콩코는 야자주 한 단지와 수탉 한 마리를 은와키비에에게 들고 갔다. 그의 오비에는 이웃 어르신 두 분이 와 있었고, 은와키비에의 장성한 두 아들도 있었다. 은와키비에는 콜라 열매와 기니 생강을 내놓았고, 모두가 볼 수 있도록 한 바퀴 빙 돌아 다시 자기 자리로 돌아왔다. 열매를 깨면서 그가 말했다.

"우리 모두 잘 살 수 있도록 해 주시고, 건강과 자식들, 좋은 수확과 행복을 빕니다. 모두들 이루고자 하시는 소원을 이루시고 나 역시 그렇게 되도록 빕니다. 솔개가 제자리에 앉아 있고 독수리 또한 제자리에 앉아 있는 평화가 오게 합시다. 안 그런 쪽이 있으면 녀석의 날개를 부러뜨리도록 합시다."

콜라 열매를 나눠 먹은 다음, 오콩코는 자신이 가져와 방

한쪽에 놔두었던 야자주를 사람들 가운데 내놓았다. 그는 은와키비에를 '우리 아버지'라 부르며 말을 건넸다.

"은나 아이, 제가 이 조그만 콜라를 가지고 왔습니다. 속담에 있듯이, 훌륭한 사람에게 존경을 보내는 것은 스스로 훌륭해질 수 있는 길을 닦는 것이지요. 저는 아버님께 제 존경을 표하러 왔으며 또 은혜를 내려 주십사 청하러 왔습니다. 하지만 술을 먼저 마시도록 하겠습니다."

모두가 오콩코에게 감사했고 이웃들은 가지고 온 염소 가죽 자루에서 술잔용 뿔을 꺼냈다. 은와키비에도 서까래에 매어 놓았던 자신의 잔을 내렸다. 모인 이들 가운데 가장 젊은 둘째 아들이 가운데로 나와 왼쪽 무릎에 항아리를 올려놓고 술을 따르기 시작했다. 첫 잔은 오콩코에게 갔다. 그가 다른 사람보다 먼저 맛을 봐야 했던 것이다. 그러고 나서 가장 연장자를 시작으로 모두 한 잔씩 마셨다. 모두에게 두어 잔이 돌아간 다음, 은와키비에가 부인들을 오도록 했다. 몇은 집에 없어 네 명만이 들어왔다.

"아나시는 없는가?"

그가 부인들에게 물었다. 그녀는 오는 중이라고 했다. 아나시는 첫 번째 부인으로, 다른 부인들은 그녀 다음에야 술을 마실 수 있었기에 서서 그녀를 기다렸다.

아나시는 중년으로 키가 크고 다부진 여자였다. 그녀의 몸가짐엔 권위와 위엄이 있었으며 크고 부유한 집안의 여자들을 다스리는 수장임이 모든 면에서 묻어났다. 그녀는 첫 부인만이 찰 수 있는, 남편의 칭호를 상징하는 발목 장식을 하고 있었다.

첫 부인이 남편 앞으로 걸어와 그의 잔을 받았다. 그리고 그녀는 한쪽 무릎을 꿇고 입을 적신 뒤 잔을 다시 넘겨주었다. 그녀는 일어나 남편의 이름을 부르고서 자기 집으로 돌아갔다. 다른 부인들 역시 순서대로 똑같은 방식으로 술에 입을 댄 뒤 물러났다.

그러자 남자들이 다시 술을 마시며 대화를 계속했다. 오그부에피 이디고는, 최근 갑자기 장사를 그만둔 야자주 양조상 오비아코에 대해 말했다.

"뭔가 숨기는 게 분명해." 그가 왼쪽 손등으로 수염에 묻은 술거품을 닦아 냈다. "분명 그럴 만한 이유가 있는 거지. 두꺼비가 아무런 이유 없이 대낮에 내달을 리가 있겠나."

"사람들 말이, 신이 그에게 야자나무에서 떨어져 죽을 거라고 경고했다는군."

아쿠칼리아가 설명했다.

"오비아코는 항상 이상했지." 은와키비에였다. "듣기에 수년 전 부친이 돌아가신 지 얼마 되지 않아 그가 신탁을 받으러 갔다지. 신탁이 말하길 '저승에 계신 아버지가 염소 한 마리를 바치길 원한다.' 했는데, 그가 뭐라 대답했는지 아는가? '살아 계실 때 닭 한 마리라도 있었는지 저승에 계신 아버지에게 여쭤 보세요.'"

모두들 박장대소했는데, 오콩코만은 예외였다. 그가 어색하게 웃을 수밖에 없었던 것은 노인은 격언에서 뼈다귀가 언급되면 항상 불안해한다는 속담과 같은 이치였다. 오콩코는 자신의 아버지를 떠올렸다.

마침내 술을 따르던 젊은이는 진하고도 하얀 앙금이 든 잔을 반쯤 들어 올리면서 말했다.

"이제 다 마셨군요."

"그렇군." 하고 다들 응답했다.

"마지막을 누가 드시겠는지요?"

"당장 할 일이 많은 사람이 마셔야겠지."

이디고가 큰아들 이그웰로를 향해 심술궂은 눈빛을 보내며 말했다.

모두들 이그웰로가 마지막 잔을 받아야 한다는 것에 동의했다. 그는 동생이 건넨 반쯤 찬 잔을 받아 마셨다. 이디고가 언급했듯, 이그웰로가 당장 할 일이 많은 것은 그가 한두 달 전에 첫 아내를 맞았기 때문이었다. 진한 마지막 야자주는 아내의 방에 들어갈 남자에게 좋다고 알려져 있었다.

술을 모두 마신 다음 오콩코가 은와키비에에게 자신의 고민을 털어놨다.

"도움을 구하기 위해 여기에 왔습니다. 아마도 무슨 일인지 짐작하셨겠지요. 제가 밭을 하나 일궈 놨는데 심을 얌이 없습니다. 얌을 맡겨 달라고 부탁하는 것이 어떤 일인지 저는 잘 알고 있습니다. 더구나 요즘과 같이 젊은 사람들이 열심히 일하는 것을 꺼리는 세태에서 말입니다. 저는 일을 두려워하지 않습니다. 높은 뽕나무에서 땅으로 뛰어내린 도마뱀은 아무도 칭찬을 안 하면 스스로라도 칭찬한다고 말하지요. 아직 어머니 젖을 빨 나이부터 저는 자신을 추슬러 왔습니다. 저에게 얌 종자를 조금이라도 내주신다면 결코 실망시켜 드리지 않겠습니다."

은와키비에가 헛기침을 했다.

"젊은 사람들이 날로 유약해져 가는 요즘 자네와 같은 젊은이가 있다니 참으로 기쁜 일이네. 많은 젊은이들이 얌을 달라고 왔지만 내가 거절했네. 녀석들이 얌을 그냥 땅에 쏟아 붓고는 잡초에 숨이 막히도록 내팽개쳐 둘 것을 알기 때문이지. 내가 거절을 하면 녀석들은 내가 야멸스러운 사람이라고 생각하지. 하지만 그렇지 않네. 사람이 백발백중 총을 잘 쏘니 에네케 새는 앉지 않고 나는 법을 배웠다지. 나는 얌에 대해 구두쇠가 되는 법을 배웠네. 자네는 믿을 수 있는 청년이야. 자네를 보면 알 수 있지. 조상님들이 말씀하셨듯이, 익은 옥수수는 모양새로 알 수 있네. 자네에게 얌 800을 주겠네. 농사를 잘 지어 보게."

오콩코는 그에게 여러 번 감사하고 행복하게 집으로 돌아왔다. 그는 은와키비에가 거절하지 않을 것을 알고 있었지만 이렇게까지 관대할 줄을 예상하지 못했다. 그저 사백 이상은 얻으리라 기대하지 않았던 것이다. 이제 그는 더 큰 농사를 지을 수 있었다. 그리고 그는 이시우조에 사는 아버지 친구에게 400을 더 빌릴 요량이었다.

수확을 나눠 갖는 방식은 자신의 곳간을 짓기에는 아주 느린 방법이었다. 모든 수고에도 불구하고 오직 삼분의 일만이 자신의 것이 되었다. 하지만 얌이 하나도 없는 아버지를 둔 청년에게 다른 방도는 없었다. 보잘것없는 소출로 어머니와 두 여동생을 부양해야 한다는 것이 오콩코의 사정을 더욱 딱하게 했다. 그리고 어머니를 부양한다는 것은 또 아버지를 부양한다는 것을 의미했다. 남편이 굶을 때 부인이 요리를 해 밥을 먹을 수는 없는 일이었다. 그래서 이런 방식으로 농사를 지어 곳간을 채우려고 지독하게 노력하던 이 어린 나이의 그는 아버지의 집 또한 돌봐 왔다. 구멍이 숭숭 난 커다란 자루에 옥수수를 붓는 것과 다를 바 없었다. 어머니와 여동생들도 열심히 일했지만, 어떻든 그들은 여자의 작물인 코코얌이나 콩, 카사바를 짓는 정도였다. 농작물의 왕인 얌은 남자의 작물이었다.

* * *

오콩코가 은와키비에에게 얌 종자 800을 가져온 해는 기억하기에 최악의 해였다. 모든 것이 적절한 시기에 있어주지 않아, 너무 이르거나 너무 늦었다. 세상이 미친 것 같았다. 첫 비는 늦었고, 막상 비가 내렸을 때도 잠깐 동안에 지나지 않았다. 타는 듯하는 해는 어느 때보다 더 맹렬하게 다시 나와, 비와 함께 생겨난 푸른 것들을 모두 초토화해 버렸다. 땅은 마치 뜨거운 석탄처럼 타 들어가 심은 얌 모두를 구워 버렸다. 모든 유능한 농부들이 그렇듯, 오콩코도 첫 비가 오자 종자를 심기 시작했다. 비가 그치고 햇빛이 나오자 종자 400을 심었다. 비가 올 기미가 있는지 하루 종일 하늘을 지켜보았고 밤새 잠을 자지도 못했다. 아침에는 밭으로 돌아가 타 들어가는 덩굴을 바라보았다. 여기에 두터운 사이잘삼을 둘러 주어 시들지 않도록 해 보았다. 하지만 저녁 무렵이면 사이잘삼 역시 타 들어가 버리고 말았다. 그는 매일 매일을 매달렸고, 밤비가 내리길 기원했다. 하지만 가뭄은 여덟 주가 지나도록 계속되었고 얌은 모두 죽어 버렸다.

몇몇 농사꾼들은 얌을 심지도 않았었다. 밭 정리를 항상 미루고 또 미루는 게으르고 안이한 사람들이었다. 올해는 이들이 현명한 사람이었다. 이들은 사뭇 머리를 가로저으며 이웃들을 동정해 마지않았지만, 내심 스스로의 선견지명에 의기양양해했다.

마침내 비가 다시 내리자 오콩코는 남은 얌 종자를 심었다. 한 가지 위안거리가 있었다. 가뭄이 오기 전에 심은 얌들은 작년에 수확한 것으로 자신의 것이었다. 그에겐 아직 은와키비에로부터 빌린 800과 아버지의 친구로부터 빌린 400이 있었다. 그래서 다시 새롭게 시작할 수 있었다.

하지만 그해는 정말 미쳤었다. 비가 이제까지 그런 적 없이 내렸다. 며칠 낮이고 밤이고 계속해서 비가 쏟아붓듯 내려, 얌밭을 쓸어 버렸다. 나무는 뿌리 뽑히고 여기저기엔 깊은 골이 파였다. 그러고 나자 비가 잦아들기는 했지만, 매일 쉼 없이 계속되었다. 우기 중간에 항상 있어 왔던 건기는 찾아오지 않았다. 얌 잎들이 풍성하게 녹색을 띠었지만, 농사꾼들은 햇볕 없이는 얌 알이 크지 않는다는 것을 알고 있었다.

그해 추수는 장례식만큼 비통했고, 많은 농부들이 형편없이 썩어 버린 얌을 캐면서 울었다. 한 남자는 나뭇가지에 천을 걸고 목을 매고 말았다.

이후 평생 오콩코는 이 참혹했던 때가 떠오르면 치를 떨었다. 되돌아보면 이러한 무게의 절망에 좌절하지 않았다는 것에 스스로 놀랐다. 자신이 지독한 사람인 것은 알았지만, 그해는 사자의 마음도 꺾기에 충분했다.

그는 이렇게 말하곤 했다.

"그해를 견뎠으니, 난 무엇에도 살아남을 수 있을 것이야."

이는 그의 불굴의 의지에 새겨졌다.

아버지 우노카는 그때 병든 몸이었는데 그 끔찍한 추수철에 그에게 이렇게 말했다.

"낙담하지 마라. 너는 낙담이라는 것을 모르는 사람이야. 네 심성은 남자답고 자존심이 강하다는 걸 안다. 그 심성 덕분에 조그만 실패로는 자존심이 상하지 않기 때문에 잘 견뎌낼 거야. 남자는 '홀로' 실패할 때 더 어렵고 쓰라린 거지."

말년의 우노카는 그런 식이었다. 나이가 들고 병이 깊어지면서 그는 말하기를 더 좋아했다. 그것은 말할 수 없을 만큼 오콩코의 인내심을 시험했다.

4장

어떤 노인이 말했다.

"왕의 입을 보면, 한때 어머니의 젖을 빨았다는 생각이 들지 않지."

궁핍하고 불운했지만 부족의 유지로 이렇게 빨리 올라설 수 있었던 오콩코에 대한 말이었다. 노인은 오콩코에 대해 어떤 악의가 있는 것은 아니었다. 사실 노인은 성실하고 성공한 오콩코를 높이 평가했다. 하지만 오콩코가 자신보다 덜 성공한 남자들을 다루는 방식에는 대부분의 사람들처럼 마음이 상해 있었다. 바로 일주일 전, 조상님을 기리는 축제를 준비하기 위해 열린 친족 회의에서 한 남자가 그에게 이의를 제기했다. 그러자 오콩코는 그 남자를 쳐다보지도 않고 말했다.

"이 회의는 남자들만의 회의다."

그에게 반대했던 남자는 아무런 칭호가 없었다. 그래서 오콩코는 그를 여자라 부른 것이다. 오콩코는 남자의 기를 죽이는 법을 알고 있었다.

오콩코가 오수고를 여자라 불렀을 때 그 친족 회의에 참석한 모두는 오수고 편을 들었다. 회의의 최고 연장자는, 야자열매를 가져온 사람은 따로 있지만 그것을 깨 모두에게 베푼 이는 자애로운 신령이므로 열매의 주인은 겸손한 마음가짐을 잊어서는 안 된다고 준엄히 경고하였다. 오콩코는 자신의 말을 사과했고, 회의는 계속되었다.

하지만 오콩코의 야자열매를 깬 것은 자애로운 신령이 아니었다. 바로 그 자신이었다. 그가 가난과 불운에 맞서 얼마나 무자비하게 싸워 왔는지를 아는 사람은 그가 운이 좋았다고 생각하지 않았다. 만약 누군가 성공할 만한 사람이었다면, 그 사람은 바로 오콩코였다. 어린 나이에 그는 이 땅에서 가장 위대한 씨름꾼이라는 명예를 얻었다. 그것은 우연이 아니었다. 아마도 그의 치가 도왔다고 말할 수 있을지 모른다. 하지만 이보 속담에 "예."라고 말하는 사람에게 그의 치 또한 "예."라고 말한다고 했다. 오콩코는 "예."라고 아주 강하게 말했고, 그래서 그의 치도 동의했다. 그리고 단지 그의 치만이 아니라 그의 부족도 그랬다. 부족은 그 사람이 직접 이룬 일로 그를 판단하였다. 아홉 마을이 오콩코가 전쟁 대사 자격으로 적에게 가우도의 아내를 죽인 대가로 청년과 처녀를 보내지 않으면 전쟁을 선포한다는 최후통첩을 전하도록 한 이유 또한 그것이었다. 이들은 우무오피아를 깊이 두려워해 오콩코를 마치 왕과 같이 대접하고, 우도의 부인이 된 처녀와 소년 이케메푸나를 그에게 주었던 것이다.

* * *

부족의 어르신들은 이케메푸나를 한동안 오콩코가 관리하도록 결정하였다. 하지만 그것이 삼 년이나 갈지는 누구도 생각하지 못했다. 그런 결정을 내리고 나서는 그에 대해 모두 잊어버린 것 같았다.

처음에 이케메푸나는 참으로 두려움에 휩싸여 있었다. 한두 번 도망도 해 보려 했지만, 어떻게 시작해야 할지를 몰랐다. 어머니와 세 살 난 여동생을 생각하며 몹시 울기도 했다. 은워예의 어머니는 소년에게 매우 친절해 그를 자신의 아들인 양 대해 줬다. 하지만 그가 하는 말은 항상 "언제 집에 갈 수 있어요?"였다. 소년이 아무것도 먹으려 하지 않는다는 말을 듣고 오콩코는 큰 매를 들고 방으로 들어왔고, 벌벌 떨면서 얌을 먹는 그를 지켜보았다. 조금 후 소년은 집 뒤로 가 고통스럽게 토하기 시작했다. 은워예의 어머니가 그에게 가서 가슴과 등에 손을 얹어 주었다. 그는 보름이 넘게 아팠고, 회복된 후에는 큰 두려움과 슬픔을 벗어난 듯이 보였다.

천성이 매우 활달한 소년이었던 이케메푸나는 점차 오콩코 집안, 특히 어린아이들에게 인기를 얻어 갔다. 오콩코의 아들 은워예는 두 살 아래였는데 모든 것을 알고 있는 것 같은 이케메푸나와 한시도 떨어질 수 없는 사이가 되었다. 그는 대나무

가지나 부들로 피리를 만들어 냈다. 모든 새들의 이름을 알고 있었고, 숲속 작은 다람쥐를 잡을 수 있는 솜씨 좋은 덫도 놓을 줄 알았다. 또한 어떤 나무가 가장 강인한 활을 만들 수 있는지도 알고 있었다.

오콩코도 그 소년을 매우 좋아하게 되었다. 물론 내심으로만이었다. 오콩코는 감정을 겉으로 표현하는 법이 없었는데, 물론 분노의 감정만은 예외였다. 애정을 보인다는 것은 나약함의 징후였고, 내보일 가치가 있는 유일한 것은 힘뿐이었다. 그러므로 그는 이케메푸나를 다른 사람 다루듯이 고압적으로 다루었다. 하지만 그가 이 소년을 좋아한다는 것은 의심의 여지가 없었다. 가끔 큰 마을 회의나 공동 조상 축제에 갈 경우 그는 이케메푸나가 마치 아들인 양 좌대와 가죽 자루를 들고 따라오도록 했다. 그리고, 정말로 이케메푸나는 그를 아버지라 불렀다.

* * *

이케메푸나가 우무오피아에 온 것은 추수철이 지나고 작물을 심기 전인 농한기 말미였다. 사실 그는 안식주 바로 며칠 전에야 아픈 몸에서 회복되었다. 그리고 그것은 이 안식주에 소란을 피운 오콩코가 관습에 따라 대지의 여신의 무당인 에제아니가 내린 처벌을 받은 때이기도 했다.

오콩코의 가장 젊은 부인이 친구 집으로 머리를 땋으러 갔다가 저녁 식사 준비에 맞춰 돌아오지 않았다. 오콩코에게는 당연히 화가 치밀어 올 수 있는 상황이었다. 오콩코는 처음엔 그녀가 집에 없는 줄 몰랐다. 음식이 나오길 기다렸지만 도무지 나오질 않자 무엇을 하는지 보고자 그녀의 집으로 향했다. 거기엔 아무도 없었고 아궁이엔 불이 꺼져 있었다.

"오지우고는 어디 있어?"

두 번째 부인에게 물었다. 그녀는 물을 가지러 막 방에서 나와 거처 한가운데 있는 작은 나무 그늘 아래에 둔 커다란 항아리로 가는 중이었다.

"머리하러 갔는데요."

오콩코는 안에서 화가 솟구쳐 입술을 깨물었다.

"애들은? 같이 간 건가?"

그가 평소와 달리 냉정하고도 자제하는 가운데 물었다.

"애들은 여기 있어요."

은워예의 어머니인 첫째 부인이 대답했다. 오콩코는 고개를 숙여 그녀의 방 안을 들여다보았다. 오지우고의 아이들은 첫째 부인의 아이들과 저녁을 먹고 있었다.

"가기 전에 애들 저녁을 먹이라고 부탁하던가?"

"그랬어요."

은워예의 어머니는 거짓말을 했다. 오지우고의 경솔함을 덮어 주고자 한 것이다.

오콩코는 그녀가 사실대로 말하지 않았다는 것을 알고 있었다. 그는 자신의 오비로 걸어와 오지우고가 돌아오기를 기다렸다. 그러고는 그녀가 돌아오자 참으로 심한 손찌검을 하였다. 화가 나서 지금이 안식주인 것을 잊은 것이다. 나머지 두 부인이 놀라서 달려와 신성한 주간임을 알리며 애원을 했다. 하지만 오콩코는 누군가를 때리기 시작하면 중도에서 멈추는 사람이 아니었고, 더구나 여신이 무서워 그럴 위인은 더더욱 아니었다.

오콩코의 이웃들이 그의 부인이 우는 것을 들었고 무슨 일인지 담 너머로 물어 왔다. 몇은 몸소 와 보기까지 했다. 신성한 주간에 누군가를 때린다는 것은 지금껏 들어 보지 못한 일이었다.

밤이 오기 전에 대지의 여신 아니의 무당인 에제아니가 오콩코의 오비로 찾아왔다. 오콩코는 콜라 열매를 꺼내 와 무당 앞에 놓았다.

"치우게나. 난 신과 조상님에게 존경심이 없는 이의 집에선 먹지 않겠네."

오콩코는 부인이 한 일을 설명하고자 했지만, 에제아니는 들으려 하지 않았다. 에제아니는 들고 와 바닥에 놓아두었던 짧은 지팡이를 다시 손에 쥐더니 무엇이 문제인지를 강조했다.

"내 말을 듣게나." 오콩코의 말이 끝나자 그가 말했다. "그대는 우무오피아를 전혀 모르는 사람도 아니지 않는가. 조상님들이 우리가 한 해 농사를 시작하기 전 한 주는 이웃에게 험한 말을 하지 않도록 명한 것을 나만큼이나 잘 알지 않는가. 우리의 농작물이 자라도록 은총을 베푸는 대지의 위대한 여신에게 경의를 표하고자 우리는 이웃과 평화롭게 사는 모습을 보여 주는 것이네. 그대는 큰 죄를 지었어." 그가 지팡이를 무겁게 내려쳤다. "부인이 잘못했지만, 설령 그대가 그대 오비에서 부인이 다른 남자와 내통하는 것을 보았다 해도, 부인을 때리는 것은 역시 커다란 잘못을 범하는 것이네." 그의 지팡이가 다시 내려왔다. "그대가 지은 죄는 부족 전체를 망가뜨릴 수 있네. 그대가 모욕한 대지의 여신이 산출을 베풀어 주시지 않아 우리 모두가 멸망하고 말 것이네." 그의 어조가 이제 격노에서 명령조로 바뀌었다. "내일 아니의 신전에 암염소 한 마리, 암탉 한 마리, 옷감 한 필과 100조가비를 가지고 오게."

에제아니가 일어나 집을 나섰다.

오콩코는 무당이 말한 대로 따랐다. 그는 야자주 한 항아리도 가지고 갔다. 내심 그는 반성하고 있었다. 하지만 자신이 잘못했노라 주변에 이야기하고 다닐 남자는 아니었다. 그래서 사람들은 그가 부족의 신에 대한 존경심이 없다고 했다. 그의 적들은 그가 행운에 자만해 제정신이 아니라고 흉을 보았다. 그래서 그를 너무나 실컷 먹어 스스로의 치에 대들었던 조그마한 새 은자라고 불렀다.

안식주 동안에는 일을 하지 않았다. 사람들은 이웃에 들러 야자주를 마셨다. 올해 그들은 오콩코가 범한 금기인 은소아니에 대해서만 이야기했다. 남자가 신성한 안식을 깬 것은 몇 년 만에 처음이었다. 가장 나이 든 이들도 아주 희미한 옛날 언젠가에 한두 번 그런 경우가 있었다는 것을 기억할 뿐이었다.

오그부에피 에제우두는 마을에서 가장 연장자였는데 자신을 막 찾아온 두 사람과 함께 아니의 안식을 어긴 벌이 자신의 부족에서 너무 가벼워지고 있다는 얘기를 하고 있었다.

"항상 요즘 같지는 않았지. 내 부친께서는, 과거엔 안식을 깬 남자를 땅바닥에 눕혀 온 마을을 끌고 다녀서 죽게 했다는 이야기를 들은 적 있다고 하셨네. 하지만 평화를 지키고자 한 관습이 정작 평화를 깨뜨려 중단되었다네."

"어제 누군가 내게 이런 말을 하더군요." 그중 젊은 남자가 말했다. "어떤 부족은 안식주 동안 남자가 죽는 것을 아주 불길한 징조로 여긴답니다."

"그렇고말고." 오그부에피 에제우두가 대답했다. "오보도아니에서 그렇지. 그들은 이런 시기에 남자가 죽으면 땅에 묻지 않고 악령의 숲에 버리지. 하지만 그네들이 고수하는 이런 관습은 현명치 못한 나쁜 관습이네. 그네들은 많은 남자와 여자를 묻지 않고 내다 버리는데, 그 결과 어떻게 되었는가? 그네 부족엔 배가 고파 산 사람을 괴롭히며 떠도는 악령들로 가득하지 않은가."

* * *

안식주가 지나자 모든 남자들과 그 가족들은 수풀을 베고 새로운 밭을 일구기 시작했다. 벤 수풀은 말려 태웠다. 연기가 하늘로 올라가면 솔개들이 사방에서 날아와 불붙은 수풀 더미 위를 배회하며 말없는 작별 인사를 했다. 솔개는 우기가 다가오면 날아갔다가 건기가 될 때 돌아왔다.

오콩코는 다음 며칠을 얌 종자를 준비하며 지냈다. 얌 하나하나를 꼼꼼히 보면서 파종에 좋은지를 살폈다. 가끔 하나로 심기에 너무 크다 싶으면 날카로운 칼로 길게 잘라 나눴다. 큰 아들 은워예와 이케메푸나 역시 그를 도와 곳간에서 긴 바구니로 얌을 나르고 준비된 종자를 세어 400개씩 나눴다. 가끔은 둘에게 얌을 넘겨주며 해 보도록 했다. 하지만 항상 둘이 해 놓은 일에서 잘못을 발견하고는, 이를 엄히 지적했다.

"잘라서 먹으려고 하는 거냐?" 그가 은워예를 꾸짖었다. "또 이만한 얌을 자르면 턱이 부러질 줄 알아라. 네가 아직 어린앤 줄 아는 모양인데, 아비는 네 나이에 밭을 가지기 시작했다." 이케메푸나에게는 이렇게 말했다. "그리고 너는, 너희 마을에선 얌을 안 키우는 것이냐?"

내심 오콩코는 소년들이 얌 종자를 준비하는 어려운 기술을 완벽하게 이해하기엔 너무 어리다는 것을 알고 있었다. 하지만 그는 무엇이든 배움에 있어 너무 일찍이라는 것은 없다고 생각했다. 얌은 남자다움을 의미했고, 한 추수철에서 다음 추수철까지 식구들에게 얌을 먹일 수 있는 남자만이 진정으로 남자다운 남자라고 생각했다. 오콩코는 자신의 아들이 훌륭한 농사꾼이자 훌륭한 남자이기를 바랐다. 그는 아들에게서 이미 나타나고 있다고 생각되는 불안한 게으름의 징조를 뿌리 뽑고자 했다. 그는 이렇게 잘라 말했다.

"부족 모임에서 머리를 들 수 없는 아들은 두지 않겠다. 그렇지 않다면 차라리 내 손으로 목을 조르고 말겠다. 그리고 만약 그렇게 나를 똑바로 쳐다보고 서 있으면, 하늘의 신 아마디오라가 네 머리를 박살 내고 말 것이다!"

며칠 후 이삼 일 많은 비가 내려 땅을 적시자, 오콩코와 가족들은 얌 종자 여러 바구니와 괭이와 도끼를 밭으로 들고 나가 심기 시작했다. 그들은 둔덕들을 밭에 똑바로 쌓아 얌을 심었다.

작물의 왕인 얌은 정말 손이 많이 가는 왕이었다. 삼사 개월 동안 닭이 울 때부터 잠자리에 들 때까지 힘든 노동과 지속적인 관심이 필요했다. 새 덩굴은 지열을 받지 않도록 사이잘삼 잎으로 감싸 줘야 했다. 비가 점차 많이 오면 여자들은 얌 둔덕들 사이에 옥수수와 멜론과 콩을 심었다. 그다음 지지대로 얌을 세우는데, 처음엔 조그만 막대를 사용하다가 나중엔 길고 큰 나뭇가지를 사용했다. 여자들은 얌이 자라는 동안 빠르지도 늦지도 않게 아주 정확한 시기에 세 번 김을 매줬다.

이제 어김없이 비가 왔는데, 아주 심하고 끝이 없어 마을의 기우제 무당조차 어찌할 수 없을 정도였다. 건기의 한중간에 비를 오게 할 엄두를 내지 못하듯, 그도 자신의 건강을 크게 해치지 않고는 이제 비를 멈추게 할 수 없었다. 날씨의 이 엄청난 힘에 대항하는 데 필요한 한 개인의 주술은 인간의 능력을 훨씬 넘는 것이리라.

따라서 우기가 한창인 자연은 어떤 간섭을 받지 않는다. 가끔 비가 억수로 퍼부어 땅과 하늘이 하나의 회색 물안개로 합쳐진 것 같았다. 하늘의 신 아마디오라가 내리치는 천둥소리가 위에서 오는 것인지 아래서 오는 것인지 분간할 수도 없었다. 이런 때 우무오피아의 수많은 초가 안에서 아이들은 어머니의 아궁이 불 곁에 모여 앉아 이야기를 나누거나, 아버지 오비의 장작불에 몸을 덥히며 옥수수를 구워 먹었다. 분주하고도 힘든 파종기를 지나, 역시 분주하지만 마음은 가벼운 추수기가 오기 전에 갖는 잠깐의 휴식기였다.

* * *

이케메푸나는 자신이 마치 오콩코 가족의 일원인 것처럼 느끼기 시작했다. 가끔은 아직 어머니와 세 살배기 여동생을 잊지 못해 슬프고 우울한 때도 있었다. 하지만 은워예와 서로 너무나 가까워지면서 그런 시간이 점점 줄어들고 그 정도도 덜해 갔다. 이케메푸나는 전해 오는 이야기들을 끝도 없이 알고 있었다. 은워예가 이미 아는 얘기들도 이케메푸나를 통하면 새롭고 다른 부족의 정취가 느껴지도록 각색되었다. 은워예는 이 시절을 그의 말년까지 아주 생생하게 기억했다. 이케메푸나가 알맹이 몇 개만이 띄엄띄엄 남은 옥수수에 딱 맞는 이름은 에제아가디은와이 그러니까 '늙은 여자 이'라 말했을 때 은워예 자신이 얼마나 많이 웃었는지 지금도 기억한다. 은워예의 생각이 우달라 나무 근처에 사는 은와이에케에 미쳤기 때문이었다. 그 노파에겐 치아가 세 개 정도밖에 없었는데 항상 담뱃대를 물고 있었다.

점차로 비가 잦아들고 뜸해졌으며, 땅과 하늘이 다시 나뉘었다. 비가 가늘어져, 햇볕과 조용한 산들바람 사이로 내렸다. 아이들은 더 이상 집 안에 머물지 않고 노래를 부르며 이러저리 내달렸다.

비가 내리고, 해가 비치고,
은나디 혼자 요리를 해 먹는다.

은워예는 항상 은나디가 누구고 왜 외톨이로 혼자 살고, 요리하고, 먹는지 궁금했다. 이케메푸나가 좋아하는 민담 중에 어떤 개미가 자신만의 호화로운 궁전을 짓고 모래들이 영원히 춤을 추게 했다는 땅에 대한 이야기가 있었는데, 결국에 은워예는 은나디가 그곳에 사는 것이 분명하다고 결론지었다.

5장

새 얌의 수확을 축하하는 축제 날이 다가오자 우무오피아는 잔치 분위기였다. 이것은 대지의 여신이자 풍요의 근원인 아니에게 감사드리는 행사였다. 아니 여신은 인간의 삶에 그 어느 신보다도 큰 역할을 하였다. 여신은 법도와 행동에 관여하는 가장 높은 재판관이었다. 더 나아가 여신은 땅에 묻힌 부족의 선친과 긴밀하게 소통하는 존재였다.

매년 추수 전에 열리는 새 얌 축제에서는 대지의 여신과 부족의 조상신들에게 경의를 표했다. 새 얌은 이들 신에게 제일 먼저 바친 다음에야 먹을 수 있었다. 남녀노소 모두 새 얌 축제를 기다렸는데 그것은 풍요의 계절, 새해가 시작되기 때문이었다. 축제 바로 전날 저녁 오래된 남은 얌들은 모두 폐기 처분되었다. 새해는 지난해의 쭈글쭈글하고 딱딱해진 얌이 아니라 맛있고 신선한 얌과 함께 시작해야 한다. 모든 냄비와 호리병박, 목제 그릇들, 특히 얌을 으깨는 목제 분쇄기는 깨끗한 상태로 준비되었다. 얌을 으깬 푸푸와 야채수프가 축제의 주 요리였다. 음식의 양이 정말 대단해서 가족이 아무리 배불리 먹어도, 또 이웃 마을에서 아무리 많은 친구와 친척을 초대해 하루가 지나도 많은 음식이 남아돌았다. 그래서 이런 이야기마저 있었다. 한 부자가 손님들 앞에 푸푸 요리를 산만큼이나 쌓아 놓아 그 너머에 무슨 일이 있는지 알 수 없을 정도였으며, 식사 중에 도착해 반대편에 앉게 되었던 처가 식구들은 저녁 늦게야 처음으로 보게 되어 그제야 남은 음식 너머로 서로 인사를 나누고 악수를 했다는 것이다.

따라서 새 얌 축제는 우무오피아 온 마을의 신나는 행사였다. 그리고 팔 힘이 강한 모든 남자는 널리 많은 손님을 초청해야 했다. 오콩코는 항상 부인들의 친척을 초청했는데, 현재 그에겐 부인이 셋 있어 손님은 상당히 큰 규모였다.

하지만 어쩐 일인지 오콩코는 다른 사람들과 달리 축제에 크게 흥미를 느낄 수 없었다. 그는 음식을 잘 먹고, 야자주는 상당히 큰 표주박으로 두어 잔을 마실 수 있었다. 하지만 축제가 시작되기를 기다리거나 끝나기를 기다리면서 며칠을 앉아 지내는 것은 항상 불편해했다. 그는 밭에서 일할 때가 훨씬 더 행복한 사람이었다.

축제가 이제 사흘 앞으로 다가왔다. 오콩코의 부인들은 담과 집이 반짝일 정도로 황토를 새로 칠했다. 그러곤 그 위에 흰색, 노란색, 진녹색으로 무늬를 그렸다. 그런 다음 나무 염료로 자신들의 몸을 물들이고 배와 등 위에 예쁜 검정색 문신을 그리기 시작했다. 아이들 역시 여러 가지 장식을 하게 되는데, 특히 예쁜 모양으로 깎은 머리 장식에 정성을 들였다. 세 부인은 초대한 친척들에 대해 재미있는 얘기를 나누고, 아이들은 외가 친척들과 마음껏 놀 생각에 부풀었다. 이케메푸나 또한 예외가 아니었다. 그의 마음에서 이미 멀어지고 희미해져 가는 곳인 예전 마을에서보다 이 마을의 새 얌 축제는 훨씬 성대한 것으로 보였다.

그런데 그때 분노가 터지고 말았다. 오콩코가 화를 잔뜩 억누르고 집 안을 이리저리 걷다가 화낼 구석을 찾은 것이다.

"누가 이 바나나 나무를 죽인 거야?"

집 안이 갑자기 조용해졌다.

"누구 짓이야? 모두 귀머거리 벙어리가 된 거야?"

사실 바나나 나무는 아무 탈 없이 잘 살아 있었다. 오콩코의 두 번째 부인이 음식을 싸기 위해 단지 잎을 몇 개 땄을 뿐이었다. 그래서 부인이 그 사정을 이야기했다. 오콩코는 더 왈가왈부 없이 부인에게 가차 없이 손찌검을 하더니 우는 부인과 그녀의 외동딸을 두고 자리를 떴다. 다른 부인들은 멀찌감치 서서 "그만 하세요."라고 몇 번 어물거릴 수밖에 달리 막아설 엄두를 내지 못했다.

이렇게 화를 푼 오콩코는 사냥을 나가기로 마음먹었다. 그는 낡고 녹이 슨 총을 갖고 있었는데 아주 오래전 우무오피아로 이주해 온 손재주 좋은 대장장이가 만든 것이었다. 오콩코는 어느 누구나 그 용기를 인정해 주는 대단한 사람이었지만 사냥꾼은 아니었다. 사실 그는 총으로 쥐 한 마리 잡은 적이 없었다. 그래서 그가 이케메푸나를 시켜 총을 가져오게 했을 때, 방금 손찌검을 당한 부인이 한 번 써 본 적도 없는 총이라는 둥 뭐라고 중얼거리자, 이 소리를 들은 오콩코가 미친 듯이 방으로 들어가더니 장전된 총을 들고 나와, 곳간으로 가는 조그만 담을 넘어 도망가는 부인을 향해 총을 겨누었다. 방아쇠를 당기자 굉음이 울렸고 부인들과 아이들의 울부짖는 소리가 이어졌다. 그는 총을 내던지고 곳간으로 뛰어 들어갔는데, 그곳에는 많이 다치지는 않았지만 혼비백산한 둘째 부인이 엎드려 있었다. 오콩코는 깊은 한숨을 내쉬더니 총을 들고 사라졌다.

이런 사건이 있었는데도 오콩코 집안은 새 얌 축제를 매우 즐겁게 보냈다. 조상님들께 새 얌과 야자유를 바치는 날 이른 아침, 오콩코는 그와 자식들 그리고 부인들을 새해에도 잘 보살펴 달라고 빌었다.

그날 주변 세 마을의 처가 친척들이 도착했고, 그 친척들은 큰 항아리에 야자주를 담아 왔다. 그러곤 밤늦게까지 먹고 마시기를 계속하다 되돌아가기 시작했다.

* * *

새해 둘째 날은 오콩코의 마을과 주변 마을이 큰 씨름 경기를 하는 날이었다. 서로 어울리는 첫날 잔치와 둘 째 날의 씨름 경기 가운데 사람들이 어느 것을 더 좋아하는지는 말하기

어려웠다. 하지만 한 여자만은 의견이 너무도 분명했다. 오콩코가 총을 쏠 뻔한 두 번째 부인인 에퀘피였다. 일 년 내내 씨름만큼 그녀를 신나게 하는 축제는 없었다. 몇 년 전 그녀가 마을의 미인이었던 시절, 사람들 기억 속에 남은 가장 위대한 경기에서 오콩코는 고양이 아말린제를 내던져 그녀의 마음을 사로잡았다. 그때 오콩코는 신부 값을 지불할 수도 없을 만큼 가난해서 그녀는 바로 그와 결혼할 수 없었다. 하지만 몇 년 후 그녀는 오콩코와 살기 위해 자신의 남편에게서 도망쳤다. 이 모든 것이 벌써 여러 해 전 일이다. 지금 에퀘피는 온갖 일을 겪은 마흔다섯 살의 여인이다. 하지만 그녀의 씨름 사랑은 삼십 년 전과 달라지지 않았다.

새 얌 축제의 둘째 날 정오가 되기 전이었다. 에퀘피와 딸 에진마는 단지의 물이 끓기를 기다리며 화로 옆에 앉아 있었다. 나무절구엔 에퀘피가 방금 잡은 닭이 있었다. 물이 끓자, 날쌘 솜씨로 단지를 들어내 뜨거운 물을 닭이 있는 나무절구에 부었다. 그 빈 단지를 구석의 둥근 받침 위 제자리에 놓았을 때 손바닥은 검댕으로 시커멨다. 에진마는 어머니가 단지를 불 위에서 맨손으로 들어낼 수 있다는 것이 항상 놀라웠다.

"에퀘피, 어른이 되면 불에 데지 않는다는 게 사실이에요?"

다른 애들과 달리 에진마는 항상 어머니 이름을 불렀다.

"그래."

에퀘피는 바빠서 건성으로 대답했다. 열 살 난 딸아이는 나이에 비해 똑똑했다.

"그런데 은워예 어머니는 전에 뜨거운 수프 단지를 떨어뜨려 바닥에 깨고 말았는데."

에퀘피는 절구 안의 닭을 뒤집더니 털을 뽑기 시작했다.

"에퀘피." 에진마가 어머니를 도와 털을 뽑기 시작하면서 말했다. "내 눈꺼풀이 실룩거려요."

"울려고 그러는구나."

"아니, 이 위쪽 눈꺼풀이 그래요."

"그렇다면 뭔가를 보려고 그러는 거지."

"그게 뭔데요?"

"내가 어떻게 알겠니?"

에퀘피는 에진마가 스스로 알아내기를 바랐다.

"아." 마침내 에진마가 말했다. "이젠 알겠다. 씨름 경기구나."

마침내 닭 털이 깨끗이 벗겨졌다. 에퀘피는 딱딱한 부리를 뽑으려고 했으나 너무 힘들었다. 그녀는 의자에서 빙글 돌더니 부리를 불에 잠깐 넣었다. 그러고는 다시 부리를 당기자 빠져나왔다.

"에퀘피!"

바깥에서 부르는 소리였다. 오콩코의 첫 부인인 은워예 어머니였다.

"저 말이에요?"

에퀘피가 크게 대답했다. 그것이 바깥에서 부르는 소리에 대답하는 방식이었다. 사람들은 결코 "예."라고 대답하지 않는데, 악귀가 부른 것일 수도 있기 때문이었다.

"에진마한테 이리 불을 좀 가져오라 하게나."

자신의 아이들과 이케메푸나는 냇가에 간 것이었다.

에퀘피가 항아리 조각에 불이 붙은 석탄을 좀 넣어 주자, 에진마가 비질이 잘 된 마당을 지나 은워예 어머니에게 가져갔다.

"고맙다, 얘야."

은워예 어머니가 말했다. 그녀는 새 얌의 껍질을 벗기고 있었다. 옆 바구니에는 푸성귀랑 콩이 담겨 있었다.

"제가 불을 피워드릴게요."

에진마가 자청했다.

"고맙다, 에직보."

그녀는 에진마를 자주 에직보라고 불렀는데, '착한 아이'라는 뜻이었다.

에진마는 밖으로 나가 장작 더미에서 가지 몇 개를 가져왔다. 이내 이를 발로 밟아 조각을 낸 다음 후후 바람을 불어 불을 지피기 시작했다.

"그러다 눈알이 나오겠다." 은워예의 어머니가 얌을 벗기다가 고개를 들고 말했다. "부채를 사용하렴."

그녀는 일어나 한쪽 구석에 매달아 두었던 부채를 건네주었다. 그녀가 일어나자마자, 으레 그렇듯 얌 껍질을 먹던 말썽쟁이 암염소는 얌 알맹이에 입을 들이대더니 이내 두 입을 물고 도망가 외양간에서 씹어 댔다. 은워예의 어머니는 염소에게 험한 말을 해 대고서는 다시 앉아 껍질을 벗겼다. 에진마의 아궁이는 이제 두터운 연기를 내뿜었다. 아이는 불꽃이 일 때까지 부채질을 했다. 은워예의 어머니는 에진마를 칭찬했고 아이는 제집으로 되돌아갔다.

바로 그때 멀리서 북 치는 소리가 들리기 시작했다. 마을 운동장인 일로 쪽에서 들려오고 있었다. 모든 마을에는 그 역사만큼이나 오래된 그들만의 일로가 있었는데 이곳에서 모든 큰 행사와 춤판이 벌어졌다. 북소리는 씨름판의 또 다른 매력인 춤에 박자를 맞춰 주고 있었다. 소리는 빠르고 가벼우면서도 경쾌하게 바람을 타고 건너왔다.

오콩코는 헛기침을 하더니 북소리에 맞춰 발을 움직이기 시작했다. 북소리는 어린 시절부터 항상 그랬듯이 그를 흥분시켰다. 정복하고 이기려는 욕구 속에 그는 몸을 떨었다. 마치 여자를 탐하는 욕구와도 같았다.

"씨름에 늦겠어요."

에진마가 어머니에게 말했다.

"해가 질 때까진 시작하지 않을 거야."

"북을 치는데요?"

"그래. 북은 정오에 시작하지만 씨름은 해가 질 무렵까지 기다려야 해. 아빠한테 가서 오후 얌을 꺼내 오셨는지 보렴."

"꺼내 오셨어요. 은위예 어머니는 벌써 짓고 계신걸요."

"그럼 가서 우리 것을 가져와라. 우리도 빨리 밥을 지어야겠다. 씨름에 늦겠구나."

에진마는 곳간 쪽으로 뛰어가더니 낮은 담 너머로 얌 두 개를 가져왔다.

에퀘피는 재빨리 얌 껍질을 벗겼다. 말썽쟁이 암염소는 껍질을 먹으면서 킁킁거리고 다녔다. 에퀘피는 얌을 작게 조각

내고 닭고기를 넣은 죽을 끓일 준비를 했다.

그때 담 너머에서 누군가 우는 소리가 들렸다. 분명 은워예의 여동생 오비아겔리였다.

"오비아겔리가 우는 것 아니에요?"

에퀘피가 마당 너머로 은워예의 어머니를 불렀다.

"그러게 말일세. 물동이를 깬 모양이지."

이제 울음소리가 더 가까워졌고, 애들이 제각각 나이에 걸맞은 단지를 이거나 들고 줄지어 왔다. 이케메푸나가 가장 큰 단지를 들고 맨 앞장을 선 다음, 은워예와 두 남동생이 바로 뒤를 따랐다. 오비아겔리가 마지막을 장식했는데, 얼굴엔 눈물이 흐르고 있었다. 손에는 머리에 있어야 할 헝겊 똬리가 들려 있었다.

"어떻게 된 거니?"

어머니가 묻자, 오비아겔리는 울먹이며 대답했다. 어머니는 딸을 안심시키고 또 다른 단지를 사 주겠노라 약속했다.

은워예의 남동생이 어머니에게 사건의 진상을 고자질하려고 했지만 이케메푸나가 매서운 눈짓을 하자 모두들 입을 다물었다. 사실 오비아겔리는 단지를 가지고 이냥가를 부린 것이었다. 그녀는 단지를 머리에 인 채, 팔짱을 끼고 다 큰 여인네처럼 허리를 흔들어 댔다. 단지가 떨어져 깨지고 말았을 때는 웃음보를 터뜨렸다. 그러다 집 근처 이로코 나무에 가까이 오면서 울기 시작한 것이다.

북소리는 아직도 계속 변함없이 울리고 있었다. 더 이상 그것은 숨 쉬는 마을과 동떨어진 것이 아니었다. 마치 마을의 심장이 뛰는 것과 같았다. 소리는 대기 가운데, 햇빛 속에, 그리고 나무 속에까지 고동치며 마을을 흥분의 도가니로 만들었다.

에퀘피는 남편 몫의 죽을 그릇에 담아 뚜껑을 덮었다. 에진마가 음식을 아버지의 오비로 가져갔다.

오콩코는 벌써 염소 가죽 위에 앉아 첫 부인이 마련한 저녁을 먹고 있었다. 음식 심부름을 한 오비아겔리는 식사가 끝나길 기다리며 앉아 있었다. 에진마는 어머니가 마련한 저녁을 아버지에게 건네고 오비아겔리 옆에 앉았다.

"여자답게 앉아라!"

오콩코가 에진마에게 큰 소리로 말했다. 에진마는 두 발을 모으고 앞으로 뻗고 앉았다.

"아빠, 씨름 구경 가실 거죠?"

에진마가 적절히 간격을 두었다가 물었다.

"그럼. 너도 갈 거니?"

"예." 잠시 후 에진마가 말했다. "제가 아빠 좌대를 가져가도 될까요?"

"아니다, 그건 남자아이의 일이지."

오콩코는 에진마를 특히 좋아했다. 아이는 한때 마을 미녀였던 제 어미를 쏙 빼닮았다. 하지만 그의 애정은 오직 아주 특별한 경우에만 표현되었다.

"오비아겔리가 오늘 항아리를 깼어요."

에진마가 말했다.

"그래, 그 아이가 내게 그랬다더구나."

오콩코가 음식을 입에 담은 채 말했다.

"아빠." 오비아겔리가 말했다. "뭔가를 드실 때 말씀하시면 안 돼요. 후추에 사레들릴 수 있어요."

"맞는 말이다. 에진마, 너도 들었니? 나이는 네가 더 먹었지만 오비아겔리가 더 똑똑하지."

그는 두 번째 부인이 보내온 음식을 열어 먹기 시작했다. 오비아겔리는 첫 번째 접시를 들고 어머니에게로 향했다. 다음으로 은케치가 세 번째 요리를 들고 들어왔다. 은케치는 오콩코의 세 번째 부인의 딸이었다.

멀리서는 북 치는 소리가 계속되었다.

6장

마을 사람 모두, 남자와 여자 그리고 아이들이 일로에 나타났다. 이들은 마을 운동장 한가운데를 비워 두고 큰 원을 만들어 섰다. 마을 어르신들과 지체 높은 이들은 젊은 아들이나 하인들이 가져다 놓은 자신의 좌대에 앉았다. 오콩코도 이들 가운데 있었다. 다른 모든 이들은 서 있고 오직 아주 일찍 온 사람들만이 나무 사이에 통나무를 놓아 앉게 만든 자리 몇 개를 확보할 수 있었다.

씨름 선수들은 아직 등장하지 않았고 북을 치는 고수들이 운동장의 흥을 돋우고 있었다. 이들은 역시 커다란 원을 그리고 있는 관중 바로 앞에서 어르신들을 마주하고 앉아 북을 쳤다. 이들 뒤로는 크고 오래된 신성한 케이폭 나무가 있었다. 착한 아이들의 영혼이, 태어나길 기다리며 그 나무에 살고 있었다. 보통 땐 아이를 갖고 싶어 하는 젊은 여인네들이 그 그늘 아래 앉고자 오는 곳이었다.

북은 일곱 개였고, 긴 나무 바구니 위에 크기에 따라 배열되어 있었다. 세 남자가 북들을 오가며 정신없이 북채를 두드려 댔다. 그들은 북의 영혼에 사로잡혀 있었다.

이런 행사에 질서 유지를 담당하는 젊은이들은 바삐 움직이며 서로 의견을 나누고, 아직 관중의 원 뒤에 머물고 있는 씨름단의 주장들과도 의논을 하곤 했다. 가끔 야자 잎을 든 두 젊은이가 원을 빙빙 돌며 땅을 치거나, 말을 들으려 하지 않는 경우엔 다리와 발도 치면서 관중을 뒤로 물러나게 했다.

마침내 두 팀이 춤을 추며 원 안으로 등장했고 관중은 환호와 박수를 보냈다. 북소리가 미친 듯 높아졌다. 사람들이 앞으로 밀려왔다. 행사를 진행하는 젊은이는 나는 것처럼 돌아다니면서 야자 잎을 흔들어 댔다. 나이 든 남자들은 북소리에 고개를 끄덕이면서 이 황홀한 리듬에 맞춰 씨름을 하던 날들을 떠올렸다.

경기는 열대여섯 살 된 소년들부터 시작했다. 각 팀에 이 또래는 단 세 명이었다. 소년들은 진짜 씨름 선수는 아니었고, 단지 분위기를 돋우기 위한 것이었다. 이내 첫 두 판이 끝났다. 하지만 세 번째 판은 좀처럼 흥분하는 모습을 보이지 않던 어르신들마저도 크게 놀라게 했다. 이 판도 앞의 둘만큼 짧거나 더 짧았을 것이다. 하지만 이 정도의 씨름을 본 사람은 이제껏 아주 드물었다. 서로 맞붙자마자, 번개처럼 재빠른 한쪽이 어느 누구도 뭐라 설명할 수 없는 기술을 선보인 것이다.

이렇게 해서 상대편 소년은 뒤로 넘어지고 말았다. 한동안 관중의 환호와 손뼉 소리가 광란의 북소리를 삼켜 버렸다. 오콩코는 벌떡 일어났다 재빨리 다시 앉았다. 이긴 소년이 속한 팀의 세 젊은이들이 앞으로 뛰어나오더니 소년을 목말 태우고는 갈채를 보내는 관중 사이로 춤을 추며 돌아다녔다. 모두들 곧 그 소년이 누구인지 알게 되었다. 이름은 마두카로, 오비에리카의 아들이었다.

고수들은 본 경기에 들어가기 전에 잠시 숨을 돌렸다. 몸은 땀으로 빛나, 부채를 들고 땀을 식혔다. 조그만 단지로 물을 마시기도 하도 콜라 열매를 먹기도 했다. 이제 이들도 다시 보통 사람이 되어, 자기들끼리나 주변 사람들과 이야기하고 웃기도 하였다. 흥분으로 팽팽히 당겨졌던 대기는 다시 느슨해졌다. 마치 팽팽해진 북 가죽에 물을 부은 듯했다. 많은 사람들이 아마 처음으로 자신의 주변을 둘러보았고, 주변에 서거나 앉은 사람들을 보았다.

"몰라봤어요."

에퀘피가 경기 시작 때부터 어깨를 맞대고 서 있던 여자에게 말을 건넸다.

"괜찮네." 여자가 말했다. "이렇게 많은 사람을 본 적이 없어. 오콩코가 총으로 자네를 거의 죽일 뻔했다는 게 사실인가?"

"맞아요. 사실이에요. 그 이야긴 아직 누구한테 입 한번 뻥긋 못 했어요."

"자네 치가 크게 돌본 것이네. '내 딸' 에진마는 어떤가?"

"요즘 한동안 정말 괜찮아요. 살아 나갈 것 같아요."

"그렇고말고. 이젠 몇 살인가?"

"열 살 정도 되었어요."

"잘 살아나갈 것이네. 여섯 살 전에 죽지 않으면 거의 살게 되는 거네."

"그랬으면 좋겠어요."

에퀘피가 깊은 한숨을 쉬었다.

그녀가 이야기를 나눈 여자는 치엘로라 불렸다. 숲과 동굴의 신, 아그발라의 무당이었다. 일상의 삶에서 치엘로는 두 아이를 둔 미망인이었다. 그녀는 에퀘피와 매우 친한 사이였고 장터에서 창고를 나눠 썼다. 그녀는 특히 에퀘피의 외동딸 에진마를 좋아해 '내 딸'이라 불렀다. 매번 그녀는 콩 과자를 사 에퀘피의 손에 쥐어 주며 집에 있는 에진마에게 갖다주라고 했다. 일상에서 치엘로를 보는 사람은 그녀가, 아그발라가 임했을 때 예언을 하는 사람이라는 것을 믿지 못했다.

* * *

고수들이 북채를 잡으니 대기가 흔들리고 팽팽히 당긴 활처럼 긴장이 흘렀다.

두 팀은 깨끗한 공터에 서로 마주 보며 줄지어 섰다. 한쪽 팀의 젊은 선수 하나가 원 한가운데를 가로질러 다른 편으로 춤을 추며 나아가 싸울 상대를 지목했다. 두 사람은 함께 중앙으로 춤추며 되돌아와 맞붙었다.

한 팀은 열두 명으로 구성되었는데 도전은 한편에서 다른 편으로 돌아가면서 진행되었다. 심판 두 명이 선수들 주변을 걸어 다니면서 서로 대등해서 비겼다고 판단할 경우 경기를 중단했다. 다섯 판이 이렇게 끝났다. 하지만 정말 흥분된 순간은 선수가 내던져진 때였다. 관중의 엄청난 외침이 하늘을 찔렀고 온 사방으로 퍼졌다. 그 소리는 다른 마을까지도 들릴 정도였다.

마지막 판은 팀 주장들 간의 대결이었다. 둘은 아홉 마을을 통틀어 가장 뛰어난 씨름꾼이었다. 관중은 올해엔 누가 상대를 내던질 것인가에 대해 궁금해 마지않았다. 일부는 오카포가 더 낫다고 하고, 다른 이들은 그는 이케주에의 상대가 되지 못한다고도 했다. 작년엔 심판들이 경기가 관례보다 더 계속되도록 허용했는데도 한쪽이 다른 한쪽을 내던지지는 못했다. 둘의 기술은 똑같아서 서로 상대의 수를 읽었다. 올해도 그럴 수 있었다.

둘의 시합이 시작되었을 때는 이미 어둠이 내리고 있었다. 북은 미친 듯이 울려 대고 관중 또한 마찬가지였다. 두 젊은 선수가 원의 중간으로 춤을 추며 나아가자 관중이 앞으로 몰려들었다. 야자 잎도 이들을 뒤로 물러서게 하기엔 역부족이었다.

이케주에가 오른손을 내밀고, 오카포가 그 손을 잡아, 둘은 서로 맞붙었다. 격렬한 경기였다. 이케주에는 상대 뒤로 오른쪽 발꿈치를 찍어 넣어 재치 있게 오카포를 뒤로 내던지려 했다. 하지만 상대는 이미 이쪽이 무슨 생각을 하는지 알고 있었다. 관중은 북 치는 고수들을 둘러싸 삼켜 버렸고, 북의 열

광적인 리듬은 더 이상 육신이 없는 소리가 아니라 사람들의 심장 박동 그 자체가 되었다.

두 선수는 이제 거의 상대에게 서로 붙잡혀 있었다. 팔과 넓적다리와 등의 근육이 튀어나오고 실룩거렸다. 승부를 가릴 수 없이 대등한 판으로 보였다. 두 심판이 둘을 떼어 놓고자 앞으로 움직이는 순간 이케주에가 필사적으로 한쪽 무릎을 재빨리 굽히고 상대를 머리 위로 들어 올려 뒤로 제치려는 시도를 해 봤다. 그것은 통탄스러운 오판이었다. 오카포가 아마디오라의 오른 다리를 번개같이 들어 머리를 짓눌러 버렸다. 관중이 우레와 같은 함성을 내뿜었다. 오카포의 응원단은 그의 발을 번쩍 들어 어깨에 태우고 집으로 향했다. 응원단은 그를 칭송하는 노래를 부르고 젊은 여자들은 손뼉을 쳤다.

누가 우리 마을의 씨름 선수일까?
오카포가 우리 마을 선수지.
그가 100명을 내던졌는가?
그는 400명을 내던졌지.
그가 100명의 고양이 선수를 내던졌는가?
그가 400명의 고양이 선수를 내던졌지.
그러니 그에게 우리의 선수가 되어 달라 하자.

7장

삼 년 동안 이케메푸나는 오콩코의 집에서 살았고 우무오피아의 어르신들은 그에 대해 잊은 것 같았다. 그는 우기의 얌 덩굴처럼 빨리 커 갔고, 생기 가득했다. 그리고 이젠 자신의 새로운 가족과 완전히 하나가 되었다. 그는 은워예의 형 같았고, 처음부터 어린 동생에게 새로운 활력을 불어넣은 듯 보였다. 그는 은워예로 하여금 다 자란 듯이 느끼게 했다. 그들은 이제 어머니가 저녁을 준비하는 근처에 얼쩡거리는 대신, 오콩코의 오비에 함께 앉아 있거나, 저녁 술로 마실 야자나무 수액을 내는 모습을 지켜보았다. 이제 은워예는 친어머니나 다른 어머니들이 장작을 팬다거나 곡식을 빻는 일 같이 집 안에서 가장 어렵고 남자다운 일을 시키는 경우를 무엇보다도 좋아했다. 동생들이 이런 심부름을 전하러 오면 은워예는 귀찮다는 시늉을 하면서 여자와 여자들의 한계에 대해 큰 소리로 불평하곤 했다.

오콩코는 내심 아들의 발전이 흐뭇했고, 그것이 이케메푸나 덕분인 것을 익히 알고 있었다. 그는 은워예가 강건한 청년으로 커 나가 아비가 죽고 없을 때 집안을 다스릴 능력을 갖추길 바랐다. 또한 집안이 더욱 번창해 조상님께 바칠 음식이 가득한 곳간을 갖길 바랐다. 그래서 은워예가 여자들에 대해 불평을 늘어놓는 것을 들을 때마다 항상 기분이 좋았다. 그것은 시간이 감에 따라 여자들을 다룰 수 있다는 증거였다. 남자가 아무리 유복해도, 자신의 여자와 자식들을 (특히 자신의 여자들을) 다룰 수 없다면, 그는 진정한 남자가 아니었다. 부인이 열한 명이나 되어도 제 수프 한 그릇 챙기지 못하는 노래 속의 남자와 같은 것이다.

그래서 오콩코는 소년들에게 자신의 오비에 함께 앉아 있길 권하고, 이들에게 이 땅의 이야기들을, 용감무쌍하고 유혈이 낭자한 사나이들의 이야기들을 들려주었다. 은워예는 남자답고 용감무쌍한 것이 옳다는 것은 알고 있었지만, 어쩐지 어머니가 하는 얘기들이 더 좋았다. 어머니는 여전히, 거북이와 그의 교활한 꼼수 얘기며 새 에네케은티오바가 전 세계 씨름 대회에 도전했다가 막판에 고양이에게 내동댕이쳐진 얘기 등을 동생들에게 해 줬다. 어머니가 자주 들려주던 이야기 가운데는 옛날 옛적 땅과 하늘 사이에 싸움이 난 이야기도 있었다. 이 싸움으로 하늘이 칠 년 동안이나 비를 거두어들여, 메마른 땅에 괭이가 들어가지 않게 되고 말라 죽은 작물을 묻을 수도 없었다. 마침내 독수리가 간청을 하러 하늘로 갔고, 사람의 아들들이 겪는 고통을 노래해 하늘의 마음을 달래려 했다. 어머니가 이 노래를 부를 적마다, 은워예는 마치 땅의 사신인 독수리가 자비를 구하는 노래를 부르는 먼 하늘나라로 자신이 옮겨진 것 같은 느낌이 들었다. 마침내 하늘이 동정심을 갖게 되어 코코얌 잎에 싼 비를 독수리에게 내주었다. 그런데 독수리가 집으로 향하는 중에 긴 발톱이 잎을 헤집어 유래 없이 많은 비가 내리게 되었다. 비가 너무 많이 내려 독수리도 전언을 가지고 돌아가는 대신 마침 멀리 불이 타오르는 곳을 향해 날아갔다. 그곳에 도착해 보니 남자가 제물을 바치고 있었다. 독수리는 불에 몸을 말리고 제물로 바쳐진 내장을 먹었다.

은워예는 이런 이야기를 좋아했다. 하지만 이제 그는 이런 이야기들이 바보 같은 여자나 어린애를 위한 것이고, 아버지는 자신이 남자가 되기를 원한다는 것을 알고 있었다. 그래서 그는 여자들의 이야기엔 이젠 관심이 없는 척했다. 그가 이렇게 하는 모습을 보면 아버지가 좋아하고, 더 이상 그를 야단치거나 때리지 않는다는 것도 알았다. 그래서 은워예와 이케메푸나는 오콩코가 전하는 부족 간의 전쟁, 자신이 옛날에 어떻게 상대에게 몰래 다가가 덮쳐서 처음으로 사람의 머리를 베어 왔는지 등에 대한 이야기를 듣곤 했다. 오콩코가 옛날에 대해 이야기할 때면 두 소년은 깜깜한 방의 침침한 장작불 앞에 앉아 여자들이 저녁 준비를 마치기를 기다렸다. 음식 장만이 끝나면, 여자들은 각기 자신이 만든 푸푸와 수프를 남편에게 가지고 왔다. 호롱불이 켜지고 오콩코는 요리들을 맛본 다음, 은워예와 이케메푸나에게 두 사람 몫을 건넸다.

이렇게 달이 가고 계절이 지나갔다. 그러자 메뚜기들이 왔다. 몇 년 동안 없던 일이었다. 어르신들은 한 세대에 한 번 오는데 칠 년간 매해 나타났다 일생 동안 다시 오지 않는다고 했다. 메뚜기들이 먼 나라의 동굴로 돌아가면 난쟁이족에 의해 보호를 받는데, 다시 한 세대가 지나면 이들이 동굴을 열어 메뚜기들을 우무오피아에 오게 한다는 것이다.

메뚜기들은 추수가 끝난 다음 냉랭한 하마탄을 타고 와 들판의 모든 풀들을 먹어 치웠다.

오콩코와 두 남자 아이는 집 둘레의 황토 담을 고치고 있었다. 추수 후 하는 가벼운 일 가운데 하나였다. 벽에 두꺼운 야자 가지와 잎을 새로이 덮어 다가오는 우기에 대비하기 위한 것이었다. 오콩코는 담의 바깥을, 아이들은 안을 맡았다. 담 위쪽에 안팎을 연결하는 작은 구멍들이 있는데, 이를 통해 오콩코가 밧줄과 티에티에를 건네주면 아이들이 그걸 받아 버팀목을 휘감은 다음 다시 주는 방식으로 담을 튼튼하게 덧씌워 나갔다.

여자들은 숲으로 가 장작을 주웠고, 꼬마들은 이웃 친구 집에 가 놀았다. 대기엔 황사 기운이 있어 세상을 아련히 잠재우는 듯했다. 오콩코와 아이들은 조용히 일에 열중했고, 오직 새 야자 잎을 담에 올리는 소리나 부산스러운 암탉이 먹이를 찾느라 분주히 낙엽을 뒤적이는 소리만이 있을 뿐이었다.

그런데 그때 갑자기 온 세상에 그림자가 졌다. 짙은 구름 뒤로 해가 숨은 듯했다. 오콩코는 일을 하다 하늘을 쳐다보았고 지금쯤은 있을 법하지 않은 비가 오려는 것인가 의아해했다. 하지만 바로 그때 사방에서 즐거운 비명이 터져 나왔고, 정오의 몽롱함 속에 졸던 우무오피아가 생기와 활기를 되찾았다.

"메뚜기 떼가 내려온다."

사방에서 기쁨의 노래가 들려왔고, 남자와 여자와 어린이들이 일손을 놓거나 놀기를 멈추고 이 희귀한 광경을 보기 위해 공터로 달려 나왔다. 메뚜기 떼는 참으로 오랫동안 오지 않았었고 오직 노인네들만 본 적이 있었다.

처음엔 아주 작은 떼가 왔다. 이들은 땅을 정찰하는 선발대였다. 이어서 지평선 위로 천천히 움직이는 메뚜기 떼가 끝이 보이지 않는 이불 모양의 먹구름이 되어 우무오피아로 흘러오고 있었다. 하늘을 반쯤 덮은 채 흐르듯 빈틈없던 메뚜기 떼는 이내 빛나는 우주의 먼지인 양 조그만 광선처럼 부서졌다. 힘과 아름다움으로 가득한 엄청난 장관이었다.

사람들이 도처에서 나와 흥분에 차 이야기를 나누고, 메뚜기 떼가 밤 동안 우무오피아에 머물기를 기원했다. 비록 메뚜기들이 우무오피아에 여러 해 동안이나 온 적이 없었지만, 누구나 메뚜기가 좋은 먹을거리라는 것을 본능적으로 알고 있었다. 그리고 마침내 메뚜기들이 정말 땅으로 내려앉았다. 나무마다 풀잎마다 내려앉더니, 지붕에도 내려앉고 공터를 뒤덮었다. 큰 나뭇가지가 이들의 무게로 부러지고, 굶주린 메뚜기 떼가 온 세상을 거대한 갈색으로 변하게 만들었다.

많은 사람들이 메뚜기를 잡으려고 바구니를 들고 밖으로

나왔지만, 어르신들은 밤이 될 때까지 기다리라고 했다. 노인들이 옳았다. 밤이 되자 메뚜기 떼는 숲에 내려앉았고 날개가 이슬에 젖었다. 그러자 우무오피아의 모든 사람이 쌀쌀한 황사 속에 나와 자루와 단지에 메뚜기를 가득 채웠다. 다음 날 아침 메뚜기를 용기에 넣고 구운 다음 바삭바삭하게 마를 때까지 햇볕에 널었다. 그리고 한동안 이 진귀한 먹을거리를 단단한 야자유와 함께 먹었다.

오콩코는 자신의 오비에 앉아 이케메푸나와 은워예와 함께 아삭아삭한 메뚜기를 먹고, 야자주도 넉넉히 마시고 있었다. 그때 오그부에피 에제우두가 들어왔다. 에제우두는 우무오피아 지역에서 가장 나이가 많은 남자였다. 한창땐 이름을 떨친 용감한 전사였고, 지금은 부족 내에서 큰 존경을 받았다. 그 어른은 식사를 사양하더니 오콩코와 밖에서 할 말이 있다고 했다. 오콩코는 지팡이에 의지해 걷는 노인과 함께 밖으로 걸어 나왔다. 사람들의 목소리가 들리지 않는 곳에 이르자, 노인이 오콩코에게 말했다.

"저 아이가 자네를 아버지라 부르네. 아이의 죽음에 자네 손을 대지 말게."

오콩코는 깜짝 놀랐고, 뭔가를 말하려는 순간 노인이 말을 이었다.

"그렇네, 우무오피가 그 아이를 죽이기로 결정했네. 숲과 동굴의 신이 그렇게 말씀하셨네. 관례대로 아이를 우무오피아 밖으로 데리고 나가 그곳에서 죽일 것이네. 하지만 나는 자네가 이 일에 절대 관여하지 않길 바라네. 그 아이가 자네를 아버지라 불러 왔네."

다음 날 아침 일찍 우무오피아 전체 아홉 마을의 어르신들이 오콩코의 집으로 찾아왔고, 은워예와 이케메푸나를 내보낸 다음 목소리를 낮춰 말을 나누기 시작했다. 그들은 그리 오래 머물지 않았고, 그들이 떠나갈 때 오콩코는 턱을 손에 괴고 앉아 오랫동안 말이 없었다. 나중에 그는 이케메푸나를 불러 내일 그가 집으로 돌려보내질 것이라고 말했다. 은워예가 이를 어깨너머로 듣고는 울기 시작하자 오콩코는 그를 몹시 때렸다. 이케메푸나는 당황했다. 자신의 집은 점차 희미해지고 멀어지고 있었다. 아직도 어머니와 여동생을 잊지 못하였고 가족을 볼 수 있다면 정말 기쁜 일이었다. 하지만 육감적으로 그는 자신이 가족들을 볼 수 없으리라는 것을 알고 있었다. 그는 예전에 친아버지가 남자들과 낮은 목소리로 얘기를 나누던 때를 기억했다. 이제 모든 것이 다시 시작되는 것 같았다.

얼마 후 은워예는 어머니 집으로 가서 이케메푸나가 집으로 돌아간다고 말했다. 어머니는 후추를 빻던 절구를 털썩 내려놓더니, 손을 가슴에 얹고 한숨을 쉬었다.

"불쌍한 아이야."

다음 날, 남자들이 술 한 단지를 들고 다시 왔다. 그들은 큰 부족 회의에 가거나 이웃 마을을 방문하는 것처럼 의관을 차려입고 있었다. 옷은 오른쪽 겨드랑이 아래로 바짝 껴 입고, 가죽 자루와 날을 싼 도끼는 왼쪽 어깨 위에 걸쳤다. 오콩코는 바로 준비를 하고 술 단지를 든 이케메푸나를 데리고 출발했다. 오콩코의 집들은 죽은 듯 고요해졌다. 아주 어린 아이들조차 다 아는 듯했다. 하루 종일 은위에는 어머니 집에 앉아 눈물을 글썽였다.

여정을 떠난 이들은 초반엔 메뚜기 떼에 대해, 여자들에 대해, 그리고 동참을 거부한 일부 나약한 남자들에 대해 얘기하고 웃어 댔다. 하지만 우무오피아의 외곽이 가까워 오자 이들에게도 적막이 찾아왔다.

해는 천천히 중천으로 향했고, 마른 모랫길은 담아 놨던 열기를 토해 내기 시작했다. 숲에선 새들이 울었다. 사람들은 흙 위의 낙엽을 밟았다. 그 외엔 사방이 조용했다. 그러자 멀리서 에크웨를 두드리는 소리가 희미하게 들려왔다. 북소리는 바람 속에 들렸다 멀어졌다. 멀리서 다른 부족이 평화로운 춤을 추는 것이었다.

"오조 칭호를 축하하는 춤이군."

사람들이 서로에게 말했다. 하지만 누구도 그 소리가 어디에서 오는지는 알지 못했다. 누구는 에지밀리라고 하고, 누구는 아바메 혹은 아닌타 마을이라고도 했다. 한동안 논쟁을 하다 다시 침묵으로 빠졌고, 알 수 없는 북소리는 바람결에 들렸다 사그라졌다. 어디선가 한 남자가 음악과 춤 그리고 큰 잔치 속에서 부족의 칭호를 받는 것이었다.

깊은 숲속으로 들어가면서 길은 점점 좁아졌다. 마을을 두른 키 작은 나무와 드문드문 난 덤불들 대신 도끼와 산불을 피해 태초부터 있어 온 거대한 나무와 덩굴이 나타나기 시작했다. 나뭇잎과 가지 사이로 내려오는 햇빛이 모랫길에 명암

이 어우러진 무늬를 만들어 냈다.

이케메푸나는 자신의 바로 뒤에서 소곤대는 소리를 듣고는 몸을 획 돌렸다. 소곤대는 소리의 주인공은 이제 모두들 서두르라고 소리를 질렀다.

"갈 길이 멀어."

그러더니 다른 한 사람과 이케메푸나를 앞질러 걸음을 더 빨리 했다.

이렇게 우무오피아 사람들이 날을 싼 도끼로 무장하고 길을 나아가고, 이케메푸나는 머리에 야자주 단지를 이고 그들의 중간에서 걸었다. 처음엔 불안하기만 했던 그도 이젠 두렵지 않았다. 오콩코는 그의 뒤에서 걸었다. 그는 오콩코가 자신의 진짜 아버지가 아니라는 생각을 하기 힘들었다. 그는 친아버지를 좋아한 적이 없었고, 삼 년이 지난 지금 친아버지는 너무나 멀게 느껴졌다. 하지만 어머니와 세 살 난 여동생은…… 물론 여동생은 이제 세 살이 아니라 여섯 살이다. 여동생을 알아볼 수 있을까? 이젠 상당히 자랐을 텐데. 어머니는 얼마나 기쁨의 눈물을 흘리면서, 오콩코에게 이렇게 아들을 잘 돌봐 주고 또 되돌려 줘 고맙다고 할 것인가? 어머니는 그동안 아들이 어떻게 지냈는지 모든 것을 듣고 싶어 할 것이다. 그가 모든 것을 기억해 낼 수 있을까? 은워예와 그의 어머니 그리고 메뚜기 떼에 대해 이야기해 줄 수도 있겠지……. 그때 언뜻 다른 생각이 떠올랐다. 어머니는 돌아가셨을지도 모른다. 그는 이런 생각을 떨쳐 버리려고 노력했지만 잘 되지 않았다. 그래서 더 어린 시절에 문제를 해결하던 것처럼 이 문제도 해결하려 해 보았다. 그는 아직도 그 노래를 기억했다.

에제 엘리나, 엘리나!
　　　살라
에제 일리콰 야
이콰바 아콰 올리골리
에베 단다 네치 에제
에베 우주주 네테 에구
　　　살라

그는 마음속으로 이 노래를 부르면서 박자에 맞춰 걸었다. 만약 이 노래가 오른발에서 끝난다면, 어머니는 살아 계신다. 만약 왼발에 끝난다면, 어머니는 돌아가셨다. 아니, 돌아가신 게 아니라 편찮으시다. 노래가 오른발에서 끝났다. 어머니는 살아 계시고 건강하시다. 그는 다시 노래를 불렀는데, 이번엔 왼발에서 끝났다. 그러나 두 번째 것은 치지 않는다. 첫 번째 목소리가 추쿠 신의 집에 도달한다. 그게 아이들이 항상 하는 얘기였다. 이케메푸나는 자신이 다시 한번 아이가 된 듯했다. 어머니를 보러 집으로 간다는 생각 때문임이 분명했다.

그의 뒤에 오던 한 남자가 헛기침을 했다. 이케메푸나가 뒤를 돌아보자, 그 남자는 그에게 계속 가라며 서서 뒤를 보지 말라고 소리쳤다. 그의 말투가 이케메푸나의 등줄기를 오싹하게 했다. 머리 위로 검은 단지를 잡은 그의 손이 막연히 떨렸다. 왜 오콩코는 맨 뒤로 갔을까? 이케메푸나는 다리가 후들거리는 것을 느꼈다. 그는 뒤를 돌아보기가 두려웠다.

목소리를 가다듬은 남자가 다가와 도끼를 치켜들자, 오콩코가 눈을 돌렸다. 내리치는 소리가 들렸다. 단지가 떨어져 땅 위에 부서졌다. 오콩코가 이케메푸나에게 달려 나가자 "아빠, 사람들이 날 죽여요!"라는 외침이 들렸다. 두려움에 휩싸인 오콩코가 자신의 도끼를 빼 소년을 내리쳤다. 그는 자신이 나약하다고 여겨지는 것이 두려웠다.

* * *

그날 밤 아버지가 들어오자, 은워예는 이케메푸나가 죽었다는 것을 알았고, 마치 팽팽한 활이 끊어지는 것처럼 그의 가슴속에서 뭔가 무너졌다. 그는 울지 않았다. 힘없이 어슬렁거릴 뿐이었다. 얼마 전 지난 추수철에도 이와 똑같은 느낌을 겪은 적이 있었다. 조그만 바구니에 얌을 몇 개라도 나를 수 있는 아이들은 어른들을 따라 모두 밭으로 나갔다. 얌을 캐는 데 도움이 되지 못하는 아이들은 밭에서 먹을 얌을 구울 땔감이라도 모을 수 있었다. 즉석에서 붉은 야자유에 적셔 먹는 구운 얌은 집에서 먹는 어떤 음식보다도 달콤했다. 은워예가 가슴속에서 뭔가 탁 끊어지는 느낌을 처음으로 느낀 것은 이 시기, 하루 밭일을 마친 후였다. 사람들과 함께 냇가 건너 먼 밭에서 얌 바구니를 들고 돌아올 때 그는 울창한 숲속에서 울고 있는 갓난아이의 소리를 들었다. 말을 하던 여인네들은 갑자기 입을 다물고 발걸음을 재촉했다. 은워예는 쌍둥이를 항아리에 넣어 숲에 버린다는 얘기를 들었지만 이제까지 직접 마주친 적은 없었다. 으스스한 소름이 끼쳐 왔고, 밤길을 홀로 걷다 악령을 지나친 사람처럼 머리가 부풀어 오르는 것 같았다. 그때 가슴속에서 뭔가가 무너졌다. 그의 아버지가 그날 밤 이케메푸나를 죽인 다음 들어왔을 때, 그것이, 그 느낌이 다시 그를 엄습해 왔다.

8장

이케메푸나가 죽은 다음 이틀 동안 오콩코는 음식을 입에 대지 않았다. 아침부터 밤까지 야자주를 마셔, 꼬리를 잡혀 바닥에 내팽개쳐진 쥐의 눈처럼 눈이 벌겋고 섬뜩했다. 그는 아들 은워예를 자신의 오비로 불러 옆에 앉혔다. 하지만 아이는 그를 무서워해 그가 조는 사이에 방을 빠져나왔다.

오콩코는 밤에 잠을 자지 못했다. 이케메푸나를 생각하지 않으려고 노력했지만, 그러면 그럴수록 더 생각이 났다. 한번은 침상에서 일어나 집 주변을 걸어 보았다. 하지만 다리가 후들거려 걸을 수조차 없었다. 마치 술 취한 거인이 모기 다리로 걷는 것같이 느껴졌다. 가끔은 머리에 싸늘한 경련이 와 몸 아래로 쭉 퍼졌다.

사흘째 되는 날 그는 둘째 부인 에퀘피에게 바나나 요리를 하도록 했다. 부인은 그가 좋아하는 방식대로, 콩과 생선을 조금 넣어 요리를 했다.

"이틀 동안이나 아무것도 드시지 않았어요." 딸 에진마가 바나나 요리를 가지고 오면서 그에게 말했다. "이것은 꼭 다 드셔야 해요."

아이는 앉더니 다리를 앞으로 쭉 뻗었다. 오콩코가 얼이 빠진 채 음식을 먹었다. '이 아이는 남자애여야 했는데.' 오콩코는 열 살 난 딸을 보며 생각했다. 그는 아이에게 생선 한 조각을 건넸다.

"가서 찬물 좀 가져오너라."

에진마는 생선을 씹으면서 곧장 방을 빠져나가더니 이내 어머니 집의 항아리에서 시원한 물 한 그릇을 가지고 돌아왔다.

오콩코는 물그릇을 받아 들고 벌컥거리며 마셨다. 그는 바나나를 몇 점 더 먹은 다음 접시를 한편으로 물렸다.

"내 자루를 가져오너라."

그러자 에진마가 방 맨 구석에 있던 염소 가죽 자루를 가지고 왔다. 그는 그 안에서 코담배를 찾았다. 자루는 속이 깊어 그의 팔이 거의 다 들어갈 정도였다. 거기엔 코담배 외에도 여러 가지가 들어 있었다. 뿔로 만든 술잔도 있고, 물을 마시는 호리병박도 있어, 이러저리 찾는 손길에 서로 부딪히는 소리를 냈다. 마침내 코담배를 꺼낸 그는 병을 여러 번 무릎에 치더니, 담배를 조금 꺼내 왼손바닥에 놓았다. 그러고 나서야 자신이 담배 숟가락을 꺼내지 않았다는 것을 깨달았다. 다시 자루를 뒤진 그가 조그맣고 편편한 상아 숟가락을 꺼내 그 위에 갈색 담배를 놓아 코로 가져갔다.

에진마는 한 손엔 접시를 다른 손엔 빈 물그릇을 들고 어머니 집으로 돌아왔다.

"남자아이가 되어야 했는데."

오콩코가 다시 혼잣말을 했다. 또 마음이 이케메푸나에게 되돌아가자 다시 전율을 느꼈다. 아마 뭔가 할 일을 찾으면 잊을 수 있으리라는 생각이 들었다. 하지만 지금은 추수가 끝나고 다음 파종기도 아닌 농한기였다. 이런 때 남자들이 하는 유일한 일은 새 야자 잎으로 집의 담을 덮는 일 정도였다. 그런데 오콩코는 이 일도 이미 해 버렸다. 담 바깥에서 자신이, 안쪽에서 이케메푸나와 은워예가 일하고 있는데 메뚜기 떼가 오던 바로 그날 이 일을 마쳤던 것이다.

'언제 이렇게 덜덜 떠는 늙은 여자가 되었는가?' 오콩코가 스스로에게 물었다. '전쟁의 무훈으로 온 아홉 마을에 그 이름을 떨친 나였는데. 내가 전쟁에서 다섯을 죽였는데 거기에 어린아이 하나를 더한 것으로 이렇게 산산조각이 날 수 있는가? 오콩코, 넌 이제 정말 여자가 되었구나.'

그가 벌떡 일어나더니, 가죽 자루를 어깨에 메고 친구 오비에리카를 만나러 갔다.

오비에리카는 바깥 오렌지 나무 그늘 아래 앉아 라피아야자 잎으로 지붕에 얹을 재료를 엮고 있었다. 그는 오콩코와 인사를 나눈 다음 함께 자신의 오비로 향했다.

"저것까지만 끝내고 바로 오겠네."

다리에 묻은 흙을 털어 내면서 오비에리카가 말했다.

"그래도 괜찮겠는가?"

"괜찮네. 딸의 구혼자가 오늘 오는데, 신부 값 문제가 타결되었으면 좋겠네. 자네도 합석해 주게나."

바로 그때 오비에리카의 아들 마두카가 밖에서 오비로 들어와 오콩코에게 인사를 하고 안으로 향하려 했다.

"이리 와 악수 한번 해 보자." 오콩코가 소년에게 말했다. "일전에 네 씨름 솜씨에 얼마나 놀랐는지 모른다."

소년은 미소와 함께 악수를 나누고는 집 안으로 들어갔다.

"크게 될 아이야." 오콩코가 말했다. "내게 저런 아들이 있다면 정말 행복할 거네. 은워예가 걱정이야. 씨름 경기에 나간다면 으깬 얌 한 그릇이 오히려 그 아일 이길 걸세. 차라리 남동생 둘이 더 싹수가 있지. 오비에리카, 내 애들은 나를 닮지 않은 게 분명하네. 늙은 바나나 나무가 죽어 갈 때 커 나갈 가지들이 어디 있겠는가? 에진마가 남자 애였다면 내가 더 행복했을 것이네. 그 애는 기질을 타고 났는데."

"괜한 걱정 말게나. 애들은 아직 어리네."

"은워예는 장가도 갈 수 있는 나이네. 그 나이에 나는 이미 나를 추스르지 않았나. 아니네, 그는 어리지 않아. 수탉으로 자랄 병아리는 알에서 나올 때부터 반점이 있다지 않나. 은워예를 남자로 키우려고 내 모든 힘을 다했건만, 그 아이에겐 제 어머니 피가 너무 많네."

'할아버지 피가 너무 많은 거겠지.' 오비에리카는 이렇게 생각했지만, 말하지는 않았다. 똑같은 생각이 오콩코에게도 떠올랐다. 하지만 그는 그 망령을 털어 내는 방법을 오래전부터 알고 있었다. 아버지가 나약하고 실패자였다는 생각이 괴롭힐 때면, 자신의 힘과 성공을 생각함으로써 이를 몰아냈다. 지금도 그렇게 했다. 그는 가장 최근에 자신이 보여 준 용기를 마음속에 떠올렸다.

"자네는 왜 그 아이를 죽이러 가는 우리와 함께하지 않았는지 이해가 안 되네."

"그러고 싶지 않았을 뿐이네." 오비에리카가 단호하게 대답했다. "그보다는 해야 할 더 좋은 일이 있었네."

"아이가 죽어야 한다고 말한 신의 권위와 결정에 의문을 제기하는 것인가?"

"아니네. 내가 왜 그러겠는가? 하지만 신께서 그 결정을 실행하라고 내게 요구한 것은 아니네."

"하지만 누군가 해야 했지. 우리 모두가 피를 두려워한다면, 일이 될 수 없지. 그렇게 되면 신께서 어떻게 하리라 생각하는가?"

"오콩코, 자네는 내가 피를 두려워하지 않는다는 걸 잘 알지 않는가. 만약 어느 누가 내가 그렇다고 한다면 그것은 거짓말이지. 한 가지만 분명히 해 두겠네. 나 같으면 집에 그냥 남았겠네. 자네가 한 일은 대지의 여신을 기쁘게 하지 않을 것이네. 그건 여신께서 일가를 멸족시킬 수 있는 행동이네."

"여신께서 자신의 명령을 받든 나를 벌할 수는 없네. 어머니가 쥐어 준 얌은 아무리 뜨거워도 아이의 손가락을 데지 않는 법이지."

"맞는 말이네." 오비에리카가 수긍했다. "하지만 신께서 내 아들이 죽어야 한다고 말씀하시면 나는 그것을 거부하지도 않겠지만 그것을 몸소 실행하는 사람도 되지 않겠네."

그때 마침 오포에두가 들어오지 않았다면 둘의 말은 계속 오갔을 것이다. 그가 눈을 깜짝이는 것으로 보아 중요한 소식을 가져온 게 분명했다. 하지만 그에게 무슨 소식이냐고 재촉하는 것은 점잖지 못한 일이었다. 오비에리카는 오콩코와 함께 깬 콜라 열매 한 조각을 그에게 권했다. 오포에두가 천천히 먹으면서 메뚜기에 대해 이야기했다. 콜라를 다 먹은 후 그가 말했다.

"요즘 정말 이상한 일들이 많네."

"무슨 일 말인가?"

오콩코가 물었다.

"오그부에피 은둘루에를 아는가?"

"이레 마을의 오그부에피 은둘루에 말이군."

오콩코와 오비에리카가 동시에 말했다.

"그분이 오늘 아침 돌아가셨네."

"그렇다면 이상한 일은 아니지. 그분은 이레에서 가장 연세가 많으신 분 아닌가."

오비에리카가 말했다.

"그렇네." 오포에두도 같은 생각이었다. "하지만 우무오피아에 그분의 죽음을 알리는 북소리가 왜 울리지 않았는지 궁금하지 않은가?"

"어떻게 된 것인가?"

오비에리카와 오콩코가 함께 물었다.

"그게 이상하다는 것이네. 자네들도 지팡이를 짚고 걷는 그의 첫째 부인을 알겠지?"

"물론이지. 오조에메나 아닌가."

"그렇네. 알다시피, 은둘루에가 편찮은 동안 간병을 하기엔 오조에메나가 너무 나이가 많았지. 그래서 더 나이 적은 부인들이 간병을 했다네. 오늘 아침 노인이 돌아가신 다음, 부인 한 분이 오조에메나의 방으로 가 이 사실을 알려주었다네. 노부인은 돗자리에서 일어나, 지팡이를 잡더니 남편이 누워 있는 오비로 건너갔다네. 그러곤 그 부인이 무릎을 꿇고는 문지방을 손으로 잡은 채, 돗자리에 누워 있는 남편의 이름을 '오그부에피 은둘루에.' 하고 세 번 부르더니 자신의 방으로 돌아갔다는구먼. 시신을 씻기는 행사에 오시도록 가장 나이 적은 부인이 다시 노부인을 부르러 갔더니, 부인이 돗자리 위에 누워 계셨다는 것이네. 이미 돌아가신 채."

"참으로 기이한 일일세." 오콩코가 말했다. "그럼 노부인의 묘를 쓸 때까지 은둘루에의 장례식을 연기하겠구먼."

"그래서 북소리가 우무오피아에 소식을 알리지 않은 모양이군."

오포에두가 말했다.

"은둘루에와 오조에메나가 항상 일심동체였다는 것은 누구나 알고 있네." 오비에리카가 말했다. "우리 어린 시절엔 두 사람에 대한 노래가 있었지. 부인에게 말하지 않고는 남편이 아무 일도 하지 못한다는 노래였네."

"그건 난 몰랐네." 오콩코가 말했다. "난 그분이 젊은 시절에 단호한 남자인 줄 알았는데."

"정말 단호한 사람이었지."

오포에두가 말했다.

오콩코도 의심스러운 듯 고개를 내저었다.

"어떻든 그 시절에 우무오피아의 전쟁을 이끈 분이지."

오비에리카가 말했다.

* * *

오콩코는 다시 이전 기분으로 돌아오기 시작했다. 그에게 필요한 것은 마음을 쏟을 어떤 것이었다. 바쁜 파종기에 혹은 추수철에 이케메푸나를 죽였다면 그가 이렇게 엉망이 되진 않았을 것이고, 일에 집중할 수 있었을 것이다. 오콩코는 사색형이 아니라 행동형의 사람이었다. 하지만 일이 없는 지금은 대화가 차선책이었다.

오포에두가 떠나자 곧 오콩코도 자리를 뜨기 위해 자루를 들었다.

"오후 야자나무 수액 일을 해야 하니 잠시 집에 다녀와야겠네."

"키 큰 나무는 누가 물을 빼는가?"

오비에리카가 물었다.

"우메줄리케가 한다네."

"가끔 난 오조 칭호를 받지 않았으면 더 좋았을걸 하고 생각하네." 오비에리카가 말했다. "요즘 젊은이들이 수액을 낸다 하면서 야자나무를 죽이는 것을 보면 속이 상해."

"정말 그렇네." 오콩코가 맞장구쳤다. "하지만 우리의 예법은 지켜야 하지 않는가."

"어떻게 그런 예법이 생겼는지 모르겠네. 많은 다른 부족에선 칭호가 있다 하여 야자나무에 오르지 말라는 예법은 없잖은가. 우리만 칭호 있는 사람이 높은 나무를 오르지 못하고 땅 위 나무 아래서만 액을 낼 수 있지. 디마라가나가 자신의 금기가 개이니 개고기를 썰 칼은 빌려 줄 수 없고 대신 자신의 이를 쓰라고 한 것과 진배없네 그려."

"우리 부족이 오조 칭호를 계속 높이 평가하는 것은 좋은 일이라 생각하네. 자네가 말하는 다른 부족에선, 오조가 너무 낮아져 모든 거지들이 다 오조라네."

"농담 삼아 한 얘길세. 아바메와 아닌타에서도 오조 칭호의 가치가 두 조가비보다 못하다네. 모든 남자가 칭호 줄을 발목에 차고 다니고, 도둑질을 해도 칭호를 잃지 않는다네."

"오조라는 이름을 정말 더럽힌 게지."

오콩코가 자리를 뜨며 말했다.

"곧 처가 친척들이 올 것이네."

"금방 돌아오겠네."

해가 어디쯤인가를 보면서 오콩코가 말했다.

* * *

오콩코가 돌아왔을 때 오비에리카의 방엔 남자 일곱이 와 있었다. 구혼자는 스물다섯 살의 젊은이였는데, 아버지와 삼촌도 와 있었다. 오비에리카 쪽엔 그의 두 형님들과 열여섯 살 먹은 아들 마두카가 있었다.

"아쿠에케 어머니에게 콜라 열매를 가져오도록 해라."

오비에리카가 아들에게 말했다. 마두카가 번개같이 사라졌다. 그러자 즉시 그에 대한 대화가 시작되었고, 모두들 그가 면도칼처럼 민첩하다고 했다.

"제 생각엔 가끔 너무 민첩한 게 아닌가 합니다." 오비에리카가 겸손하게 말했다. "거의 걷는 법이 없습니다. 항상 급해요. 심부름을 보내면 말이 끝나기도 전에 이미 날아가 버립니다."

"아비의 어린 시절을 아주 빼닮은 것이네." 오비에리카의 큰 형님이 말했다. "속담에 '어미 소가 여물을 씹으면 어린 소가 그 입을 지켜본다.'고 했지요. 마두카가 아비 입을 지켜봐 온 것이지요."

이런 이야기를 하고 있을 때, 아이가 돌아왔다. 뒤엔 그의 배다른 여동생 아쿠에케가 콜라 열매 셋과 기니 생강을 나무 그릇에 담아 왔다. 여자아이는 큰아버지에게 접시를 건넨 다음, 무척이나 수줍게 그녀의 구혼자와 그 인척들과 악수를 나눴다. 그녀는 열여섯 살가량으로 이제 막 결혼할 시기를 맞은 정도였다. 구혼자와 그 인척들은 그녀가 얼마나 예쁘고 적령기에 달했는지 확실히 하려는 듯 전문가의 눈으로 아이의 몸을 훑어보았다.

그녀는 머리 가운데에서 정수리까지 가는 머리 장식을 하고 있었다. 피부엔 캠우드 향을 가볍게 바르고, 온몸엔 울리 염료로 검은 문신을 새겼다. 목에 건 고리 모양의 검정색 목걸이는 풍성하고 탄력 있는 가슴 바로 위까지 흘러내렸다. 팔에는 빨갛고 노란 팔찌를 차고, 허리엔 구슬 허리띠인 지기다를 네다섯 줄로 차고 있었다.

그녀는 악수를 한 다음, 정확히는 악수를 하도록 손을 내밀어 주었던 것에 지나지 않지만, 어머니의 집으로 돌아가 요리를 도왔다.

"지기다 먼저 벗어야지." 그녀가 벽 한쪽에 있는 절구를 가지러 화로 가까이 걸어가자 어머니가 한 경고였다. "매번 지기다와 불은 가까우면 안 된다고 했지. 그런데 넌 듣질 않니. 들으려고가 아니라 그냥 장식으로 귀를 키운 게냐? 허리춤에 한 번 불이 붙어야 정신을 차리지."

아쿠에케는 방 한구석으로 가 허리 구슬을 벗기 시작했다. 천천히 조심스럽게 한 줄씩 벗어야 하는데, 그렇지 않으면 끊어져 버려 수천 개의 조그만 구슬을 다시 엮어야 했다. 그녀는 손바닥으로 줄을 아래로 쓸어내리면서 엉덩이와 발 아래로 풀어냈다.

오비에 있던 남자들은 아쿠에케의 구혼자가 가져온 야자주를 이미 마시기 시작했다. 아주 맛있고 도수가 센 술로, 거품이 생기지 않도록 주둥이에 야자열매를 걸쳐 놓았는데도 하얀 거품이 넘쳤다.

"잘 빚은 술이군요."

오콩코가 말했다.

젊은 구혼자의 이름은 이베였는데, 환하게 미소를 지으면서 자신의 아버지에게 "들으셨어요?" 하고 말했다. 그러곤 다른 사람들을 보며 "아버지는 제가 야자주를 잘 빚는다는 것을 인정하지 않으실 거예요."라고 덧붙였다.

"내 가장 좋은 야자나무를 세 그루나 죽였지요."

그의 아버지 우케그부가 말했다.

"오 년 전쯤 일이죠." 이베가 이렇게 말하면서 술을 따르기 시작했다. "제가 그 일을 배우기 전이었어요."

그는 첫 잔을 채워 자신의 아버지에게 건넸다. 그런 다음 다른 사람들에게도 돌렸다. 오콩코는 가죽 자루에서 자신의 큰 잔을 꺼낸 다음, 있을지 모를 먼지를 불어 내고 이베가 술을 채우도록 건넸다.

남자들은 술을 마시면서 이렇게 모이게 된 가장 중요한 문제를 빼고 모든 것에 대해 이야기했다. 술이 모두 비워진 다음에야 구혼자의 아버지가 목소리를 가다듬더니 방문한 목적을 알렸다.

그러자 오비에리카가 잔가지를 묶은 다발을 그에게 건넸다. 우케그부가 이들을 세었다.

"삼십 개인가요?"

오비에리카가 그렇다며 고개를 끄덕였다.

"드디어 이야기가 시작되는군요." 우케그부는 이렇게 말하고 나서, 자신의 동생과 아들에게 말했다. "밖에 나가서 논의를 해야겠다."

셋은 일어나 밖으로 나갔다. 모두 다시 돌아와서는 우케그부가 막대기 다발을 오비에리카에게 되돌려 줬다. 그가 다시 세어 보았다. 삼십 개가 아니라 이젠 열다섯 개뿐이었다. 그가 이를 그의 큰형님 마치에게 건네자, 형님이 말했다.

"우리는 삼십 개 아래로는 생각지 않았습니다. 하지만 견공들이 말하길, '내가 너에게 무릎을 꿇을 때 너도 나에게 무릎을 꿇으면, 그때 놀이가 된다.' 했지요. 결혼은 싸움이 아니라 놀이가 되어야겠지요. 그러니 우리도 다시 무릎을 꿇어야지요."

그러곤 그가 열다섯 막대에 열 개를 더해 우케그부에게 건넸다.

이런 방식으로 진행되더니 마침내 아쿠에케의 신부 값이 조가비 스무 자루로 타결되었다. 두 쪽이 이런 합의에 도달했을 때는 이미 해가 지고 있었다.

"아쿠에케의 어머니에게 가서 끝났다고 말해라."

오비에리카가 아들 마두카에게 말했다. 말이 끝나자마자 여자들이 큰 그릇에 푸푸를 들고 들어왔다. 오비에리카의 두 번째 부인은 수프 단지를 가지고 뒤따랐고, 마두카는 야자주 한 단지를 가지고 왔다.

남자들은 식사를 하고 야자주를 마시면서 이웃 마을의 관습에 대해 얘기했다. 먼저 오비에리카가 말했다.

"바로 오늘 아침에 오콩코와 제가 아바메와 아닌타 부족에 대해 얘기했습니다. 거기서는 칭호 있는 사람이 나무를 오르고 부인들 대신 푸푸를 찧는다지요."

"모든 것이 뒤죽박죽이에요. 그 사람들은 우리가 하듯 막대로 신부 값을 정하지도 않아요. 그네들은 시장에서 염소나 소를 사듯이 옥신각신 흥정을 하지요."

"그건 참 좋지 않은 일이로군요." 오비에리카의 큰형님이 말했다. "하지만 한 곳에서 좋은 것이 다른 곳에선 나쁘지요. 우문소 부족에는 흥정이란 게 없어 막대마저도 사용하지 않습니다. 신부 측이 마음에 들 때까지 구혼자가 조가비 자루들을 계속 가지고 오는 것인데, 그러니 항상 싸움으로 이어지는 나쁜 관습이지요."

"세상은 넓지요." 오콩코가 말했다. "어떤 부족에선 남자의 자식들이 여자와 그 가족에게 속한다고 들었습니다."

"그럴 순 없지요." 마치가 말했다. "아이를 만드는 잠자리에서 여자가 남자 위에 간다고 말하는 것과 같군요."

"이 백묵만큼이나 하얗다는 백인들의 이야기 같군요." 오비에리카가 말했다. 그는 백묵 하나를 들어 보였다. 모든 남자가 자신의 오비에 두는 것으로 콜라 열매를 먹은 숫자를 바닥에 적기 위해 사용하는 것이었다. "그런데 사람들 얘기가 그 백인들은 발가락이 없다던데요."

"그럼, 직접 본 적은 없다는 말이냐?"

마치가 물었다.

"그럼 보신 적이 있으세요?"

오비에리카가 되물었다.

"그들 중 한 사람이 자주 여기를 지나가지." 마치가 말했다. "이름이 아마디란다."

아마디를 아는 사람은 웃음을 터뜨렸다. 그는 문둥이로, 문둥병을 점잖게 부르는 말이 '흰둥이'였다.

9장

사흘 밤이 지나고서야 오콩코는 처음으로 잠을 잤다. 한 밤중에 잠에서 깼을 때 지난 사흘을 이제야 평상심으로 되돌아보게 되었다. 그는 자신이 왜 그토록 불안해했는지를 의아해하기 시작했다. 그것은 마치 밤에는 꿈이 왜 그렇게 무서웠던가를 대낮에 의아해하는 것과 같았다. 그는 기지개를 켜고, 자는 동안 모기가 문 다리를 긁었다. 다른 모기 한 마리가 오른쪽 귀 부근에서 앵앵거렸다. 그는 귀를 확 때려 모기를 잡으려 했다. 모기는 왜 항상 귀 부근에서 앵앵거리는 걸까? 어린 시절 어머니가 해 주신 얘기가 생각났다. 하지만 그것은 어리석은 여자들의 이야기였다. 어머니가 얘기하시길, 옛날 남자 모기가 여자 귀에게 결혼을 해 달라고 했는데, 이 말을 들은 귀가 박장대소를 하다 땅바닥에 떨어지고 말았다. 귀가 물었다. "당신이 얼마나 오래 살 것 같으세요? 당신은 이미 해골이나 다름없잖아요." 수모를 당한 모기는 물러갔지만, 이후 귀를 지날 때면 자신이 아직 살아 있다는 것을 말한다고 한다.

오콩코는 옆으로 누워 다시 잠을 청했다. 아침에 누군가 문을 두드려 그는 잠을 깼다.

"누구야?"

그가 소리를 질렀다. 에퀘피인 것이 분명했다. 세 부인 가운데 에퀘피만이 대담하게 그의 문을 두드릴 수 있었다.

"에진마가 죽어 가요."

그녀의 목소리였는데, 그 말엔 그녀 삶의 모든 비극과 슬픔이 담겨 있었다.

오콩코가 침상에서 뛰쳐나와, 문을 확 잡아당기더니 에퀘피의 집으로 달려갔다.

에진마는 어머니가 밤새 피워 놓은 커다란 화로 옆 돗자리 위에서 누워 떨고 있었다.

"이바 열병이다."

이 말과 함께 오콩코는 자신의 도끼를 들고 이바 약에 들어갈 잎과 약초와 나무껍질을 구하기 위해 숲으로 들어갔다.

에퀘피는 아픈 아이 옆에 앉아, 땀에 젖고 열이 불덩이 같은 이마에 가끔씩 손바닥을 대 보았다.

에진마는 그녀의 무남독녀이자 중심이었다. 어머니가 무슨 음식을 준비해야 할지를 결정하는 것은 거의 매번 에진마의 몫이었다. 에퀘피는 너무나 맛이 있어 애들이 훔칠 우려가 있다 하여 애들에게 먹이는 것이 거의 금지된 달걀까지도 에진마에게 먹였다. 어느 날 에진마가 달걀을 먹고 있었는데 오콩코가 갑자기 들어왔다. 크게 충격을 받은 그가 아이에게 다시금 달걀을 주면 에퀘피를 가만두지 않겠노라고 선언했다. 하지만 에진마에게 무엇을 거절하는 것은 불가능했다. 아버지의 야단이 있은 다음에도 아이는 한층 더 달걀을 탐했다. 아이는 무엇보다도 이제 달걀을 먹는 그 은밀함 자체를 즐겼다. 어머니는 항상 아이를 자신들만의 침실로 데려가 문을 닫았다.

에진마는 다른 아이들과 달리 어머니를 은네라 부르지 않았다. 아빠나 다른 어른들이 하듯이, 에퀘피라고 어머니의 이름을 불렀다. 둘의 사이는 모녀 관계를 넘어, 대등한 동반자와 같은 어떤 것이었고, 침실에서 달걀을 먹는 것과 같이 둘만의 은밀한 공모에 의해 강화되었다.

에퀘피는 사는 동안 참으로 많은 고생을 겪었다. 아이를 열이나 낳았지만 아홉이 대부분 세 살도 못 되어 죽었다. 아이를 하나 묻고 또 묻어 가면서 그녀의 슬픔은 절망으로 그리고 암울한 단념으로 변해 갔다. 여자로서 최대의 영광인 출산은 그녀에게 미래가 없는 육체적 고통에 지나지 않았다. 일곱 주가 지난 후 이름을 지어 주는 잔치는 실속 없는 일이었다. 그녀의 깊어 가는 절망은 아이들에게 지어 준 이름들에 표현되었다. 그 가운데 하나는 애처로운 외침인 온움비코, 즉 "죽음이여, 그대에게 애원합니다."였다. 하지만 죽음은 이를 무시하였다. 온움비코는 열다섯 달 만에 죽고 말았다. 다음은 여자아이 오조에메나, 즉 "다시는 그런 일이 없길."이었다. 아이는 열한 달 만에 죽었고, 이후 두 아이도 마찬가지였다. 그러자 에퀘피는 반항적이 되었고 다음 아이를 온우마, "죽음이 좋을 대로 하시겠지."라고 불렀다. 그리고 죽음은 그렇게 했다.

에퀘피의 두 번째 아이가 죽은 다음, 오콩코는 아파 신의 무당이기도 한 주술사에게 가서 무엇이 잘못된 것인지를 물었다. 그는 아이가 오그반제라고 일러줬다. 오그반제란 죽으면 어머니의 배 속으로 들어가 다시 태어나는 사악한 아이였다.

"부인이 다시 아이를 갖게 되면, 자기 집에서 자지 않도록 하게. 친정으로 보내서 그곳 식구들과 살게 하게나. 부인을 괴롭히는 악마로부터 피해 생과 사의 악순환을 끊게 될 것이야."

에퀘피는 시키는 대로 했다. 아이를 갖자 다른 마을에 있는 친정에 가 머물렀다. 세 번째 아이가 태어나고 할례를 받은 것은 거기에서였다. 그녀는 이름 짓는 잔치를 사흘 남겨 놓고 오콩코의 집으로 돌아왔다. 아이의 이름은 온움비코라 지었다.

온움비코가 죽었을 때는 제대로 묻어 주지도 않았다. 오콩코는 오그반제 아이에 대해 가장 박식한 것으로 유명한 다른 부족의 주술사를 모셔왔다. 그의 이름은 오카그부에 우얀와였다. 오카그부에는 키가 크고, 덥수룩한 수염에 민머리를 한 매우 인상적인 사람이었다. 피부는 엷은 색깔에 눈은 빨갛게 이글거렸다. 그는 자신에게 조언을 구하는 사람의 이야기를 들을 때면 항상 이를 갈았다. 그가 오콩코에게 죽은 아이에 대해 몇 가지를 물었다. 아이의 죽음을 애도하기 위해 온 모든 이웃들과 친척들이 두 사람을 에워쌌다.

"무슨 요일에 태어났는가?"

"오예입니다."

오콩코가 대답했다.

"오늘 아침에 죽었다지?"

오콩코는 그렇다고 말하고는, 그때서야 아이가 같은 요일에 태어나고 죽은 것을 처음으로 알아차렸다. 이웃들과 친척들도 이 우연을 알고는 매우 중요한 의미가 있는 것 같다며 수군거렸다.

"부인과 자는 경우 어디에서 자는가? 남편의 오비인가 부인의 집인가?"

"부인의 집입니다."

"앞으론 부인을 오비로 부르게."

주술사는 죽은 아이를 애도하지 말 것을 명했다. 그는 왼쪽으로 메고 있던 가죽 자루에서 날카로운 면도칼을 꺼내더니 아이를 이리저리 자르기 시작했다. 그런 다음 악령의 숲에 묻기 위해 발목을 잡아 자신의 뒤로 끌고 나갔다. 이런 대접을 받은 후라면 아이는 또 태어나는 것에 대해 다시 생각할 것이고, 집요하게 또 태어난다면 상처가 각인되어 손발이 멀쩡하지 못한 상태로, 손가락이 하나 없거나 주술사가 면도칼로 그은 검정색 줄을 가지고 태어날 것이다.

온움비코가 죽었을 때 에퀘피는 비통하기 그지없었다. 남편의 첫 부인에겐 이미 세 아들이 있었고, 모두 튼실하고 건강했다. 그녀가 아들을 잇달아 세 번 낳았을 때, 오콩코는 관례대로 염소를 한 마리 사 주었다. 에퀘피는 그저 잘되기만을 비는 수밖에 없었다. 하지만 그녀는 자신의 치에게 너무나 화가 나 다른 사람의 행운에 즐거워할 수도 없었다. 그래서 은워예의 어머니가 아들의 출산을 축하하는 잔치를 벌이고 노래판이 벌어졌을 때에도, 에퀘피는 축하객 가운데 유일하게 이마에 수심이 가득했다. 남편의 다른 부인들이 대개 그렇듯, 첫 부인은 이를 악의로 받아들였다. 그녀의 분노가 바깥으로 다른 사람에게 향하는 것이 아니라 안으로 자신의 영혼에 향하고 있다는 것을, 다른 사람의 행운을 시샘하는 것이 아니라 복 하나 주지 않는 자신의 못된 치를 탓하고 있다는 것을 어떻게 알겠는가?

마침내 에진마가 태어났는데, 비록 병을 앓았지만 살고자 하는 의지가 굳은 것 같았다. 처음 에퀘피는 이 아이를 이전 아이들의 경우와 마찬가지로 받아들였다. 무관심 속의 포기였다. 하지만 아이가 네 살, 다섯 살, 여섯 살이 되도록 살자 어머니에게 사랑이 다시 한번 돌아왔고, 그 사랑엔 걱정도 따랐다. 어머니는 아이가 건강을 되찾도록 돌보기로 결심하고 혼신을 다했다. 덕분에 가끔 건강을 되찾는 때가 있었고, 그때 에진마는 막 담근 야자주처럼 보글보글 올라왔다. 이런 경우엔 아이가 위험을 넘긴 것 같았다. 하지만 갑자기 아이는 다시 아프곤 했다. 아이가 오그반제인 것이 분명했다. 이렇게 갑자기 아팠다 나았다를 반복하는 것이 오그반제의 특징이었다. 어떤 아이들은 이렇게 태어나고 죽는 악순환에 지치거나 어머니가 불쌍해 세상에 머물기도 했다. 에퀘피는 이렇게 믿었는데, 그것은 자신의 삶에 어떤 의미를 부여하는 것은 오직 믿음뿐이었기 때문이었다. 그리고 이 믿음은 일 년여 전쯤에 어떤 주술사가 에진마의 액운 돌멩이인 이이우와를 파냈을 때 더욱 강해졌다. 모두들 이제 아이가 오그반제 세계와 연을 끊었기 때문에 살 수 있을 거라 믿었다. 에퀘피도 다시 확신을 갖게 되었다. 하지만 딸에 대한 걱정이 큰 탓에 두려움에서 완전히 벗어날 수는 없었다. 그리고 비록 파낸 이이우와가 진짜라 믿었지만, 정말 사악한 어떤 아이들은 그럴듯한 가짜를 파내도록 가끔은 사람들을 속인다는 것을 무시할 수 없었다.

하지만 에진마의 이이우와는 진짜로 보이기에 충분했다. 그것은 더러운 넝마로 싸인 매끈한 조약돌이었다. 그것을 파낸 이가 바로 오카그부에로, 이런 일들에 박식하기로 널리 소문난 사람이었다. 처음에 에진마는 그에게 협조하고 싶지 않았다. 그러나 그럴 수밖에 없었다. 어떤 오그반제도 자신의 비밀을 쉽게 털어놓지 않았는데, 그것은 주로 그들이 너무 어려서, 그러니까 질문을 알아들을 수 있기도 전에 죽었기 때문이다.

"네 이이우와를 어디다 묻었느냐?"

오카그부에가 에진마에게 물었다.

"너는 어디 있는지 알고 있지? 땅 어딘가에 묻어 두고 죽어 다시 태어나 어머니를 괴롭히려는 거지?"

에진마는 어머니를 쳐다보았다. 어머니의 슬프고 애걸하는 눈이 아이에게 고정되어 있었다.

"질문에 당장 대답해라."

아이의 옆에 서 있던 오콩코가 고함을 쳤다. 모든 가족들과 몇몇 이웃 또한 거기에 있었다.

"내게 맡기게." 주술사가 냉정하고 자신 있는 목소리로 오콩코에게 말했다. 그는 다시 에진마를 향해 말했다. "네 이이우와를 어디다 묻었느냐?"

"아이들을 묻는 곳에다요."

아이가 이렇게 대답하자, 조용했던 구경꾼들이 수근댔다.

"그럼 내게 그곳을 보여 달라."

주술사가 말했다.

많은 사람들이 앞서가는 에진마와 아이 뒤를 바짝 따르는 오카그부에를 좇아 나섰다. 오콩코가 그다음이었고 에퀘피가 그 뒤를 따랐다. 큰길에 들어서자 에진마가 냇가로 가는 듯이 왼쪽으로 돌았다.

"아이들이 묻히는 곳이라 하지 않았느냐?"

주술사가 물었다.

"아니에요."

이렇게 말하는 에진마의 자부심이 활발한 발걸음에 물씬 배어났다. 가끔 불현듯 달리다 갑자기 다시 멈추기도 했다. 사람들이 조용히 아이를 따랐다. 머리에 물 항아리를 이고 집으로 가는 아낙들과 아이들은 무슨 일인지 의아해하다가 오카그부에를 보고서 오그반제와 관련된 일임을 추측해 냈다. 그들 모두 에퀘피와 그녀의 딸을 너무 잘 알고 있었던 것이다.

큰 우달라 나무에 도착하자 에진마는 왼쪽 숲으로 향했고, 사람들은 아이를 따랐다. 체구가 작은 아이는 나무와 덩굴 사이를 뒤따르는 사람들보다 훨씬 빨리 걸어 나갔다. 마른 잎과 가지를 밟고 나뭇가지를 제치자 숲이 되살아나는 듯했다. 에진마는 더 깊숙이 들어갔고 사람들은 뒤를 따랐다. 그러자 아이가 갑자기 뒤돌아서더니 다시 길을 내려가기 시작했다. 모두들 서 있다가 아이가 지나가자 다시 줄줄이 따라갔다.

"이렇게 먼 길을 데리고 와 빈손으로 돌아가게 한다면 내가 정신이 번쩍 나도록 해 주지."

오콩코가 위협을 했다.

"가만 놔둬. 이들을 다루는 법은 내가 알지."

오카그부에가 말했다.

에진마는 다시 길을 내려가, 왼쪽과 오른쪽을 두리번거리더니 오른쪽으로 향했다. 그렇게 해서 모두들 집에 다시 도착했다.

"네 이이우와를 어디에 묻었느냐?"

오카그부에가 묻자 에진마가 마침내 아버지의 오비 앞에 멈춰 섰다. 오카그부에의 목소리는 변함이 없었다. 조용하고 확신에 찬 것이었다.

"저 오렌지 나무 옆이에요."

에진마가 말했다.

"그러면 왜 그렇게 말하지 않았느냐, 이 아칼로골리의 사악한 딸아?"

오콩코가 화가 나 험한 말을 했다. 주술사는 그를 무시했다.

"이리 와서 정확한 곳을 말해라."

그가 에진마에게 조용히 말했다.

"여기예요."

그 나무에 가까이 갔을 때 아이가 말했다.

"손가락으로 가리켜 보아라."

오카그부에가 말했다.

"여기예요."

에진마가 손가락을 땅에 대고 말했다. 오콩코는 우기에 천둥이 치듯 우르릉거리며 서 있었다.

"괭이를 갖고 오게."

오카그부에가 말했다.

에퀘피가 괭이를 가져왔을 때, 그는 이미 자루와 긴 옷을 벗어 놓고 내의 차림으로, 얇고 긴 천을 혁대처럼 허리춤에 감은 다음 다리 사이로 해서 혁대 뒤로 묶은 모습이었다. 그는 에진마가 가리킨 곳을 즉시 파기 시작했다. 이웃들은 빙 둘러앉아 구덩이가 점점 깊어지는 것을 지켜보았다. 맨 위의 검은 흙을 걷어 내자 여자들이 집 바닥과 벽을 칠하는 데 사용하는 황토가 나왔다. 등이 땀으로 반짝이는 오카그부에는 쉬지 않고 조용히 작업을 해 나갔다. 오콩코는 구덩이 옆에 서 있었다. 그는 오카그부에에게 자신이 대신 할 테니 잠시 올라와 쉴 것을 권했다. 하지만 오카그부에는 아직 괜찮다고 했다.

에퀘피는 얌을 요리하기 위해 집으로 갔다. 주술사를 대접해야 하므로, 그녀의 남편은 평소보다 더 많은 얌을 가져왔었다. 에진마도 어머니와 함께 집으로 와 야채 요리를 도왔다.

"야채가 너무 많아요."

에진마가 말했다.

"냄비에 얌이 가득한 게 보이지 않니?" 에퀘피가 물었다. "게다가 요리를 하면 잎이 줄어든다는 것을 알잖니."

"알아요. 그래서 도마뱀이 자기 어머니를 죽였어요."

"그래, 맞다."

"도마뱀이 야채 일곱 바구니를 요리하라고 어머니에게 줬는데 결국 세 바구니밖에 안 됐어요. 그래서 어머니를 죽였지요."

"그게 이야기의 끝은 아니지."

"아." 에진마가 소리쳤다. "이제 기억나요. 도마뱀이 다시 일곱 바구니를 가지고 와 자신이 직접 요리를 했지요. 그런데 또 다시 세 바구니가 되었어요. 그래서 자신도 죽고 말았지요."

오비 바깥에서는 오카그부에와 오콩코가 에진마가 이이우와를 묻어 두었던 곳을 찾기 위해 구덩이를 파고 있었다. 이웃 사람들은 주변에 앉아 지켜보고 있었다. 구덩이는 이제 상당히 깊어져 일하는 사람이 보이지 않을 정도였다. 밖으로 퍼내 높게 쌓여 가는 황토만이 보였다. 오콩코의 아들 은워예는 구덩이 바로 옆에 서서 지금 일을 하나도 놓치지 않으려 했다.

오카그부에가 오콩코에게서 다시 일을 넘겨받았다. 이제까지 그랬듯, 그는 말없이 일만 했다. 이웃과 오콩코의 부인들 사이엔 이제 말이 오갔다. 어린아이들은 흥미를 잃고 장난을 쳤다.

갑자기 오카그부에가 표범처럼 날쌔게 땅 위로 튀어 올라왔다.

"이제 아주 가까이 왔다. 느낌이 분명해."

모두가 바로 흥분하기 시작했고 앉아 있는 이들은 벌떡 일어났다.

"부인과 아이를 부르게."

그가 오콩코에게 말했다. 하지만 에퀘피와 에진마가 이미

소리를 듣고 무엇 때문인지 보려고 달려왔다.

오카그부에는 다시 구덩이로 들어갔고, 구덩이는 다시 구경꾼들에 둘러싸였다. 그가 괭이로 몇 번 더 흙을 퍼내자 괭이가 이이우와에 닿는 소리를 냈다. 그는 그것을 괭이로 조심스레 높이 들더니 땅 위로 내던졌다. 그러자 어떤 여자들은 무서워 도망을 쳤다. 하지만 바로 돌아와 모두와 함께 조금 거리를 두고 누더기 조각을 쳐다보았다. 오카그부에가 나와 말 한마디 없이 구경꾼들을 쳐다보지도 않고서 자신의 가죽 자루로 다가가 나뭇잎 두 장을 꺼내 씹었다. 그는 잎을 삼킨 다음 왼손에 누더기 자루를 들더니 풀기 시작했다. 그러자 매끄럽고 빛이 나는 돌멩이가 떨어져 나왔다. 그가 그것을 집어 들었다.

"이게 네 것이냐?"

그가 에진마에게 물었다.

"예."

아이가 대답했다. 여자들은 모두 에퀘피의 고생이 마침내 끝났다는 생각에 기쁨의 탄성을 질렀다.

이 모든 것이 한 해도 전에 일어났던 일이고, 이후 에진마는 병치레를 하지 않았다. 그런데 이렇게 갑자기 밤중에 오한이 들기 시작한 것이다. 에퀘피는 아이를 화롯가에 데리고 와, 바닥에 돗자리를 깔고 불을 피웠다. 그녀는 아이 옆에 무릎을 꿇고 앉아, 땀에 젖어 펄펄 끓는 아이의 이마를 손바닥으로 만져 보면서 수천 번이나 기도를 했다. 다른 부인들이 단지 이바일 뿐이라고 말했지만, 그녀는 들으려 하지 않았다.

* * *

오콩코가 숲에서 약용 풀과 나무의 잎, 뿌리, 껍질을 큰 다발로 만들어 왼쪽 어깨에 걸머지고 돌아왔다. 그는 에퀘피의 집으로 가서 짐을 내려놓고 자리에 앉았다.

"단지를 하나 갖고 와. 그리고 아이는 혼자 놔둬."

에퀘피가 단지를 가지러 가자 오콩코는 다발에서 가장 매끈한 것을 골라 토막을 냈다. 그는 이것들을 단지에 넣고 에퀘피는 약간의 물을 넣었다.

"이만큼이면 충분한가요?"

단지에 반쯤 물을 붓고 그녀가 물었다.

"조금만 더 넣어…… 조금만이라 말했어. 귀가 먹은 거야?"

오콩코가 그녀에게 소리를 질렀다.

그녀가 단지를 불 위에 얹자 오콩코는 도끼를 가지러 오비로 되돌아갔다.

"단지를 잘 지켜봐." 가면서 그가 말했다. "넘치지 않도록 해. 넘치면 약효가 없어지는 거야."

오콩코는 자신의 집으로 가고 에퀘피는 마치 약탕기가 아픈 아이인 양 돌보기 시작했다. 그녀의 눈은 에진마에서 끓고 있는 단지로, 다시 에진마에게로 계속 왔다 갔다 했다.

오콩코는 약이 충분히 달여졌다고 느꼈을 때 다시 왔다. 그가 약탕기를 살펴보더니 됐다고 말했다.

"아이를 앉힐 낮은 의자를 하나 가지고 와. 그리고 두꺼운 돗자리도."

그는 불에서 단지를 내려 의자 앞에 놓았다. 그리고 에진마를 깨워 의자 위에 앉히고는 발 사이에 김이 올라오는 단지를 놓았다. 그런 다음 두꺼운 돗자리로 아이와 단지를 덮었다. 에진마는 숨 막히게 압도해 오는 수증기에서 벗어나려고 했지만, 주저앉혀졌다. 아이가 울기 시작했다.

마침내 돗자리를 걷어 내자 아이는 땀에 흠뻑 젖어 있었다. 에케피가 천 조각으로 땀을 닦아 주자 아이는 마른 돗자리 위에 눕더니 곧 잠이 들었다.

10장

햇볕이 누그러지자마자 많은 사람들이 마을의 일로에 모이기 시작했다. 대부분의 마을 행사는 이 시각쯤에 행해지기 때문에, 행사가 '점심 후에' 있다고 공고되었지만 모두들 점심때가 한참 지나 햇볕이 잦아들 녘에야 시작한다는 것을 알고 있었다.

모여든 사람들이 앉고 선 모습을 볼 때 이 행사는 남자들만의 것이 분명했다. 여자들도 많이 있었지만, 가장자리에서 이방인인 양 구경만 했다. 칭호가 있는 남자들과 어르신들은 자기 의자에 앉아 재판이 시작되길 기다렸다. 그들 앞에는 빈 의자 한 줄이 마련되어 있었다. 모두 아홉 개였다. 의자 너머로 많이 떨어진 곳에 소수의 사람들이 둘로 나뉘어 있었다. 그들은 마을 어른들과 마주 보고 있었다. 한쪽에는 세 남자가, 다른 쪽에는 세 남자와 한 여자가 있었다. 여자는 음그바포였고 그녀와 함께 있는 남자들은 그녀의 오빠와 동생들이었다. 다른 쪽은 그녀의 남편인 우조울루와 그의 친척들이었다. 음그바포 쪽의 사람들은 반항적인 표정을 짓고 있는 동상처럼 조용했다. 반면 우조울루와 친척들은 서로 귓속말을 하고 있었다. 그들은 소곤거리는 것같이 보였지만, 사실 나름대로 가장 높은 목소리로 얘기를 나누고 있었다. 모여든 사람들이 모두 얘기를 하고 있어서 마치 시장통 같았다. 멀리서는 그 소음이 깊게 우르릉대는 바람 소리처럼 들렸다.

둔탁한 종소리가 울리고, 관중은 기대에 부풀었다. 모두는 에구구가 있는 집 쪽을 쳐다보았다. 공, 공, 공, 공, 종이 울리고, 피리가 큰 소리로 고음을 토해 냈다. 그러자 에구구의 거칠고 무시무시한 목소리가 들려왔다. 여자들과 아이들이 소스라치게 놀라 뒷걸음을 쳤다. 하지만 그것은 잠깐이었다. 아녀자들이 서 있는 곳은 에구구가 다가온다 해도 충분히 도망칠 수 있을 만큼 떨어져 있었다.

북이 다시 울리고 피리 소리도 다시 들렸다. 에구구의 집은 이제 떨리는 목소리가 가득한 복마전이 되었다. "아루 오이임 데 데 데 데 데이!"라는 소리였다. 조상의 혼령이 땅에서 올라오면서 알아들을 수 없는 말로 인사를 하는 것이었다. 혼령이 나타나는 에구구의 집은 숲 가까이 있어, 먼발치의 사람들은, 정기적으로 특별히 선택되는 여자들이 그린 형형색색의 무늬와 그림이 새겨진 에구구의 등만을 볼 수 있었다. 이 여자들도 집 안쪽은 들여다보지 못했다. 어느 누구도 이제까지 그런 적이 없었다. 이들은 남자들의 감독하에 담 바깥쪽을 청소하고 그림을 그렸다. 안에 무엇이 있을까 궁금하다면, 그저 상상에 맡길 수밖에 없었다. 어떤 여자도 부족의 가장 강하고 신비스러운 예식에 대해 감히 질문할 수 없었다.

"아루 오이임 데 데 데 데이!"라는 소리가 밤을 가르면서, 날름거리는 불길처럼 집을 휘감았다. 조상의 혼령들이 밖으로 나온 것이다. 이제 둔탁한 종소리가 계속 울려 대고 날카롭고 힘 있는 피리 소리는 군중 위로 떠돌았다.

그러자 마침내 에구구가 모습을 드러냈다. 여자들과 어린아이들은 고함을 지르고 달아났다. 본능적이었다. 어떤 여자는 에구구가 보이자마자 도망을 쳤다. 이날처럼, 높으신 조상님들의 영혼이 탈을 쓰고 아홉 분이나 함께 나오는 광경은 이만저만 무서운 게 아니었다. 음그바포조차 줄행랑을 치자 오빠가 막아설 수밖에 없었다.

아홉 에구구는 각자가 부족의 한 마을씩을 대표했다. 이들 에구구의 지도자는 악령의 숲이라 불렸다. 연기가 그의 머리 위로 올랐다.

우무오피아의 아홉 마을은 부족의 한 아버지 아래 아홉 아들에서 유래했다. 악령의 숲은 아홉 아들 가운데 장자인 에루의 자손 즉 우메루 마을을 대표했다.

"우무오피아 크웨누!" 라피아야자로 덮은 팔로 하늘을 가르며 선두의 에구구가 소리를 질렀다. 부족이 어른들이 "야아!" 하고 응답했다.

"우무오피아 크웨누!"

"야아!"

"우무오피아 크웨누!"

"야아!"

그러자 악령의 숲이 자신이 흔들던 지팡이의 뾰쪽한 끝을 땅에 꽂았다. 그러자 지팡이가 금속성의 생명체인양 들썩거리면서 격렬하게 흔들리기 시작했다. 그가 빈 첫 의자에 자리를 잡자 다른 여덟 에구구도 연배에 따라 차례로 자리를 잡기 시작했다.

오콩코의 부인들, 그리고 다른 여자들도 두 번째 에구구에게서 오콩코의 활달한 발걸음을 알아볼 수 있었다. 이들은 또 에구구의 뒷줄에 앉은 칭호 있는 남자들과 어르신들 가운데 오콩코가 보이지 않는다는 것도 알아차렸을 것이다. 하지만 그렇다 해도 이는 비밀로 해야 했다. 지금 활달한 발걸음의 에구구는 돌아가신 조상님 가운데 한 분이었다. 라피아야자로 그을린 몸은 무시무시했고, 커다란 탈에는 동그랗게 텅 빈 눈과 남자 손가락만큼이나 큰 숯으로 된 이빨을 빼곤 하얗게 색을 칠해 놓았다.

모든 에구구가 자리를 잡고 앉아 몸에 걸친 많은 조그만 종과 짤랑이는 물건들이 내는 소리가 잦아들자, 악령의 숲은 두 줄이 서로 마주 보도록 했다.

"우조울루의 몸이여, 안녕하느냐?"

혼령들은 항상 인간을 '몸'이라 불렀다. 우조울루는 복종의 표시로 허리를 숙여 오른손으로 땅을 짚었다.

"우리의 조상님, 제 손이 땅에 있습니다."

“우조울루의 몸이여, 나를 알겠느냐?”

“조상님, 제가 어찌 알겠습니까? 제가 알 수 없지요.”

그러자 악령의 숲은 다른 이들을 향하더니 세 형제 중 맏이에게 말했다.

“오두퀘의 몸이여, 안녕하느냐?”

혼령이 이렇게 말하자, 오두퀘가 몸을 굽혀 땅을 만졌다. 그러고 나서 사건의 심리(審理)가 시작되었다.

우조울루가 앞으로 나서더니 자신의 사정을 이야기했다.

“저기 서 있는 여자가 제 아내 음그바포입니다. 저는 제 돈과 얌을 가지고 저 여자와 결혼했습니다. 저는 처가에 빚진 게 없습니다. 코코얌 하나 꾸지 않았지요. 어느 날 아침 처가 식구 셋이 저희 집으로 오더니, 저를 때리고 제 아내와 아이를 데리고 가 버렸습니다. 우기에 일어난 일이었지요. 저는 아내가 돌아오길 기다렸지만 헛수고였습니다. 기다리다 못해 제가 처가로 가 이렇게 말했습니다. ‘그대들이 여동생을 다시 데려갔지요. 내가 아내를 내보낸 것이 아니지요. 그대들이 직접 데려간 것입니다. 그렇다면 부족의 법에 따라 신부 값을 되돌려 주시죠.’ 하지만 처가 식구들은 할 말이 없다고 잡아뗐습니다. 그래서 저는 이 일을 조상님들께 가지고 온 것입니다. 이게 사안의 전부입니다. 감사합니다.”

“이치에 맞는 말이다.” 우두머리 에구구가 말했다. “오두퀘의 말을 들어 보자. 그 또한 이치에 맞는 말을 할 것이야.”

오두퀘는 키가 작고 다부졌다. 그는 앞으로 걸어 나와, 혼령들에게 인사한 다음 말하기 시작했다.

"매제는 우리가 그의 집으로 찾아가, 그를 때리고, 제 여동생과 아이들을 데리고 왔다고 말했습니다. 모두 사실입니다. 그는 자신이 신부 값을 되돌려 달라고 했고 우리가 그것을 거부했다고 말했습니다. 그것 또한 사실입니다. 그러나 제 매제 우조울루는 짐승입니다. 제 여동생은 그와 아홉 해를 살았습니다. 그 세월 동안 단 하루도 부인을 때리지 않고 지나간 적이 없습니다. 우리는 수도 없이 그 문제를 해결하려고 해 봤지만 매번 우조울루의 잘못으로……."

"거짓말입니다!"

우조울루가 소리쳤다.

오두퀘가 계속했다.

"두 해 전엔, 임신을 했을 때도 유산이 될 때까지 제 동생을 때렸습니다."

"거짓말입니다. 외간 남자와 잠자리를 하고 나서 유산한 것입니다."

"우조울루의 몸이여, 고맙네."

악령의 숲이 이렇게 말하면서 그를 진정시켰다.

"어떤 남자가 임신한 여자와 잠을 잔단 말인가?"

모인 사람들이 이렇게 동의하는 속삭임이 크게 들렸다. 오두퀘가 계속했다.

"작년에 동생이 병에서 회복 중이었는데, 그가 다시 손찌검을 했습니다. 만일 이웃이 끼어들지 않았더라면 제 동생은 죽었을 것입니다. 우리는 이런 말을 듣고서, 조상님께서 방금 들으신 일을 한 것입니다. 만약 여자가 남편에게서 도망을 치면 신부 값을 되돌려 줘야 하는 것이 우무오피아의 법입니다. 하지만 이 경우엔 여자가 자신의 목숨을 구하기 위해 도망친 것입니다. 두 아이는 매제에게 속합니다. 그것을 부정하지는 않습니다만, 애들이 어머니와 떨어지기엔 너무 어립니다. 만약 지금과 달리 매제가 정신을 차리고 아내에게 돌아와 달라고 간청한다면, 그리고 또다시 주먹을 휘두를 경우 우리가 불알을 잘라 버린다는 조건에 동의한다면 제 여동생은 돌아갈 것입니다."

군중석이 웃음바다가 되었다. 악령의 숲이 자리에서 일어나자 바로 질서가 회복되었다. 그가 다시 자리에 앉더니 증인 두 명을 불렀다. 우조울루의 이웃들이었는데, 두 사람 모두 그가 아내를 구타했다고 증언했다. 그러자 악령의 숲이 일어나, 지팡이를 들어 다시 땅을 쿡쿡 내리쳤다. 그가 여자들이 있는 쪽으로 몇 발자국 달려가자, 모두가 두려움에 도망을 쳤다가 거의 곧바로 다시 제자리로 되돌아왔다. 그러자 아홉 에구구는 논의를 위해 자신들의 거처로 돌아갔다. 그들은 오랫동안 조용했다. 이윽고 둔탁한 종소리가 울렸고 피리 소리가 들렸다. 에구구가 다시 자신들의 땅 밑 집에서 나왔다. 그들은 서로 인사를 나눈 다음 일로에 다시 나타났다.

"우무오피아 크웨누!"

악령의 숲이 부족의 어른과 지체 높은 분들을 보고 소리쳤다.

"야아!"

천둥소리와 같이 군중이 응답했다. 곧이어 하늘부터 점차 조용해지면서 지상의 소리가 잦아들었다.

악령의 숲은 말을 하기 시작했고 그가 말하는 동안 모두들 침묵했다. 다른 여덟 에구구는 조각처럼 움직임이 없었다.

"우리는 이 사안에 대해 양쪽 당사자의 얘기를 다 들었다. 우리가 할 일은 이 사람을 나무라고 저 사람을 칭찬하는 것이 아니라, 이 다툼을 해결하는 것이다."

악령의 숲이 우조울루 쪽 사람들을 돌아보더니 잠시 말을 멈추었다.

"우조울루의 몸이여, 안녕하느냐?"

"조상님, 제 손이 땅에 있습니다."

"우조울루의 몸이여, 나를 알겠느냐?"

"조상님, 제가 어찌 알겠습니까? 제가 알 수 없지요."

"나는 악령의 숲이다. 가장 행복한 날을 즐기는 사람을 죽이지."

"그렇습니다."

"네 처가에 술 한 단지를 들고 가 아내에게 돌아와 달라고 빌라. 남자가 여자와 싸우는 것은 용감한 짓이 아니다."

혼령은 오두퀘를 돌아보더니 잠깐 말을 멈췄다.

"오두퀘의 몸이여, 안녕하느냐?"

"제 손이 땅에 있습니다."

"나를 알겠느냐?"

"아무도 알 수 없습니다."

"나는 악령의 숲으로, 주둥이를 막는 마른고기이고, 장작 없이 타는 불이다. 네 매제가 술을 가져오면, 여동생이 그와 함께 가도록 하라. 고맙다."

그는 마른 땅에서 지팡이를 들어 다시 내쳤다.

"우무오피아 크웨누!"

그가 고함을 치자, 군중들이 대답을 했다.

"왜 아무것도 아닌 일을 에구구에게 가져왔는지 모르겠구먼."

한 어르신이 옆 사람에게 말했다.

"우조울루가 어떤 사람인지 아는가? 그 사람은 다른 어떤 결정에는 귀 기울이지 않을 사람이네."

옆에 있던 어르신이 대답했다.

이런 말이 하는 사이 에구구 앞으로 두 무리의 사람들이 들어왔고, 중요한 땅 문제에 대한 심리가 시작되었다.

11장

밤은 앞을 볼 수 없이 어두웠다. 달은 매일 밤 점차 늦게 뜨더니 마침내 새벽 무렵에야 나타났다. 달이 이제 밤이 아니라 새벽닭이 울 때야 뜨자 밤은 더욱 칠흑같이 어두웠다.

에진마와 그녀의 어머니는 얌 푸푸와 비터잎 수프로 저녁을 먹은 다음 돗자리 위에 앉아 있었다. 야자유 등잔이 노란 불빛을 발했다. 등잔불 없이는 저녁을 먹을 수도 없었다. 이런 어둠 속에선 입이 어디 있는지도 알 수 없었다. 오콩코 가족들의 거처 네 군데 모두에는 기름등잔이 있어, 서로의 거처는 견고하고 무거운 밤 속에서 희미하고 부드럽게 빛나는 노란색 눈 같았다.

세상은 조용했고, 밤의 일부가 된 벌레들의 날카로운 울음소리와 은와이에케가 푸푸를 찧는 나무절구 소리만이 들려왔다. 은와이에케는 네 집이나 건너에 살았는데, 늦게야 요리를 하는 것으로 악명이 높았다. 이웃 여자 모두들 은와이에케의 절구 소리를 알고 있었다. 그 소리도 밤의 일부였다.

오콩코는 부인들이 만든 저녁을 먹고 등을 벽에 기대고 있었다. 그는 자루에서 코담배를 꺼냈다. 그리고 그것을 왼손 바닥에 부어 봤지만, 아무것도 나오지 않았다. 병을 무릎에 치면서 담배를 흔들어 보았다. 오케케의 담배는 항상 이런 문제가 있었다. 너무 빨리 눅눅해지고, 담배에 넣는 초석 또한 너무 많이 들어가 있었다. 오콩코는 오랫동안 그에게서 담배를 사지 않았었다. 담배를 잘 가는 사람은 이디고였다. 하지만 최근 그가 몸져누웠던 것이다.

부인들의 거처에서는 이따금 노랫소리가 끊어지고 아이들에게 옛날 얘기를 들려주는 낮은 목소리가 들렸다. 에퀘피와 딸 에진마는 바닥 위 돗자리에 앉아 있었다. 이제 에퀘피가 이야기할 차례였다.

"옛날 옛적에 모든 새들이 하늘 위 잔치에 초대되었어. 새들은 너무 행복했고 이 좋은 날을 위해 준비를 하기 시작했지. 붉은 색으로 몸을 칠하고 그 위에 울리로 예쁜 문신도 하고.

거북이는 모두가 준비하는 것을 보고는 무슨 일이 일어날지를 바로 알아차렸어. 동물 세계에서 일어나는 어떤 일도 그를 피해 갈 수 없었지. 그는 만사에 약삭빨랐거든. 하늘의 잔치 얘기를 듣자마자 그 생각만 해도 거북이는 목이 간질거렸어. 그때는 기근이 들어 거북이가 두 달 동안이나 제대로 먹지를 못했던 거야. 그의 몸은 텅 빈 껍질 안에서 마른 지팡이처럼 덜그럭거렸지. 그래서 그는 하늘로 가는 방법을 궁리하기 시작했어."

"하지만 거북이는 날개가 없잖아요."

에진마가 말했다.

"기다려 봐. 그게 바로 이야기야. 거북이는 날개가 없지. 하지만 그는 새들에게 가 함께 갈 수 있게 해 달라고 부탁을 했어.

거북이의 말을 듣고 새들이 말했지. '우린 너를 너무 잘 알아. 너는 꾀로 가득하고 배은망덕해. 만약 우리가 너를 데려간다면 넌 곧바로 술수를 부리기 시작할 거야.'

그러자 거북이가 말했어. '나를 모르고 하는 소리야. 난 이제 변했어. 난 이제 다른 이들에게 몹쓸 짓을 하면 자신에게도 손해라는 것을 깨달았어.'

거북이는 언변이 좋았기에, 곧바로 모든 새들은 그가 변했다는 데 동의했고, 각자가 깃털 하나씩을 그에게 주어서 거북이는 깃털들을 가지고 날개 둘을 만들었어.

마침내 기다리던 날이 오고 거북이가 출발지에 맨 처음 도착했어. 모든 새들이 모이자, 떼를 지어 출발했지. 새들 사이에서 날면서 거북이는 너무 행복해 수다를 떨었고, 뛰어난 웅변가여서 곧 새들의 대표자로 뽑혔어.

'한 가지 정말 잊지 말아야 할 게 있어.' 새들과 함께 날아가면서 거북이가 말했지. '이런 큰 잔치에 초대를 받으면 사람들은 이를 위해 각자 새로 이름을 짓지. 하늘에서 우리를 초대한 분께서도 우리가 이 오랜 관례를 지키길 바라실 거야.'

새들은 어느 누구도 이런 관례를 들은 바가 없었지만, 그래도 새들은 거북이가 폭넓은 여행을 통해 다른 분야는 몰라도 여러 종족의 관례에 정통한 것으로 알고 있었어. 그래서 각자가 새로운 이름을 지어 가진 거야. 모두가 새 이름을 지은 다음, 거북이도 새 이름을 지었지. 거북이는 그대들 모두라고 이름을 지었어.

마침내 모두가 하늘에 도착했고, 이들을 보자 하늘의 주인들이 매우 기뻐했지. 거북이는 여러 색깔의 깃털을 단 모습으로 일어나 주인들에게 초대에 대한 감사의 말을 했어. 연설이 매우 감동적이어서 모든 새들이 그를 데리고 오길 잘했다고 좋아했고, 그가 한 모든 말에 고개를 끄덕여 동의했어. 주인들은 거북이를 새들의 왕으로 여겼는데, 특히 그가 새들과 어쩐지 달라 보였기 때문이었어.

콜라 열매가 나와 먹은 다음, 하늘의 사람들은 거북이가 이제껏 보거나 꿈꾸어 온 가장 맛있는 요리를 손님들에게 내놓았어. 수프는 화로에서 끓인 그릇째 뜨겁게 나왔는데, 고기와 생선이 가득했어. 거북이는 코를 크게 벌름거렸지. 으깬 얌이 있고, 야자유와 신선한 생선으로 요리한 진한 얌 죽도 있었고, 야자주도 여러 단지 있었고. 모든 요리를 손님 앞에 차린 다음, 주인 한 분이 앞으로 나오더니 모든 요리를 조금씩 맛보았어. 그런 다음 새들에게 먹도록 권했지. 하지만 거북이가 벌떡 일어나더니 질문을 했어. '누구를 위해 이 모든 음식을 마련하셨습니까?'

'그대들 모두를 위해서지요.' 주인이 대답했지.

그러자 거북이가 새들을 향해 말했어. '내 이름이 그대들 모두인 것 기억하지? 여기에서의 관례는 대표자 먼저, 그다음에 다른 이들을 대접하는 것이야. 이네들은 내가 다 먹은 다음 너희들을 대접할 거야.'

거북이가 먹기 시작했고 새들은 화가 나 불평을 했어. 하늘의 사람들은 왕이 모든 음식을 먼저 드는 게 이들의 관례라 생각했지. 그래서 거북이는 가장 좋은 음식을 먹은 다음 두 단지의 야자주를 마셨는데, 음식과 술이 온몸에 가득해져 등껍질 밖으로 삐져나올 정도였지.

새들은 남은 음식을 먹기 위해 모여들어 거북이가 온 바닥에 던져 놓은 뼈다귀를 쪼아 먹었어. 몇몇 새들은 너무 화가 나 먹을 수가 없었고. 새들은 주린 배를 안고 그냥 집으로 돌아올 수밖에 없었어. 하지만 새들은 떠나기 전에 거북이에게 빌려 준 깃털을 다시 가져와 버린 거야. 그래서 거북이는 껍질이 음식과 술로 가득했지만 정작 집으로 날아갈 깃털은 없어서 있었지. 거북이는 새들에게 자신의 아내한테 말을 전해 달라고 부탁했지만, 모두들 들어주지 않았어. 맨 마지막으로, 어느 누구보다도 화가 난 앵무새가 갑자기 맘을 바꿔 그래도 말을 전해 주기로 했어.

거북이가 말했지. '내 아내에게 집 안의 부드러운 물건들을 모두 가지고 나와 마당에 깔아서 내가 하늘에서 안전하게 뛰어내릴 수 있도록 해 주게.'

앵무새는 말을 전하기로 약속하고서 날아갔지. 하지만 거북이의 집에 도착한 앵무새는 거북이의 아내에게 집 안의 모든 딱딱한 것들을 가지고 나오도록 했어. 그러자 아내는 남편의 곡괭이, 도끼, 창, 총 그리고 대포까지도 모두 가지고 나온 거야. 하늘에서 거북이가 아래를 내려다보니 아내가 물건들을 내놓는 것이 보였지만, 너무 멀어 정작 무엇인지는 알 수 없었어. 모든 것이 준비된 듯 보이자 거북이가 뛰어내렸지. 거북이는 떨어지고 떨어지고 또 떨어져, 마침내 계속 떨어져 멈출 수가 없을 것 같아 무서워지기 시작했어. 그런데 그때 거북이가 집 바닥에 대포 소리처럼 꽝 하고 떨어졌지."

"거북이가 죽었어요?"

"아니. 껍질이 산산이 부서졌지. 하지만 인근에 훌륭한 주술사가 있어서 거북이의 아내가 그를 불렀고 그가 껍질 조각 모두를 주워 모아 붙였어. 그래서 거북이의 등이 울퉁불퉁하게 된 거야."

"이야기 안에 노래는 없는 거지요?"

에진마가 지적했다.

"그래. 노래가 있는 다른 이야기를 생각해 보마. 이젠 네 차례구나."

에진마가 시작했다.

"옛날 옛적에 거북이와 고양이가 얌과 씨름을 하려고 떠났어요. 아니, 이렇게 시작하지 않는데. 옛날 옛적에 동물 나라에 큰 기근이 들었어요. 모두들 여위었는데 고양이만은 뚱뚱하고 몸이 기름을 바른 듯 번들거렸지요……."

그때 크고 높은 목소리가 바깥에서 밤의 정적을 깼기 때문에 에진마는 이야기를 멈추었다. 아그발라의 무당인 치엘로가 예언을 하고 있었다. 낯선 일은 아니었다. 가끔 치엘로는 신의 영령에 사로잡혀 예언을 하기 시작했다. 하지만 오늘 저녁 그녀는 오콩코에게 예언과 인사말을 전하고 있어 가족 모두가 귀를 기울였다. 그래서 옛날이야기도 멈췄다.

"아그발라 도오오오! 아그발라 에케네오오오오!" 목소리가 밤을 가르는 날카로운 칼과 같았다. "오콩코! 아그발라 에케네기오오오! 아그발라 촐루 이푸 아다 야 에진마오오오!"

에진마의 이름이 언급되자 에퀘피는 공기 중에서 죽음의 냄새를 맡은 동물처럼 갑자기 고개를 쳐들었다. 그녀의 심장이 고통스럽게 털컥 내려앉았다.

무당은 이제 오콩코의 집까지 와 바로 바깥에서 그와 얘기를 나눴다. 그녀는 아그발라가 오콩코의 딸 에진마를 보고 싶어 한다고 거듭 말했다. 오콩코는 에진마가 지금 자고 있으니 아침에 다시 오도록 요청하였다. 하지만 치엘로는 그의 말을 무시하고는 아그발라가 에진마를 보고자 한다고 계속 큰 소리로 말했다. 그녀의 목소리는 맑은 금속성이어서, 오콩코의 부인과 아이들이 그녀가 말하는 것을 각자의 방에서 들을 수 있을 정도였다. 오콩코는 딸아이가 최근 아팠으며 지금은 자고 있다고 또다시 간청했다. 에퀘피는 딸아이를 재빨리 침실로 데려가 높은 대나무 침상에 눕혔다.

무당이 소리치며 경고했다.

"조심하게, 오콩코! 아그발라에게 말대답하다니 조심하게. 신이 말씀하실 때 인간이 말을 하는가? 조심하게!"

그녀는 오콩코의 거처와 다른 집들을 지나 곧바로 에퀘피의 집으로 향했다. 오콩코는 그 뒤를 따랐다.

"에퀘피." 그녀가 불렀다. "아그발라가 오셨네. 내 딸 에진마는 어디 있는가? 아그발라가 보고자 하시네."

에퀘피는 왼손에 등잔을 들고 집 밖으로 나왔다. 밖에는 가벼운 바람이 불고 있어 그녀는 오른손을 오므려 불꽃을 가렸다. 은워예의 어머니 또한 그녀의 집에서 등잔을 들고 나타났다. 아이들은 이 이상한 일을 지켜보면서 집 바깥 어둠 속에서 있었다. 오콩코의 가장 젊은 부인 또한 밖에 나와 다른 사람과 함께했다.

"아그발라가 아이를 어디에서 보자고 하시는지요?"

에퀘피가 물었다.

"숲과 동굴에 있는 신전 말고 다른 곳이 있겠는가."

무당이 대답했다.

"저도 함께 가겠습니다."

에퀘피는 단호했다.

"투피아!" 무당이 저주하고, 야단을 쳤다. 건기의 성마른 천둥소리처럼 날카로운 파열음이었다. "감히 여자가 어떻게 자기 마음대로 위대한 아그발라 앞에 가겠다고 하는가? 여자여, 신의 화를 입지 않도록 조심해라. 내 딸을 내게 데려오너라."

에퀘피가 집으로 들어가더니 에진마와 함께 나왔다.

"내 딸아, 이리 오너라." 무당이 말했다. "내가 너를 업고 가겠다. 어머니 등에 업혀 가면 모든 길이 멀지 않은 법이다."

에진마가 울기 시작했다. 아이는 치엘로가 자신을 '내 딸'이라고 부르는 것에 익숙했다. 그러나 어스름한 노란 빛 속의 치엘로는 낯설었다.

"내 딸아 울음을 그쳐라. 아그발라가 네게 화내실지 모른다."

"울지 마라." 에퀘피가 말했다. "곧바로 되돌려 주실 게야. 먹을 생선을 좀 갖다주마."

그녀는 다시 집으로 들어가 수프를 끓일 때 사용하는 마른 생선과 다른 재료들이 들어 있는 잿빛 바구니를 내렸다. 그녀는 생선 하나를 둘로 나눠 자신에게 꼭 매달려 있는 에진마에게 하나를 주었다.

"무서워 마라."

에퀘피가 드문드문 머리를 깎아 모양을 낸 아이의 머리를 쓰다듬었다. 둘은 다시 밖으로 나왔다. 무당이 무릎을 꿇고 앉자, 에진마가 등에 올라탔다. 아이의 왼손은 생선을 꼭 잡고 있었고 눈은 눈물로 반짝였다.

"아그발라 도오오오! 아그발라 에케네오오오오……!"

치엘로는 다시 한번 자신의 신에게 경의를 표하는 주문을 외치기 시작했다. 그녀는 갑자기 뒤돌아서더니 처마 밑으로 낮게 허리를 굽혀 오콩코의 집을 지나갔다. 에진마는 이제 엉엉 울면서 어머니를 계속 불러 댔다. 아이와 치엘로의 목소리는 짙은 어둠 속으로 사라졌다.

목소리가 나는 방향을 응시하며 서 있던 에퀘피는 하나뿐인 병아리를 솔개에게 빼앗긴 암탉처럼, 불안감 속에서 갑자기 온몸의 기운이 빠져나가는 것을 느꼈다. 에진마의 목소리는 이내 희미해졌고 점점 멀어지는 치엘로의 목소리만이 들릴 뿐이었다.

"애를 도둑이라도 맞은 듯이 왜 그렇게 서 있는 게야?"

오콩코가 집으로 돌아가며 물었다.

"애를 곧 돌려주실 게야."

은워예의 어머니가 말했다.

하지만 에퀘피에게 이런 위로의 말은 들리지 않았다. 그녀는 잠시 서 있더니, 갑작스럽게 뭔가를 결심했다. 그녀는 오콩코의 거처를 지나 밖으로 나왔다.

"어디를 가는 거야?"

오콩코가 물었다.

"치엘로를 뒤쫓아 가는 거예요."

그녀는 이렇게 대답하고는 어둠 속으로 사라졌다. 오콩코는 헛기침을 하더니, 허리춤의 자루에서 코담배를 꺼냈다.

* * *

무당의 목소리는 이미 멀리 희미해져 갔다. 에퀘피는 큰 길로 서둘러 가다가 목소리가 들리는 왼쪽으로 향했다. 그녀의 눈은 어둠 속에서 아무 소용이 없었다. 그렇지만 그녀는 나뭇가지와 촉촉한 잎이 양 옆으로 울타리를 친 모랫길을 쉽게 찾을 수 있었다. 가슴이 출렁이지 않도록 두 손으로 잡고 에퀘피는 달리기 시작했다. 왼발이 땅 위로 올라온 나무뿌리에 걸렸고, 그녀는 공포에 사로잡혔다. 불길한 징조였다. 그녀는 더 빨리 달렸다. 하지만 치엘로의 목소리는 아직도 한참 멀리 있었다. 치엘로도 달려가는 것일까? 에진마를 업고 어떻게 이렇게 빨리 달릴 수 있을까? 밤은 선선했지만, 에퀘피는 달리는 가운데 더워지기 시작했다. 그녀는 길 옆으로 무성히 난 잡초와 덩굴에 계속 부딪혔다. 한번은 걸려 넘어지기도 했다. 그때서야 그녀가 깜짝 놀라 깨달은 것은 치엘로가 주문을 멈췄다는 것이었다. 그녀는 꼼짝 않고 서 있었다. 가슴이 요동쳐 왔다. 그러자 치엘로의 외침이 다시 몇 걸음 앞에서 들려왔다. 그렇지만 그녀는 아직 보이지 않았다. 에퀘피는 한동안 눈을 감았다 다시 떠서 보려고 해 봤다. 하지만 소용이 없었다. 그녀는 코앞조차 볼 수 없었다.

비구름으로 하늘엔 별 하나 없었다. 반딧불이가 조그만 파란 불빛을 달고 날아다니면서 어둠을 더욱 짙게 할 뿐이었다. 치엘로의 외침 사이사이, 밤은 어둠에 엮인 벌레들의 날카로운 울음소리로 살아 있었다.

"아그발라 도오오오! 아그발라 에케네오오오오……!"

에퀘피는 너무 가까이도 너무 멀리도 떨어지지 않게 그 뒤를 따랐다. 그녀는 에진마를 업은 치엘로가 신의 동굴 쪽으로 가는 것으로 확신했다. 이제 천천히 걷게 되니 생각할 시간이 있었다. 치엘로가 동굴에 도착하면 자신은 어떻게 해야 할까? 자신이 감히 들어갈 수는 없을 것이다. 동굴의 입구, 그 무서운 곳에서 홀로 기다려야만 할 것이다. 그러자 밤의 모든 공포가 떠올랐다. 자신들의 부족이 아주 옛날에 적을 물리치려고 만들었지만 이제 사용법을 모르는 '약'이 세상에 풀어놓은 악의 화신인 오그부아갈리 오두를 보았던 오래전 일도 떠올랐다. 에퀘피는 이렇게 깜깜한 밤, 어머니와 냇가에서 물을 길어

오는 중 그 악의 화신이 자신들 쪽으로 날아오는 것을 보았다. 그 끔찍한 빛이 내려와 자신들을 죽일 거라 생각한 두 사람은 물동이를 내팽개치고 길가에 엎드렸다. 에퀘피가 이제껏 오그부 아갈리오두를 본 것은 그때뿐이었다. 하지만 그렇게 오래전이었음에도 그날 저녁이 떠오를 때마다 온몸이 서늘했다.

무당의 목소리는 이제 더 긴 간격을 두고 들려왔지만, 그 힘은 줄어들지 않았다. 공기는 차고 이슬로 축축했다. 에진마가 재채기를 했다. 에퀘피는 "건강하여라." 하고 낮은 목소리로 말했다. 동시에 무당 역시 "건강하여라, 내 딸아."라고 말했다. 어둠 속에서 들려오는 에진마의 소리가 어머니의 마음을 따뜻하게 했다. 그녀는 천천히 그 소리를 따라 걸었다.

그러자 무당이 소리쳤다.

"누군가 나를 쫓아온다! 네가 귀신이든 사람이든, 아그발라가 무딘 면도날로 네 머리털을 깎아 버릴 것이야! 발뒤꿈치까지 네 모가지를 뒤틀어 놓을 것이야!"

에퀘피는 그 자리에서 꼼짝 않고 서 있었다. 마음 한편은 이렇게 말했다. '이 여자야, 아그발라에게 혼나기 전에 집에 가야지.' 하지만 그럴 수는 없었다. 그녀는 치엘로와의 거리가 더 멀어질 때까지 서 있다가 다시 따라가기 시작했다. 이미 너무 많이 걸어 사지와 머리가 약간 무감각해지는 느낌이 들기 시작했다. 그때 자신들이 동굴로 향하는 것이 아닐지 모른다는 생각이 들었다. 동굴은 이미 한참 전에 지나온 것이 분명했다. 가장 먼 곳에 있는 부족 마을인 우무아치 방향임이 분명했다. 치엘로의 목소리가 이제 긴 간격을 두고 들려왔다.

에퀘피에게 밤이 약간 엷어진 것처럼 보였다. 구름이 걷히고 별들이 나온 것이었다. 달은 이제 불편한 심기를 벗어나, 떠오를 준비를 하고 있었다. 달이 밤늦게 뜨는 경우는, 부부 싸움 끝에 심기가 불편해진 남자가 부인이 해 준 밥을 거절하는 것처럼 달이 음식을 거절하는 것이라는 얘기가 있었다.

"아그발라 도오오오! 우무아치! 아그발라 에케네 우누오오오!"

에퀘피가 생각한 그대로였다. 무당은 우무아치 마을에 인사를 하고 있었다. 그녀는 자신들이 온 거리가 믿기지 않았다. 숲 속의 좁은 길에서 나와 탁 트인 마을로 나오자 어둠이 엷어지고 나무들이 희미한 윤곽을 드러냈다. 에퀘피는 딸아이와 무당을 보려고 실눈을 떠 보았지만, 둘의 모습을 찾았다고 생각하자마자 큰 덩어리로 어둠 속에 녹아내려 버렸다. 그녀는 아무런 감각 없이 따라 걸었다.

치엘로의 목소리는 이제 계속 높아져, 맨 처음 출발할 때와 같았다. 에퀘피는 탁 트인 넓은 곳에 왔다고 느꼈고 그 마을의 일로에 도착했다는 것을 알 수 있었다. 그런데 그때 언뜻 치엘로가 더 이상 움직이지 않는다는 것을 깨달았다. 사실 치엘로는 이쪽으로 돌아오고 있었다. 에퀘피는 그녀가 되돌아오는 길목에서 벗어나 몸을 피했다. 치엘로가 지나가고, 이제 세 사람은 왔던 길을 다시 돌아가기 시작했다.

여정은 길고 피곤했다. 에퀘피는 자신이 길 잃은 몽유병자처럼 느껴졌다. 훤해지고 있는 달이 비록 하늘에 아직 나타나지는 않았지만 그 달빛은 이미 어둠을 녹이고 있었다. 에퀘피는 무당과 업힌 아이의 모습을 알아볼 수 없었다. 그녀는 거리를 더 두고자 걸음을 늦췄다. 만약 치엘로가 갑자기 뒤를 돌아 그녀를 발견하면 어떻게 될지 두려웠다.

에퀘피는 달이 뜨길 기도했었다. 하지만 이제 막 뜨기 시작하는 희미한 달이 어둠보다 더 무서웠다. 세상은 이제 한참 동안 쳐다보면 없어졌다가 다시 새로운 모습이 되는 모호하고 환상적인 형상으로 가득했다. 한번은 너무 겁이 나 치엘로를 불러 함께 가자며 자비를 베풀어 달라고 할 뻔했다. 그녀가 본 것은 머리가 땅을 향하고 다리가 하늘을 향한 채 야자나무를 올라가는 남자의 형상이었다. 하지만 그 순간 신들린 듯 주문을 외우는 치엘로의 목소리가 다시금 높아졌는데, 거기엔 아무런 인간적인 면이 없어 에퀘피를 섬뜩하게 했다. 장터에서 자리를 함께하고, 자신의 딸이라 부르는 에진마를 위해 가끔은 콩 과자를 사 주던 그 치엘로가 아니었다. 전혀 다른 여자로, 숲과 동굴의 신 아그발라의 무당이었다. 에퀘피는 두 가지 두려움 사이를 힘겹게 걸었다. 그녀의 마비된 발에서 나는 소리는 뒤를 따르는 다른 사람에게서 나는 것처럼 들렸다. 그녀는 맨 가슴을 팔로 감싸고 있었다. 이슬이 많이 내려 대기가 차가웠다. 더 이상 생각이라는 것을 할 수 없었고, 밤의 공포까지도 문제가 되지 않았다. 그녀는 반은 잠이 든 채 터벅터벅 걷다가, 치엘로가 노래를 부를 때에만 정신이 제대로 돌아왔다.

마침내 그들이 방향을 바꾸어 동굴로 향하기 시작했다. 이때부터 치엘로는 노래를 멈추지 않았다. 치엘로는 미래의 주인, 땅의 전령, 가장 행복한 날을 즐기고 있는 사람을 죽이시는 분 등 여러 가지 이름으로 자신의 신에게 인사를 올렸다. 에퀘피 또한 깨어났고 마비되었던 두려움 또한 되살아났다.

이젠 달이 떠 치엘로와 에진마를 명확히 볼 수 있었다. 저렇게 큰 아이를 그렇게 쉽게 오랫동안 업고 달릴 수 있다는 것은 기적이었다. 하지만 에퀘피는 그런 생각을 하지는 않았다. 그날 밤 치엘로는 여자가 아니었다.

"아그발라 도오오오! 아그발라 에케네오오오! 치 네그부 마두 우보시 은두 야 나토 야 우토 달루오오오……!"

에퀘피는 이제 달빛에 드러나는 언덕들을 볼 수 있었다. 언덕들은 둥글게 원을 그리고 있었는데, 한 군데 빈 곳으로 난 길이 원의 중앙으로 통했다.

무당이 이 원으로 발을 들여놓자 그녀의 목소리는 그 힘이 두 배가 되었을 뿐만 아니라 모든 방향에서 메아리로 돌아왔다. 과연 위대한 신의 신전이었다. 에퀘피는 조심스럽고도 조용히 길을 걸어갔다. 그녀는 여기까지 온 것이 현명한 것이었는지 벌써 의심하기 시작했다. 에진마에게 아무 일도 없겠지, 그녀는 생각했다. 만약 아이에게 무슨 일이 일어난다면 자신이 막을 수 있을까? 자신이 감히 지하 동굴에 들어갈 수는 없었다. 그러자 이렇게 온 것이 아무 소용 없는 짓이었다는 생각이 들었다.

이런 생각들을 하는 동안 그녀는 그들이 동굴 입구에 아주 가까이 왔다는 사실을 알아차리지 못했다. 그래서 에진마를 업은 무당이 암탉이나 간신히 지나갈 만한 틈으로 사라졌을 때, 에퀘피는 둘을 막으려고 급히 달려 나갔다. 둘을 삼켜 버린 둥근 어둠을 응시하며 서 있는 그녀의 눈엔 눈물이 솟구쳤다. 그녀는 에진마가 우는 소리를 듣게 되면 굴속으로 달려 들어가 세상의 모든 신들과 싸워 아이를 지킬 것이라고 굳게 마음먹었다. 그녀는 아이와 함께 죽고자 했다.

이렇게 맹세하고서 그녀는 바위 위에 앉아 기다렸다. 이제 두려움은 사라졌다. 그녀는 무당의 목소리를 들을 수 있었는데, 그 금속성은 거대한 빈 동굴 속에 함몰되어 무뎌져 있었다. 그녀는 무릎에 얼굴을 묻고 기다렸다.

얼마나 오래 기다렸는지 알 수 없었다. 아주 긴 시간이었음이 분명했다. 그녀는 언덕에서 오는 길 쪽으로 등을 돌리고 있었다. 그녀가 뒤에서 무슨 소리를 듣고는 획 돌아보았다. 한 남자가 손에 도끼를 들고 서 있었다. 에퀘피는 비명을 지르고 자리에서 벌떡 일어났다.

"조용히 해." 오콩코의 목소리였다. "치엘로를 따라 신전으로 들어가는가 생각했지."

그가 비아냥대듯 얘기했다.

에퀘피는 대답하지 않았다. 고마움의 눈물이 흘러내렸다. 그녀는 아이가 무사하다는 것을 확신했다.

"집에 가 자." 오콩코가 말했다. "내가 여기서 기다리지."

"저도 기다리겠어요. 아침이 다 됐어요. 첫닭이 울었어요."

그곳에서 남편과 함께 서 있자, 에퀘피의 마음에는 두 사람이 젊었던 시절이 떠올랐다. 그때 오콩코는 결혼하기에 너무 가난해서 그녀는 아네네와 결혼했다. 아네네와 결혼 한 지 이 년이 지나자 더 이상 참을 수 없었던 그녀는 오콩코에게 도망을 왔다. 이른 아침이었다. 달이 빛나고 있었다. 물을 긷기 위해 냇가로 가는 중이었다. 오콩코의 집은 냇가로 가는 길목에 있었다. 그녀가 들어가 문을 두드리자 오콩코가 나왔다. 그 시절에도 그는 말수가 많은 남자가 아니었다. 그는 단지 자신의 침상으로 그녀를 데려가더니 어둠 속에서 그녀의 허리춤을 더듬어 늘어뜨린 끈을 찾기 시작했다.

12장

다음 날 아침 모든 이웃은 잔치 분위기였다. 오콩코의 친구 오비에리카의 딸 결혼식에 앞서, 우리 행사가 있기 때문이었다. 이날에는 (이미 신부 값의 대부분을 치른) 구혼자가 신부 부모와 가까운 친척들뿐만 아니라 우문나라 불리는 많은 먼 친척 남자들을 위해 야자주를 가지고 왔다. 남자, 여자, 어린아이 모두가 초대받았다. 하지만 이것은 사실 여자들의 잔치였고, 중심인물은 신부와 그 어머니였다.

어둠이 걷히자마자, 아침을 빨리 먹은 여자와 어린아이들이 오비에리카의 집에 모여, 신부 어머니를 도와 온 마을을 위해 음식을 준비하는 힘들지만 즐거운 일을 함께했다.

오콩코의 가족도 여느 이웃 가족처럼 일어나 있었다. 은워예의 어머니와 오콩코의 가장 젊은 부인은 이미 아이들을 데리고 오비에리카의 집으로 출발하였다. 은워예의 어머니는 오비에리카 부인에게 줄 코코얌, 소금 덩어리, 훈제 생선을 담은 바구니를 들고 나섰다. 오콩코의 가장 젊은 부인인 오지우고 역시 요리용 바나나와 코코얌을 담은 바구니와 조그만 야자유 단지를 들고 갔다. 아이들은 물 항아리를 가지고 갔다.

에퀘피는 전날 너무나 힘들었던 일 때문에 피곤하고 졸렸다. 오콩코와 그녀는 돌아온 지도 얼마 되지 않았다. 무당은 자는 에진마를 업은 채 뱀처럼 신전을 기어 나왔었다. 그녀는 오콩코와 에퀘피를 쳐다보지도 않았고 동굴 입구에서 이들을 발견하고는 놀라지도 않았다. 그녀는 똑바로 앞을 보고 걸어 마을로 돌아왔다. 오콩코와 에퀘피는 멀찌감치 떨어져 따랐다. 둘은 무당이 자신의 집으로 가는 것으로 생각했지만, 정작 그녀는 오콩코의 거처로 가더니 그의 오비를 거쳐 에퀘피의 집으로 걸어가 침실로 들어갔다. 그녀는 조심스럽게 에진마를 침상에 누이더니 아무런 말 없이 사라졌다.

에진마는 아직 자고 있었지만 다른 사람들은 모두 일어났고, 에퀘피는 은워예의 어머니와 오지우고에게 자신은 늦겠다고 오비에리카 부인에게 전해 달라고 부탁했다. 그녀는 코코얌과 생선 바구니를 이미 마련해 놓았지만 에진마가 일어나기를 기다려야 했다.

“자네도 더 자야지.” 은워예의 어머니가 말했다. “많이 피곤해 보이네.”

이런 말을 나누고 있을 때, 야윈 몸의 에진마가 눈을 비비고 기지개를 켜면서 집에서 나왔다. 아이는 물 항아리를 든 다른 애들을 보자 오비에리카 부인을 위해 물을 길러 가기로 했던 것이 떠올랐다. 아이는 집으로 들어가 자신의 항아리를 들고 나왔다.

"잠은 잘 잔 거니?"

어머니가 물었다.

"네." 아이가 대답했다. "얼른 가요."

"아침은 먹고 가야지."

에퀘피가 말했다. 그리고 그녀는 지난밤에 만든 야채수프를 데우기 위해 집으로 들어갔다.

"우리 먼저 가겠네." 은워예의 어머니가 말했다. "오비에리카 부인에게 자네가 늦는다고 말하겠네."

은워예의 어머니와 네 아이, 그리고 오지우고와 두 아이들 모두가 오비에리카 부인을 도우러 갔다.

이들이 줄지어 오콩코의 오비를 지나가자 그가 물었다.

"내 저녁은 누가 하는 건가?"

"제가 돌아와 하겠어요."

오지우고가 말했다.

오콩코 역시 피곤하고 졸렸는데, 비록 아무도 모르지만, 지난 밤 한숨도 못 잤기 때문이었다. 그 역시 매우 걱정이 됐지만 내색을 하지는 않았었다. 에퀘피가 무당을 따라나섰을 때, 남자로서 적당한 시간이 지난 다음 도끼를 들고 신전으로 갔던 것이다. 그는 거기에 도착했을 때야 무당이 마을들을 우선 한 바퀴 돌기로 했을지 모른다는 생각이 들었다. 오콩코는 집으로 돌아와 앉아 기다렸다. 충분히 기다렸다는 생각이 들자 다시 신전으로 갔다. 하지만 산과 동굴은 죽은 것처럼 조용했다. 그는 이렇게 네 번이나 왔다 갔다 하고서야 에퀘피를 만났는데, 그때 그의 걱정은 심각했었다.

* * *

오비에리카의 집은 개미집만큼이나 바삐 돌아갔다. 볕에 말린 흙벽돌 세 개를 놓고 그 가운데 불을 피우는 임시 조리대는 세울 수 있는 모든 곳에 다 세웠다. 냄비가 조리대 위를 오르내리고, 절구 수백 개가 푸푸를 빻았다. 여자 몇은 얌과 카사바를 요리하고, 다른 이들은 야채수프를 준비했다. 청년들은 푸푸를 빻거나 장작을 팼다. 아이들은 냇가를 끊임없이 오갔다.

젊은이 셋은 오비에리카가 수프에 쓰일 염소 두 마리를 잡는 것을 도왔다. 두 마리도 살이 많이 쪘지만, 염소 가운데 가장 살이 많은 녀석은 담 가까이 말뚝에 매여 있었다. 녀석은 송아지만큼 컸다. 오비에리카는 친척 한 명을 멀리 우무이케까지 보내 이 염소를 사 오도록 했다. 사돈 집안에 산 채로 보낼 염소였다.

"우무이케 시장은 엄청난 곳이야." 오비에리카가 큰 염소를 사러 보낸 젊은이가 말했다. "사람이 하도 많아 모래 한 알을 던지면 다시 땅에 떨어지지가 않을 정도야."

"비상한 약 때문이지." 오비에리카가 말했다. "우무이케 사람들은 자기들 시장을 키우려고 이웃 시장을 집어삼키고 싶었어. 그래서 비상한 약을 만들었지. 장날엔 항상 첫닭이 울기 전에 이 약이 장터에 부채를 쥔 늙은 여자 모양으로 서 있네. 이 마술 부채로 노인네가 모든 이웃 부족을 시장으로 끌어들이는 거야. 앞뒤, 좌우 사방으로 손짓을 하면서."

"그래서 모든 사람이 오는 게지." 다른 이가 말했다. "정직한 사람도 오고 도둑도 오고. 그네들은 시장에서 자네 허리춤의 옷도 벗겨 갈 수 있어."

"그렇지." 오비에리카가 말했다. "은왕코에게 눈을 크게 뜨고 귀를 바짝 세우라고 주의를 줬다네. 언젠가 누가 염소를 팔러 간 적이 있었지. 두꺼운 줄을 염소에 맨 다음 이를 자기 손목에 꽉 묶었어. 하지만 시장을 걸어가는데 사람들이 마치 미친 사람에게 하듯 자신에게 손가락질한다는 것을 알게 된 거야. 그는 어안이 벙벙했는데 마침내 자기 뒤를 돌아보니 줄 끝에 묶여 있는 것은 염소가 아니라 무거운 통나무였다네."

"도둑 혼자서 그런 짓을 할 수 있을까요?"

은왕코가 물었다.

"아니지." 오비에리카가 말했다. "약을 쓴 게지."

염소의 목을 따고 그 피를 그릇에 받은 다음엔, 털을 그슬리기 위해 모닥불로 가져갔는데, 털 타는 냄새가 요리 냄새와 섞였다. 그런 다음 염소를 씻어 수프를 만드는 여자들을 위해 토막을 내주었다.

이 모든 분주한 일들이 잘 진행되다가 갑자기 중단되었다. 멀리서 외치는 소리가 들린 것이다. 오지 오두 아추이지지오오!(꼬리로 파리 쫓는 놈!) 모든 여자들이 즉시 하던 일을 멈추고 소리가 나는 쪽으로 달려갔다.

"음식 다 타게 놔두고, 모두가 이렇게 가면 안 되지." 무당인 치엘로가 말했다. "서너 사람은 뒤에 남아야지."

"맞아요." 다른 여자가 말했다. "서너 사람은 남도록 해요."

다섯 여자가 요리를 돌보기 위해 남았고, 다른 모두는 고삐 풀린 소를 향해 달려 나갔다. 여자들은 소를 발견하자 주인에게 몰아갔고, 주인은 이웃 농작물에 소를 풀어놓은 사람에게 마을이 부과하는 무거운 벌금을 즉시 지불했다. 이렇게 벌을 가한 다음, 여자들은 외침 소리가 났음에도 어떤 여자가 나오지 않았는가를 점검했다.

"음그보고는 어디 있지?"

한 여자가 물었다.

"아파 누워 있어요." 음그보고의 옆집 여자가 말했다. "이바에 걸렸어요."

"다른 사람 하나는 우뎅코네." 다른 여자가 말했다. "아이가 아직 스무여드레도 안 됐지요."

오비에리카 부인이 요리를 도와 달라고 부탁하지 않은 여자들은 집으로 되돌아가고, 나머지는 함께 오비에리카 집으로 향했다.

"누구네 소였어요?"

남아 있던 여자들이 물었다.

"제 남편 것이었어요." 에젤라그보가 말했다. "아이가 소 우리 문을 열었대요."

* * *

오후로 들어갈 무렵 오비에리카의 사돈네로부터 야자주 첫 두 단지가 도착했다. 술은 마땅히 여자들에게 건네졌는데, 여자들에게 한두 잔의 술은 부엌일에 도움을 줬다. 일부는 신부와 들러리 친구들에게도 돌아갔다. 이들은 신부의 머리 장식을 예쁘게 가다듬고 부드러운 피부에 문신을 하는 등 마지막 손질로 분주했다.

햇볕이 누그러들기 시작하자, 오비에리카의 아들 마두카는 긴 빗자루를 들고 아버지 오비 앞을 쓸었다. 그러자 마치 기다렸다는 듯이 오비에리카의 친척과 친구들이 도착하기 시작했는데, 모두들 어깨엔 가죽 자루를 메고, 팔엔 둘둘 만 가죽 깔판을 끼고 왔다. 일부는 아들을 대동해 무늬가 새겨진 나무 좌대를 들고 오게 했다. 오콩코 또한 그랬다. 이들은 반원을 그리며 앉아 이런저런 얘기를 하기 시작했다. 곧 구혼자 집안이 도착하게 되어 있었다.

오콩코는 코담배 병을 꺼내 옆에 앉아 있던 오그부에피 에젱와에게 권했다. 에젱와가 이를 받아, 무릎받이에 툭툭 친 다음, 왼손바닥을 몸에 문질러 말리더니 병에 콧바람을 조금 불어 넣었다. 그의 행동은 조심스러웠다. 이렇게 하면서 그가 말했다.

"신랑 측이 술을 많이 가져왔으면 좋겠네. 인색하기로 소문난 마을 사람들이지만, 그래도 아쿠에케는 왕비감이라는 것을 알아야지."

"삼십 개보다 적지는 않겠지요." 오콩코가 말했다. "그렇지 않으면 내가 솔직히 말하지요."

그때 오비에리카의 아들 마두카가 안쪽에서 커다란 염소를 끌고 나와 친척들이 보도록 했다. 모두들 감탄해 마지 않았고 잔치를 너무나 잘 치르고 있다고 칭찬했다. 그러고 나서 염소는 다시 안쪽으로 돌아갔다.

곧 신랑 측이 도착하기 시작했다. 맨 앞에 청년들과 소년들이 한 줄로 각자 술 한 단지씩을 가지고 왔다. 스물, 스물다섯. 그리고 줄이 한참 동안 끊어지자, 모인 사람들이 서로를 쳐다보면서 마치 '내 말이 맞지요?' 하고 말하는 듯했다. 그러자 더 많은 단지들이 들어왔다. 서른, 서른다섯, 마흔, 마흔다섯. 신부 측은 이제야 만족한 듯 고개를 끄덕였고 '이제 남자답게 행동하는구먼.' 하고 말하는 것 같았다. 모두 합쳐 술이 오십 단지였다. 단지가 다 들어오자 구혼자인 이베와 그 가족의 어르신들이 들어왔다. 이들이 반원을 그리면 자리를 잡자 이제 신부 측과 함께 하나의 원이 만들어졌다. 술 단지들은 한가운데 놓였다. 그런 다음 신부, 신부의 어머니, 그리고 다른 여자와 소녀 여섯이 집 안에서 나와, 모두와 악수를 하며 원을 돌았다. 신부의 어머니가 앞장을 섰고 신부와 다른 여자들이 뒤따랐다. 결혼한 여자들은 가장 좋은 옷을 입었고 소녀들은 빨간색과 검은색 구슬로 허리를 두르고, 놋쇠로 발목을 장식했다.

여자들이 물러나자, 오비에리카는 신랑 측 사람들에게 콜라 열매를 내놓았다. 그의 큰형님이 첫 번째 것을 깼다.

"건강하십시오." 그가 열매를 깨면서 말했다. "양가 사이에 우의가 돈독해지길 빕니다."

모든 사람이 "에에에에!" 하고 대답했다.

"오늘 우리의 딸을 드립니다. 좋은 아내가 될 것입니다. 우리 마을 어머니처럼 아홉 아들을 낳게 될 것입니다."

"에에에에!"

방문자 측의 가장 연장자 되는 분이 답했다.

"당신들에게도 좋고 우리에게도 좋을 것입니다."

"에에에에!"

"우리 부족이 이곳 딸을 데리고 가는 것이 처음이 아닙니다. 제 모친도 이곳 사람이었습니다."

"에에에에!"

"그리고 마지막도 아닐 것입니다. 당신들이 우리를 이해하고 우리가 당신들을 이해하기 때문이지요. 당신들은 명문가입니다."

"에에에에!"

"유복한 남자들이자 위대한 전사들입니다." 그는 오콩코 쪽을 쳐다보았다. "당신의 딸은 그대와 같은 아들을 우리에게 안겨줄 것입니다."

"에에에에!"

콜라를 먹고 나서 야자주를 마시기 시작했다. 네다섯 사람씩 앉고 그 가운데 단지를 놓았다. 저녁이 깊어 가자, 손님들에게 음식이 나왔다. 엄청나게 큰 푸푸 그릇이며 김이 모락모락 나는 수프 냄비들이 들어왔다. 얌 죽 냄비들도 있었다. 진

수성찬이었다.

* * *

밤이 되자, 횃불이 나무 삼각대 위에 놓이고 젊은이들은 노래를 불렀다. 어르신들이 큰 원으로 앉아 있어, 젊은이들은 빙 돌아가며 한 분 한 분 앞에서 그를 칭송하는 노래를 불렀다. 이들은 모든 어르신들에 대해 칭송할 말이 있었다. 어떤 이는 뛰어난 농사꾼이었고, 어떤 이는 부족을 대변하는 훌륭한 웅변가였다. 오콩코는 살아 있는 위대한 씨름꾼이자 전사였다. 원을 한 바퀴 돈 다음 이들이 원의 중앙에 자리를 잡자, 여자 아이들이 나와 춤을 췄다. 처음엔 신부가 함께하지 않았다. 드디어 신부가 오른손에 수탉을 들고 나왔다. 그러자 모인 사람들의 환호성이 높이 올랐다. 춤을 추던 모든 여자들이 신부에게 길을 내줬다. 신부는 수탉을 악사들에게 건네고는 춤을 추기 시작했다. 신부가 춤을 추자 놋쇠 발목 장식이 짤랑거렸고 몸은 엷은 노란 불빛 속에 문신과 함께 빛났다. 나무와 진흙 그리고 악사들이 금속 악기로 연이어 여러 노래를 연주했다. 모두들 즐거웠다. 그들은 마을의 가장 최근 노래를 불렀다.

그녀의 손을 잡으면
　그녀가 말하길, "손대지 말아요!"
그녀의 발을 잡으면
　그녀가 말하길, "손대지 말아요!"

하지만 그녀의 허리 구슬을 잡으면
그녀는 모른 척하네.

손님들이 떠나려고 자리에서 일어났을 때 밤은 이미 매우 깊었다. 그들은 신부를 집으로 데려가고, 신부는 시댁에서 일곱 주를 보내게 될 것이다. 그들은 걸어가면서 노래를 불렀는데, 가는 길에 오콩코와 같은 유명 인사를 잠깐씩 방문하여 인사를 한 다음에야 본격적으로 자기 마을을 향해 떠났다. 오콩코는 이들에게 수탉 두 마리를 선물했다.

13장

고디디고고디고. 디고고디고. 에크웨가 부족에게 알렸다. 마을의 모든 사람이 배우는 것 가운데 하나가 나무를 파내 만든 악기의 신호음이었다. 디임! 디임! 디임! 대포도 간격을 두고 굉음을 냈다.

첫닭이 울지 않았고, 에크웨가 울리기 시작할 때도 우무오피아는 아직 잠과 침묵에 잠겨 있었지만, 대포가 정적을 완전히 깼다. 남자들은 침상 위에서 뒤척이기 시작하면서 걱정스럽게 귀를 기울였다. 누군가 세상을 뜬 것이다. 대포 소리는 하늘을 찢는 듯했다. 디고고디고디디고고 하는 소리가 전할 말을 사방으로 퍼뜨리며 밤공기 위를 떠돌았다. 멀리서 가늘게 들리는 여자들의 울음소리가 슬픔의 침전물처럼 지상으로 내려왔다. 이따금 사람이 장례식장에 들어올 때마다 온몸으로 우는 통곡 소리가 울음소리보다 높아졌다. 조문객은 한 두 번 목소리를 높이는 남자의 슬픔을 표시한 다음 다른 이들과 함께 앉아, 여자들의 끝없는 울음과 에크웨의 어려운 신호음을 들을 것이다. 가끔 포 소리가 났다. 여자의 울음소리는 마을을 넘지 못하지만, 에크웨는 아홉 부락과 그 너머까지 소식을 전했다. 그 소리는 먼저 마을 이름을 대면서 시작하였다. '용맹스러운 이들의 땅' 우무오피아 오보도 디케. 우무오피아 오보도 디케! 우무오피아 오보도 디케! 북소리는 이를 되풀이해서 알렸고, 이렇게 반복되는 가운데 그날 아침 침상 위에서 깨어나고 있던 모든 이들에게 불안한 마음이 커져 갔다. 그러자 소리가 더 가까워지면서 마을 이름을 알렸다. 황색 숫돌의 이구에도! 그것은 오콩코의 마을이었다. 계속해서 이구에도라 울린 다음, 아홉 마을 남자들 모두가 숨을 죽이고 기다렸다. 마침내 남자의 이름이 들려오고 사람들이 "에우우, 에제우두가 세상을 뜨셨구나." 하고 한숨을 쉬었다. 오콩코는 그 노인이 자신을 만나러 왔던 때가 떠올라 등골이 오싹했다. "저 아이가 자네를 아버지라 부르네. 아이의 죽음에 자네 손을 대지 말게." 노인이 말했었다.

* * *

에제우두는 훌륭한 사람이었다. 그래서 모든 부족 사람들이 그의 장례식에 참석했다. 마을에 전승되어 오는 애도의 북을 울리고, 총과 포를 쏘고, 남자들은 미친 듯 주변을 뛰어다니면서 나무와 동물을 보이는 대로 베어 버리고 담을 넘어 지붕에서 춤을 추었다. 그것이 전사의 장례식이었다. 아침부터 저녁까지 전사들이 나이에 따라 무리를 지어 오갔다. 모두들 잿빛 라피아야자로 만든 짧은 하의를 입고, 백묵과 숯으로 온몸을 칠했다. 이따금 조상의 영령인 에구구가 라피아야자를 완전히 뒤집어 쓴 채 지하에서 나타나 섬뜩하게 떨리는 목소리로 말을 했다. 몇몇은 매우 포악했다. 날카로운 도끼를 가지고 나타난 이도 있었는데, 사람들 모두가 황급히 피하고, 남자 둘이 에구구의 허리춤에 늘어뜨린 밧줄을 낚아채어 막아서지 않았더라면 큰일이 일어날 뻔한 적도 있었다. 에구구는 몇 번이나 뒤로 돌아서 두 남자를 쫓아갔고, 이들은 걸음아 날 살려라 도망을 했다. 하지만 남자들은 매번 다시 허리 뒤에 늘어뜨린 밧줄로 돌아왔다. 에구구는 무서운 목소리로 악령 에퀭주가 눈에 들어왔다고 노래했다.

하지만 가장 무서운 영령은 아직 나오지 않았다. 그는 항상 홀로 관 모양으로 나타났다. 그가 움직이는 곳마다 역한 냄새가 풍겨 나왔고, 파리들이 그를 따라다녔다. 그가 가까이 왔을 때는 고명한 주술사조차도 피했다. 몇 해 전에는 어떤 에구구가 감히 그의 앞에 나섰다가 그 자리에 이틀 동안이나 꼼짝없이 서 있어야 했다. 그 영령은 손이 하나밖에 없었고 물을 가득 채운 단지를 들고 있었다.

하지만 어떤 에구구들은 전혀 해롭지 않았다. 그 가운데 하나는 너무 늙고 병약해 지팡이에 거의 온몸을 의지했다. 그는 시신이 안치된 곳으로 비틀비틀 걸어가더니 한동안 쳐다보다가, 지하 세계로 되돌아갔다.

산 자의 땅은 돌아가신 선조들의 영역에서 멀리 떨어져 있지 않았다. 두 영역은 서로 오갔으며, 축제 때와 나이 많은 남자가 죽었을 때는 특히 그랬다. 이런 이들이 선조와 가까웠기 때문이었다. 태어나서 죽을 때까지 남자의 일생은 자신의 조상에 점점 가까이 가는 일련의 통과의례였다.

에제우두는 마을에서 가장 연세가 많은 분이었고, 세상을 뜰 무렵 부족을 통틀어 그보다 나이가 많은 분은 셋, 동년배는 네다섯에 지나지 않았다. 이렇게 나이 드신 분들이 군중 가운데 나와 힘겹게 전통 장례 춤을 출 때면, 젊은이들은 자리를 양보하고 조용해졌다.

장례식은 성대했고, 훌륭한 전사에 합당하게 치러졌다. 저녁이 다가오자, 고함 소리와 총소리, 북치는 소리와 도끼를 휘두르고 부딪는 소리가 커져 갔다.

에제우두는 일생 동안 칭호를 세 개 얻었다. 성취하기 힘든 경우였다. 부족에는 칭호가 오직 네 개 있었는데, 이제껏 한 세대에 오직 한두 남자만이 가장 많은 네 개를 얻었다. 그렇게 되면 그 남자는 지역의 촌장이 되었다. 에제우두와 같이 칭호가 있는 이의 고귀한 장례는 밤에 횃불을 켜고 거행되었다.

하지만 이 조용한 마지막 예식 전에는, 소란스러움이 열 배는 더 컸다. 북이 열정적으로 울리고 남자들은 격렬하게 뛰어다녔다. 전사의 인사 방식대로 도끼가 부딪히는 소리와 함께 사방에서 총알이 나가고 불꽃이 튀었다. 공기는 먼지와 화약 냄새로 가득했다. 그때 외팔이 영령이 물이 가득한 단지를 들고 등장했다. 사람들이 모두 다 그에게 길을 내주고 숨을 죽였다. 화약 냄새마저 이제 대기를 가득 채운 역한 냄새에 삼켜져 버렸다. 그는 장례 북소리에 맞춰 몇 발자국 춤을 추더니 시신을 보러 갔다.

"에제우두!" 그가 걸걸한 목소리로 말했다. "그대가 생전에 가난했다면 다시 태어날 때 부자로 태어나라 했을 것이야. 하지만 그대는 부자였네. 그대가 겁쟁이였다면, 용기를 가지라 얘기했을 것이야. 하지만 그대는 용감한 전사였네. 그대가 젊은 나이에 죽었다면, 되살아나라 했을 것이야. 하지만 그대는 오래 살았네. 그래서 나는 그대에게 이전에 온 길을 다시 걷도록 하겠네. 그대가 천수를 누리고 죽었다면, 편안히 가게. 하지만 사람이 그대를 죽인 것이라면 그자에겐 한시의 평안도 허락지 말게."

그는 몇 발자국 더 춤을 춘 다음 사라졌다.

* * *

북소리와 춤이 다시 시작되어 그 열기가 절정에 달했다. 어둠이 다가오고 있었고, 매장 의식이 가까워졌다. 총소리가 마지막 경의를 표하고 대포가 하늘을 찢었다. 그리고 그때 광란과 격정의 한가운데로부터 고통스러운 울부짖음과 소름 끼치는 절규가 터져 나왔다. 마치 주문에 걸린 듯했다. 그리고 모든 것이 조용해졌다. 군중 한가운데에 소년이 피범벅이 된 채 쓰러져 있었다. 죽은 노인의 열여섯 살 난 아들로, 여러 형제들과 함께 아버지와 이별하는 춤을 추고 있었다. 그런데 오콩코의 총이 발사되어 총알 하나가 아이의 심장을 관통한 것이었다.

우무오피아에 전례가 없는 혼란이 이어졌다. 우발적 죽음이 흔히 있었지만, 이런 경우는 처음이었다.

오콩코의 유일한 선택은 부족을 떠나는 것이었다. 부족 사람을 죽이는 것은 대지의 여신에 대한 범죄였고, 이를 저지른 사람은 고향을 떠나야 했다. 이러한 범죄는 여성형과 남성형 두 종류가 있었다. 오콩코는 여성형 범죄를 저지른 것이었는데, 실수로 인한 것이기 때문이었다. 그는 칠 년이 지난 다음 고향으로 돌아올 수 있었다.

그날 밤 오콩코는 가장 값이 나가는 물건들로 이고 갈 짐을 꾸렸다. 그의 부인들은 울어 댔고 아이들도 영문을 모른 채 울었다. 오비에리카와 다른 친구 예닐곱이 와 그를 돕고 위로했다. 친구들은 오콩코의 얌을 오비에리카의 곳간에 저장하기 위해 아홉 번 아니 열 번을 오갔다. 그리고 첫 닭이 울기 전에 오콩코와 가족들은 그의 외가로 떠났다. 음반타라는 조그만 마을로, 음바이노 외곽 바로 너머에 있었다.

날이 새자마자, 에제우두 집에서 나온 많은 남자들이 전쟁 복장을 하고 오콩코의 집으로 몰려들었다. 이들은 오콩코의 집에 불을 지르고, 담을 허물고, 가축을 죽이고, 곳간을 부쉈다. 그것이 대지의 여신의 정의였으며, 자신들은 단지 여신의 전령에 지나지 않았다. 이들은 오콩코에 대해 어떤 적대감이 있는 것이 아니었다. 오콩코의 가장 절친한 친구인 오비에리카 또한 마찬가지였다. 이들은 오콩코가 부족의 피로 오염시킨 땅을 단지 정화하는 것이었다.

오비에리카는 사려 깊은 사람이었다. 여신의 뜻이 이루어진 다음, 그는 자신의 오비에 앉아 친구의 불행을 슬퍼했다. 왜 본의 아니게 저지른 잘못으로 이렇게 심한 고생을 해야 하는가? 하지만 아무리 생각해도 그 답은 없었다. 생각이 더욱 복잡해질 뿐이었다. 그는 내다 버린 자신의 쌍둥이들이 떠올랐다. 그 아이들이 무슨 죄가 있단 말인가? 대지의 여신이 쌍둥이는 대지에 대한 모독이므로 없어져야 한다고 명했었다. 그리고 만약 자신들이 위대한 여신을 거역하는 것에 대해 엄정한 벌을 내리지 않는다면, 여신의 저주가 명을 어긴 자들에게만이 아니라 온 땅에 퍼져 나간다는 것이었다. 어르신들은 손가락 하나에 기름이 묻으면 네 손가락으로 번진다고 말하곤 했다.

2부

14장

음반타의 외가 친척들은 오콩코를 친절히 받아들였다. 그를 받아들인 노인은 오콩코 어머니의 남동생으로 외가의 남은 가족 가운데 가장 나이가 많은 분이었다. 이름은 우첸두로 삼십 년 전 고향 사람들과 묻히기 위해 우무오피아에서 돌아온 오콩코 어머니의 시신을 받아들인 사람도 그였다. 오콩코는 그때 아직 어렸고 우첸두는 옛 방식대로 어머니와 울면서 이별하던 그를 아직도 기억했다.

"어머니, 어머니, 어머니가 떠나신다."

여러 해 전의 일이었다. 오늘 오콩코는 고향 사람과 묻힐 어머니의 시신을 모시고 온 것이 아니었다. 그는 외가에서 도피처를 찾기 위해 가족인 아내 셋과 아이들을 데리고 왔다. 우첸두는 오콩코와 비탄에 빠진 피곤한 식솔들을 보자마자 무슨 일이 일어났는지를 짐작하고는 아무런 질문도 하지 않았다. 다음 날이 되어서야 오콩코는 그에게 모든 이야기를 털어놨다. 노인은 끝까지 조용히 경청하더니 "여자 오추야."라며 안도의 말을 이었다. 그러고는 필요한 의례와 제사를 마련했다.

오콩코에게는 거처를 지을 작은 땅과 다가오는 파종기에 농사를 지을 두세 마지기 땅이 주어졌다. 외가 친척의 도움으로 그는 자신만의 오비와 세 부인을 위한 집 세 채를 지었다. 그런 다음 자신의 신과 돌아가신 조상님들의 상(像)을 모셨다. 에첸두의 다섯 아들은 각자가 사촌인 오콩코가 농사를 지을 수 있도록 얌 종자 삼백 개를 내놓아 첫 비가 오자마자 농사를 시작할 수 있도록 했다.

마침내 비가 내렸다. 갑작스럽고 엄청났다. 두세 달 동안은 태양이 힘을 모아 마침내 대지에 불길을 내뿜는 듯했었다. 풀들이 모두 오랫동안 갈색으로 그을고, 흙은 발밑에서 불타는 석탄처럼 느껴졌다. 상록수는 갈색 먼지를 뒤집어썼다. 새들은 숲 속에서 더 이상 노래하지 않았고, 세상은 펄펄 살아 움직이는 열기 아래 헐떡이며 퍼져 있었다. 그런데 그때 천둥의 파열음이 시작됐다. 성난, 금속성의 목마른 파열음으로, 우기의 깊고 물기 많은 굉음과는 달랐다. 거대한 바람이 일어나 대기를 먼지로 가득 채웠다. 바람이 흔들거리는 야자수 꼭대기에 기이하고 환상적인 머리 장식을 하듯 야자 잎을 빗어 넣으며 야자수를 휘청거리게 했다.

드디어 비는, 굵고 단단한 우박이 되어 내렸는데 사람들은 이를 '하늘의 물 열매'라 불렀다. 딱딱한 우박을 맞으면 아팠지만, 아이들은 차가운 열매를 주워 입에 넣고 녹이면서 신나게 뛰어다녔다.

대지는 생기를 찾고 숲 속의 새들은 이리저리 날아다니며 즐겁게 노래했다. 동식물들의 알 수 없는 냄새가 대기에 퍼져나갔다. 비가 점차 조용히 내리기 시작했고 좀 더 작은 물방울이 되어 내리자, 아이들은 비를 피할 곳을 찾으며 모두들 기뻐하며 활기를 되찾고 감사해했다.

* * *

오콩코와 가족들은 새 농토를 일구기 위해 아주 열심히 일했다. 하지만 마치 나이 들어 왼손으로 일하는 것을 배우거나, 젊은이의 원기와 열기 없이 새롭게 삶을 시작하는 것 같았다. 예전과 달리 그는 더 이상 일이 즐겁지 않았고, 할 일이 없을 때면 조용히 앉아 졸았다.

그의 삶은 하나의 큰 열정, 즉 부족의 촌장이 되는 것에 사로잡혀 왔었다. 그것이 그의 삶의 용수철이었다. 그리고 그것에 거의 다가와 있었다. 그때 모든 것이 부서져 버렸다. 그는 메마른 해변에 헐떡이는 고기처럼 부족에서 내팽개쳐졌다. 분명 자신의 신 치는 큰 위업을 이룰 운명은 아니었다. 사람은 자신의 치의 숙명을 넘어설 수는 없었다. 사람이 "예."라고 말하면 자신의 치 또한 "예."라고 한다는 어르신들의 말은 사실이 아니었다. 여기에 자신이 "예."라고 해도 치가 "아니다."라고 말하는 사람이 있었다.

우첸두 노인은 오콩코가 절망에 빠져 매우 괴로워하고 있다는 것을 쉽게 감지했다. 그는 이사이피 예식이 끝나면 말을 건네야겠다고 생각했다.

* * *

우첸두의 다섯 아들 가운데 막내인 아미쿠가 새 아내와 결혼을 준비하고 있었다. 신부 값을 지불하여 예식을 제외한 모든 절차가 마무리되었다. 오콩코가 음반타에 도착하기 두 달 전 아미쿠와 일가친척들이 신부 집에 야자주를 가져갔었다. 그래서 이제는 마지막 혼인 서약 때가 왔다.

가족의 모든 딸들이 참석했는데, 몇몇은 멀리 있는 마을에서 먼 길을 왔다. 우첸두의 장녀는 거의 반나절이 걸리는 오보도에서 왔다. 우첸두의 조카딸들도 모였다. 집안에 장례식이 있을 때 모이는 것처럼 출가한 딸들이 친정에 모두 모이는 우무아다였다. 모두 스물두 명이었다.

딸들이 마당에 둥그렇게 자리를 잡고 신부는 오른손에 암탉을 들고 한가운데 앉았다. 우첸두는 가문에 대대로 내려오는 지팡이를 들고 신부 옆에 앉았다. 다른 모든 남자들은 원 바깥에 서서 지켜보았다. 이들의 부인들 또한 마찬가지였다. 저녁때가 되고 해가 저물고 있었다.

우첸두의 장녀 은지데가 질문을 했다.

"정직하게 대답하지 않으면 아이를 낳을 때 고생을 하고 죽을 수도 있다는 것을 명심하세요." 그녀가 시작했다. "제 동생이 결혼할 의사를 밝힌 후로 몇 남자와 잠자리를 했나요?"

"그런 적 없습니다."

신부가 간단히 대답했다.

"정직하게 대답하세요."

다른 여자들이 다그쳤다.

"없다고요?"

은지데가 물었다.

"없습니다."

신부가 대답했다.

"가문의 지팡이에게 맹세드려라."

우첸두가 말했다.

"맹세드립니다."

신부가 말했다.

우첸두가 신부로부터 암탉을 넘겨받더니, 예리한 칼로 목을 베어 그 피를 가문의 지팡이에 떨어뜨렸다.

이날부터 아미쿠는 어린 신부를 자신의 집으로 데려가고 신부는 아내가 되었다. 집안의 딸들은 바로 자신의 시집으로 돌아가지 않고 친정 식구들과 이삼 일을 함께 보냈다.

* * *

둘째 날 우첸두는 아들과 딸 그리고 조카인 오콩코를 불러 모았다. 남자들은 염소 가죽 깔개를 가지고 와 마당에 자리를 잡았고 여자들은 흙을 약간 쌓아 올린 곳 위에 사이잘삼으로 만든 깔개를 펴고 앉았다. 우첸두가 잿빛 수염을 가다듬고 이를 움직거렸다. 그리고 말을 시작했다. 조용하고 사려가 깊었으며, 아주 조심스럽게 단어를 선택했다.

"먼저 오콩코에게 말하고 싶다. 하지만 내가 하는 말을 모두가 명심하기 바란다. 나는 늙었고 너희들은 모두 아이들이다. 내가 너희보다는 세상 물정을 더 잘 안다. 자기가 더 잘 안다고 생각하면 말해도 좋다."

그가 말을 멈췄지만, 아무도 말을 하지 않았다.

"왜 오콩코가 오늘 우리와 함께 있느냐? 여기는 이 사람의 부족이 아니다. 우린 이 사람의 외가 친척일 뿐이다. 이 사람은 여기에 속하지 않는다. 이 사람은 유배자로, 낯선 땅에서 일곱 해를 살아야 하는 벌을 받았다. 그래서 이 사람은 슬픈 일이지만 이를 받아들였다. 하지만 딱 한 가지 묻고 싶은 게 있다. 오콩코, 아이들의 이름을 여러 이름 가운데 왜 은네카 즉 '어머니는 가장 위대하시다'라고 가장 많이 짓는지 아는가? 남자가 가족의 우두머리고 아내들은 그에 복종한다는 것은 모두가 아는 맞는 말이다. 자식은 아버지와 그 가족에게 속하지, 어머니와 그 가족에게 속하지 않는다. 사람은 아버지의 고향에 속하지 어머니의 고향에 속하는 것이 아니다. 그런데도 우리는 은네카, '어머니는 가장 위대하시다'라고 말한다. 왜 그런가?"

침묵이 흘렀다.

"오콩코가 대답해 주게."

우첸두가 말했다.

"모르겠습니다."

오콩코가 답했다.

"답을 모른다? 자신이 아직 어린아이라는 것을 알겠군. 아이들도 많고 부인도 많은, 아이들이 나보다도 많은 사람이. 자네는 자네 부족이 우러러보는 사람이네. 하지만 아직도 어린아이, 내 아이네. 내 말을 귀담아듣게나. 왜 여자가 죽으면 친정 사람들과 함께 묻히기 위해 고향으로 돌아오는가? 여자는 시댁 사람들과 묻히지 않지. 왜 그런가? 자네 어머니는 고향에 있는 내게 와 내 사람들과 묻혔네. 왜 그런가?"

오콩코가 고개를 저었다.

"그것 또한 모르는구먼. 하지만 자네는 몇 해 동안 어머니의 땅에 와 살게 되어 슬픔으로 가득하네." 그는 짓궂게 웃더니, 아들딸들을 향했다. "너희들은 아느냐? 너희들은 내 질문에 대답할 수 있느냐?"

그들 모두도 머리를 가로저었다.

"그렇다면 내가 말하마." 이렇게 말하고는 목을 가다듬었다. "자식이 아버지에게 속한다는 것은 맞는 말이다. 하지만 아버지가 자식을 때리면, 자식은 어머니 집으로 피하지. 모든 일이 무사하고 삶이 달콤할 때 사람은 아버지의 땅에 속한다. 하지만 슬프고 고통스러울 때는 어머니의 땅에서 위안을 찾는다. 어머니는 이럴 때 너를 보호한다. 어머니가 거기에 묻히신 게지. 이것이 어머니가 가장 위대하다고 말하는 이유다. 오콩코 자네가 어머니의 고향에 와 무거운 표정으로 위로받기를 거절하는 것이 옳은 일인가? 조심하게나. 그렇지 않으면 돌아가

신 분들을 화나게 할 것이네. 자네의 임무는 아내와 아이들을 돌보고 일곱 해 후엔 그들을 아버지의 땅으로 데려가는 것이네. 하지만 자네가 슬픔과 낙담 속에서 죽는다면, 그들 모두 객지에서 죽게 될 것이네." 그는 한참 동안 말을 멈췄다. "이들이 이제는 자네의 친척들이네." 그가 아들들과 딸들을 가리켰다. "자네는 자신이 이 세상에서 가장 비참한 사람이라 생각하는가? 평생 동안이나 추방당하는 사람도 있다는 것을 아는가? 얌도 자식까지도 모든 것을 잃은 사람도 있다는 것을 아는가? 난 한때 아내가 여섯이었지. 지금은 왼쪽과 오른쪽도 구별 못 하는 저 여자 아이밖에 남지 않았지. 내가 아이들을, 내 젊고 팔팔했던 시절에 낳은 아이들을 몇이나 땅에 묻었는지 아는가? 스물둘이야. 난 목을 매지 않고 아직도 살아 있네. 자네가 이 세상에서 가장 고통스러운 사람이라고 생각한다면, 내 딸 아케우니는 쌍둥이를 몇이나 낳고 버렸는지 물어보게나. 여자들이 죽으면서 부르는 노래를 들은 적 있는가?

'누구에게 좋다는 것인가, 누구에게 좋다는 것인가?
좋은 사람은 어느 누구도 없다.'

이게 내가 하고자 하는 말이다."

15장

오콩코가 고향을 떠나온 지 두 해가 되었을 때 친구 오비에리카가 그를 찾아왔다. 그는 젊은이 둘을 데리고 왔는데, 머리엔 무거운 자루를 이고 있었다. 오콩코가 그들을 도와 짐을 내렸다. 자루엔 조가비가 가득한 것이 분명했다.

오콩코는 친구를 반갑게 맞이했다. 부인들과 아이들도 매우 기뻐했고, 손님이 누구인지를 와서 들은 사촌들과 그들의 부인들 또한 마찬가지였다.

"아버님께 인사드리러 손님을 데려가셔야지요."

사촌이 말했다.

"그래야지요." 오콩코가 대답했다. "바로 가야지요."

하지만 가기 전에 그가 첫 부인에게 조용히 뭔가를 말했다. 부인이 고개를 끄덕이더니, 이내 아이들이 수탉 한 마리를 쫓아다녔다.

우첸두는 낯선 사람 셋이 오콩코 집에 왔다는 얘기를 손자에게 이미 전해 들었다. 그래서 이들을 맞이하려고 기다리고 있었다. 이들이 자신의 오비에 들어오자, 그는 이들에게 손을 내밀었고, 악수를 나눈 다음 오콩코에게 이들이 누구인지를 물었다.

"이 사람은 오비에리카로, 제 친구입니다. 제가 일전에 말씀드렸지요."

"그렇군." 오비에리카를 향하더니 노인이 말했다. "내 아들이 자네에 대해 말하더군. 이렇게 와 줘서 반갑네. 자네의 부친이신 이웨카를 안다네. 훌륭한 분이셨지. 이곳에도 많은 친구들이 계셔서 자주 여기에 오시곤 했네. 남자들에게 먼 부족에도 친구가 있던 좋은 시절이었지. 자네 세대들은 그걸 모르지. 자네들은 집에만 있고, 바로 옆집의 이웃도 두려워하지. 모친의 고향마저 이젠 낯선 곳이 되었어." 그가 오콩코를 쳐다보았다. "난 이제 늙었고 말하는 것을 좋아하지. 할 줄 아는 것이라곤 이제 그것밖에 없어."

그는 힘들게 일어서더니, 집 안으로 들어가 콜라 열매를 가지고 나왔다.

"이 젊은이들은 누군가?"

그가 다시 가죽 자리 위에 앉으며 물었다. 오콩코가 그에게 설명했다.

"아, 그래. 어서 오게나, 내 아들들."

우첸두가 콜라 열매를 그들에게 주자, 젊은이들이 이를 감사히 받아, 깨서 먹었다.

"방 안으로 들어가 보게나." 그가 손으로 가리키며 오콩코에게 말했다. "술 단지 하나가 있을 것이네."

오콩코가 술을 가지고 나오고 이들이 마시기 시작했다. 하루를 익혀, 매우 독한 술이었다.

"맞아." 우첸두가 오랜 침묵 끝에 말했다. "그 시절엔 사람들이 여행을 많이 했지. 이 지역에서 내가 잘 모르는 부족은 없네. 아닌타, 우무아주, 이케오차, 엘루멜루, 아바메 모두 알고 있네."

"아바메가 이젠 없어졌다는 것을 들으셨는지요?"

오비에리카가 물었다.

"어떻게 된 건가?"

우첸두와 오콩코가 함께 물었다.

"아바메가 완전히 파괴되고 말았습니다. 놀랍고 끔찍한 이야기입니다. 겨우 살아남은 몇 사람을 내 눈으로 보고 내 귀로 듣지 않았다면, 믿지 못했을 것입니다. 그 사람들이 우무오피아로 도망 온 것이 에케 요일이지 않았는가?"

오비에리카가 함께 온 이들에게 묻자, 이들이 고개를 끄덕였다.

"석 달 전이었지요." 오비에리카가 계속 말했다. "에케 요일에 도망자 한 무리가 저희 마을로 들어왔습니다. 대부분은 모친이 우리 땅에 묻힌 우리 아들들이었지요. 하지만 일부는 우리 마을에 친구가 있어 왔거나 달리 피할 곳이 없다고 생각한 사람들이었습니다. 그렇게 이들이 참혹한 이야기를 가지고 우무오피아로 피해 온 것입니다."

그가 야자주를 마시자, 오콩코가 그의 잔을 다시 채웠다. 그가 계속했다.

"지난 파종기에 한 백인 남자가 그들 부족에 나타났지요."

"문둥이 말인가?"

오콩코가 거들었다.

"문둥이가 아니었네. 전혀 다르다네." 그가 술을 한 모금 마셨다. "그런데 그는 쇠로 된 말을 타고 있었습니다. 그를 처음 본 사람들은 도망을 쳤는데, 그는 손짓을 하며 서 있었답니다. 마침내 대범한 이들이 가까이 다가갔고 그를 만져 보기까지 했습니다. 어르신들이 신탁을 청해 듣자 이 낯선 이가 부족을 파괴하고 모두를 죽음으로 내몰 것이라고 예언했습니다." 오비에리카가 다시 자신의 술을 조금 마셨다. "그래서 마을 사람들은 이 백인을 죽였고 그의 쇠로 된 말을 신성한 나무에 묶어 두었는데, 그렇지 않으면 이 말이 도망가 이 남자의 친구들을 불러올 것 같아서였습니다. 신탁이 예언한 다른 하나를 언급하지 않았군요. 신탁은 다른 백인들이 오는 중이라고 말했지요. 신탁이 말하길, 이들은 메뚜기 떼 같아, 첫 번째 사람은 탐문을 위해 보낸 선발대라는 것이었습니다. 그래서 마을 사람들이 그 사람을 죽인 것이지요."

"사람들이 그를 죽이기 전에 백인이 뭐라 했는가?"

우첸두가 물었다.

"아무 말을 안 했습니다."

오비에리카와 함께 온 이가 대답했다.

"그가 무슨 말을 했는데, 알아들을 수 없었지요." 오비에리카가 말했다. "마치 코로 말하는 것 같았답니다."

"어떤 사람이 제게 말하길, 음바이노와 비슷한 말을 계속 해서 반복했답니다." 오비에리카와 같이 온 다른 이가 말했다. "아마 음바이노로 가는 중이었는데 길을 잃은 것 같았습니다."

"어떻든, 마을 사람들이 그를 죽이고 쇠로 된 말을 묶어두었지요." 오비에리카가 말을 이었다. "파종기가 시작되기 전 일이었습니다. 그리고 오랫동안 아무 일이 없었습니다. 비가 오고 얌도 심었습니다. 쇠로 된 말은 그때까지도 신성한 케이폭 나무에 묶여 있었지요. 그런데 그때 어느 날 아침 우리같이 정상적으로 생긴 몇 사람들과 함께 백인 세 명이 아바메를 찾아왔습니다. 이들은 쇠로 된 말을 보고서는 가 버렸습니다. 아바메의 남녀 대부분은 밭에 나갔기에, 오직 몇 사람만이 백인과, 이들과 함께 온 이들을 보았지요. 몇 주 동안 다른 아무 일도 일어나지 않았습니다. 아바메에서는 격주로 아포 요일에 큰 장이 서고, 아시다시피 부족의 모든 사람이 모여들지요. 그 날 일이 벌어진 것입니다. 백인 셋과 많은 다른 남자들이 장터를 에워쌌습니다. 장터가 가득 찰 때까지 자신들을 보이지 않도록 하는 강력한 약을 이들이 사용한 것이 분명합니다. 그리고 이들이 총을 쏘기 시작했습니다. 모두가 죽고, 살아남은 사람은 집에 남았던 노인과 환자들뿐이었고 자신의 치가 정신이 번쩍 들어 장터에서 빠져나왔던 남녀 몇뿐이었지요."

그가 말을 멈췄다.

"아바메 부족에는 이제 한 사람도 없습니다. 그 신비로운 호수의 신성한 고기마저 도망을 갔고 호수는 핏빛으로 변했습니다. 신탁이 경고한 대로 엄청난 재앙이 그들의 땅에 온 것이었습니다."

긴 침묵이 흘렀다. 우첸두는 큰 소리로 이를 갈았다. 그러고는 갑자기 크게 말했다.

"아무 말도 하지 않는 사람을 죽이지 말게. 아바메 남자들이 바보였구먼. 그 사람에 대해 아는 게 있었는가?" 그가 다시 이를 갈더니 자신이 말하고자 하는 바를 보여 주는 이야기를 했다. "한번은 어머니 솔개가 딸에게 먹이를 가져오라 심부름을 시켰지. 딸이 가서, 오리 새끼를 가지고 돌아왔네. '잘했다.' 어머니 솔개가 딸에게 말했지. '그런데, 네가 내려가 새끼를 낚아채자 어미 오리가 뭐라 말하더냐?' '아무 말도 하지 않았어요. 그냥 걸어가던데요.' 어린 솔개가 말했지. 그러자 '오리 새끼를 돌려주어야겠다. 그런 침묵 뒤엔 불길한 뭔가가 있지.'라고 어머니 솔개가 말했지. 그래서 딸 솔개는 오리 새끼를 돌려주고 대신 병아리를 가져왔지. '병아리 어머니가 어떻게 하더냐?'라고 어머니 솔개가 물었다. '울고 소리를 지르며 내게 욕을 했어요.'라고 아이 솔개가 대답했지. '그렇다면 병아리를 먹어도 되겠구나.'라고 어머니가 말했지. '소리를 지르는 사람은 무서울 게 전혀 없지.' 아바메 남자들은 바보였어."

"어리석었군요." 잠시 후에 오콩코가 말했다. "그들은 위험이 닥칠 것이라는 경고를 받았습니다. 시장에 갈 때도 총과 도끼로 무장을 했어야지요."

"바보 같은 행동의 대가를 치른 게지." 오비에리카가 말했다. "하지만 나는 크게 우려하네. 강력한 총과 독한 술로 노예를 잡아 바다 건너로 데려가는 백인들에 대한 얘기를 들었는데도, 어느 누구도 그 얘기를 사실이라 생각하지 않네."

"사실이 아닌 얘기란 없는 것이지." 우첸두가 말했다. "세상엔 이것이다 하는 끝은 없는 법이어서, 어떤 종족에게 좋은 것이 다른 종족에게는 싫은 것이 되지. 우리에겐 문둥이가 있지. 백인들이 자신들과 비슷한 사람들이 사는 땅으로 가는 중에 길을 잃어 여기로 잘못 흘러든 거겠지."

* * *

오콩코의 첫 부인은 곧 으깬 얌과 비터잎 수프 등 많은 음식을 장만해 손님들에게 내왔다. 오콩코의 아들인 은워예가 라피아야자로 만든 달콤한 술을 한 단지 가져왔다.

"이젠 다 컸구나." 오비에리카가 은워예에게 말했다. "네 친구 아네네가 네가 어떻게 지내는지 궁금해하더구나."

"아네네도 잘 지내지요?"

"우리 모두 잘 지낸단다."

에진마가 이들에게 손 씻을 물그릇을 가져왔다. 손을 씻은 다음 이들은 먹고 마시기 시작했다.

"언제 집을 나섰는가?"

오콩코가 오비에리카에게 물었다.

"새벽닭이 울기 전에 출발하려고 했지. 그런데 은웨케가 날이 밝아서야 나타났네. 새 아내를 막 맞이한 신랑과는 이른 아침에 약속을 하지 말아야지."

모두들 함께 웃었다.

"은웨케가 아내를 맞았다고?"

오콩코가 물었다.

"오카디그보의 둘째 딸과 결혼했다네."

"잘된 일이네. 약속에 늦는 게 당연한 일이지."

모두가 실컷 먹은 후에, 오비에리카가 무거운 자루 둘을 가리켰다.

"자네 얌에서 나온 돈이네. 자네가 떠난 후 바로 큰 것들을 팔았네. 그리고 얌 종자를 좀 팔기도 하고 소작들에게 좀 주기도 했네. 자네가 돌아올 때까지 매년 그렇게 할 생각이네. 하지만 자네가 당장 돈이 필요할 것 같아 가지고 왔네. 당장 내일 무슨 일이 일어날지 누가 알겠는가? 아마 젊은 애들이 우리 부족에 쳐들어와 총을 쏴 댈지도 모르지."

"그럴 리가 있겠는가." 오콩코가 말했다. "어떻게 고맙다 해야 할지 모르겠네."

"말해 줄 수 있지." 오비에리카가 말했다. "아들 하나를 내게 제물로 바치게나."

"그걸로 충분치 않을 것이네."

"그럼 자넬 바치게나."

"용서하게나." 오콩코가 미소 지으며 말했다. "고맙다고 더 이상 말하지 않겠네 그려."

16장

거의 두 해가 또 지나 오비에리카가 유배 중인 친구를 다시 찾았을 때 상황은 좋지 않았다. 선교사들이 우무오피아에 들어왔던 것이다. 이들은 마을에 자신들의 교회를 세웠으며, 소수의 개종자를 얻고 벌써 이웃 마을과 부락에 전도사들을 보내고 있었다. 부족의 지도자들에게 그것은 크나큰 근심거리였지만, 많은 사람들은 이 괴이한 믿음과 백인의 신이 오래가지 못할 것이라고 생각했다. 마을 모임에서 개종자들의 말에 귀 기울이는 사람은 없었다. 이들 가운데 어느 누구도 칭호가 있는 경우는 없었다. 대부분은 에풀레푸라 불리는, 가치도 쓸모도 없는 남자들이었다. 부족에서 에풀레푸라면 무엇보다도 도끼는 팔아 버리고 도끼 싸개만 메고 싸우러 나가는 남자를 떠올렸다. 아그발라의 무당인 치엘로는 개종자들을 부족의 쓰레

기라 불렀고, 새로운 신앙은 쓰레기를 먹어 치우기 위해 온 미친개라고 했다.

오비에리카가 오콩코를 찾은 이유는 친구의 아들인 은워예가 갑자기 우무오피아의 선교사들 사이에 나타났기 때문이었다.

"어떻게 된 게냐?"

어렵사리 선교사들의 허락을 얻어 아이에게 말을 건넬 수 있었던 오비에리카가 물었다.

"저는 이들 가운데 한 사람입니다."

은워예가 대답했다.

"아버지는 어떻게 지내시느냐?"

달리 할 말을 몰라, 오비에리카가 물었다.

"전 모르겠습니다. 이젠 제 아버지가 아닙니다."

은워예가 침울하게 말했다.

그래서 오비에리카는 음반타로 친구를 보러 온 것이다. 그리고 그는 오콩코가 은워예에 대해 언급하고 싶어 하지 않는다는 것을 알았다. 그가 이런저런 이야기를 들은 것은 오직 은워예의 어머니로부터였다.

* * *

선교사들의 도착은 음반타 마을에 상당한 동요를 일으켰다. 이들은 여섯이었는데 그중 한 사람은 백인이었다. 모든 남자들과 여자들이 그 백인을 보기 위해 나왔다. 백인 한 명이 죽고 쇠로 된 말이 신성한 케이폭 나무에 묶인 사건 이후 이 낯선 사람들에 대한 얘기가 퍼져 나갔었다. 그래서 모두가 백인들을 보러 나왔다. 모두들 집에 있는 시기였다. 추수는 끝난 후였다.

마을 사람 모두가 모이자, 백인 남자가 이들에게 말하기 시작했다. 이보 사람이 통역을 했는데, 다른 지역의 사투리를 써 음반타 사람들은 알아듣기 힘들었다. 많은 사람이 그의 사투리와 이상한 어투에 웃음을 지었다. '나 자신'이라는 말 대신 그는 항상 '내 궁둥이'라고 했다. 하지만 그는 위엄이 있는 남자여서 부족 남자들은 그에게 귀를 기울였다. 그가 말하길 피부색이나 말로 알 수 있듯 그 자신은 이 마을 사람들과 같은 사람이라고 했다. 비록 이보 말을 하지는 않지만, 다른 흑인 넷도 똑같이 형제라는 것이었다. 백인 남자 또한 마을 사람들의 형제인데 모두가 신의 아들이기 때문이라는 것이었다. 그리고 그는 모든 세상과 남자와 여자의 창조주라는 새로운 신에 대해 이야기했다. 그는 마을 사람들이 가짜 신들인 숲과 돌의 신들을 숭배한다고 말했다. 그가 이런 말을 하자 군중이 낮은 소리로 웅성거렸다. 그는 마을 사람들에게 진정한 신은 높은 곳에 계시며 사람이 죽으면 신 앞에 가 심판을 받게 된다고 말했다. 악한 자들, 그리고 무지함으로 나무와 돌멩이에게 절을 한 모든 이교도들은 야자 기름으로 타는 듯한 불에 던져질 것이라고 했다. 하지만 진정한 신을 섬긴 선한 사람은 신의 행복한 왕국에서 영원토록 살 것이라고 했다.

"사악한 생활과 거짓 신들을 떠나 죽은 후에 구원을 얻도록 그대들이 신에게 돌아올 수 있게끔 위대한 신께서 우리를 보내셨습니다.”

“당신 궁둥이가 우리말을 알아들네요.”

누군가 농담을 하자 군중이 웃었다.

“뭐라 하는 건가요?”

백인이 통역에게 물었다. 하지만 통역이 대답하기도 전에, 마을의 다른 남자가 물었다.

“백인의 말은 어디 있는가요?”

이보 전도사들은 자기들끼리 논의하더니 이 사람이 아마 자전거를 말하는 것일 거라는 결론을 내렸다. 전도사들이 백인에게 그렇게 전하자 백인은 맘씨 좋게 미소를 지었다.

“우리가 이분들 사이에 정착하게 되면 내가 쇠로 만든 말을 많이 가지고 오겠다고 말하세요. 쇠로 된 말을 직접 탈 수도 있을 거라고도 하세요.”

이 말이 마을 사람들에게 통역이 되었지만 들은 사람은 거의 없었다. 마을 사람들은 흥분해서 자기들끼리 이야기를 했는데, 그것은 백인이 자신들 사이에 살겠다고 말했기 때문이었다. 미처 생각하지 못한 일이었다.

이때 노인 한 분이 의문을 제기했다.

“무엇이 자네들의 신인가? 대지의 여신인가, 하늘의 신인가, 번개인 아마디오라인가, 도대체 무엇인가?”

통역이 백인에게 이 말을 전하자 그는 즉시 대답했다.

“노인께서 말하신 모든 신들은 전혀 신이 아닙니다. 그것은 거짓 신들로 이웃을 죽이라 하고 순진한 애들을 버리라고 합니다. 세상엔 진정한 신이 오직 한 분 계시며, 그분은 땅과 하늘, 어르신과 나, 그리고 우리 모두를 지배하고 계십니다."

또 다른 마을 사람이 말했다.

"우리의 신을 버리고 당신들의 신을 따른다면, 버림 받은 우리 신과 조상님들의 화를 어떻게 면할 수 있는가요?"

"그대의 신들은 살아 있지 않으며 사람을 해칠 수도 없습니다. 그것은 나무고 돌멩이입니다."

이것이 마을 말로 옮겨지자 비웃음들이 터져 나왔다. 이 사람들은 미친 게 틀림없다고 마을 사람들이 수군거렸다. 그렇지 않으면 어떻게 아니와 아마디오라가 화를 끼칠 수 없다고 말할 수 있는가? 그리고 이데밀리와 오구구도 그렇다고? 그런 다음 일부는 자리를 뜨기 시작했다.

그러자 선교사들이 갑자기 노래를 부르기 시작했다. 노래는 밝고 활기찬 가락의 찬송가로, 조용히 그리고 막연히 한 이보 남자의 심금을 울렸다. 통역이 매 구절을 청중에게 설명하자, 일부는 이제 노래에 사로잡혀 서 있었다. 노래는 신의 사랑을 알지 못해 어둠과 공포 속에서 사는 형제에 관한 이야기였다. 신의 문을 나와 다정한 양치기의 손길을 벗어나 언덕을 헤매는 양을 노래했다.

노래를 한 다음 통역은 이름이 예수 그리스도인 신의 아들에 대해 이야기했다. 오콩코는 이 남자들을 마을 밖으로 내쫓거나 혼내 주겠지 하는 기대만을 안고 남아 있다가 이렇게 말했다.

"우리한테 당신 입으로 세상엔 오직 하나의 신만이 있다고 말했지요. 그런데 이제 신의 아들에 대해 이야기를 하네요. 그렇다면 부인도 있겠군요."

군중도 이 말에 수긍했다.

"신에게 부인이 있다고는 말하지 않았습니다."

통역이 조금은 더듬거리며 말했다.

"당신 궁둥이는 그에게 아들이 있다 했지요." 한 사람이 익살스럽게 말했다. "그렇다면 그에게 부인이 있고, 모두가 궁둥이들도 있음이 분명하네요."

선교사는 그를 무시하고는 삼위일체에 대해 얘기해 나갔다. 마지막에 오콩코는 이 남자가 미친 것이라고 확신했다. 그는 어깨를 으쓱이더니 오후 야자주를 마시기 위해 자리를 떴다.

하지만 거기에는 이에 마음이 사로잡힌 한 젊은이가 있었다. 이름은 은워예로 오콩코의 장남이었다. 그를 사로잡은 것은 삼위일체의 이상한 논리가 아니었다. 그는 그것을이해할 수 없었지만 새로운 종교의 시, 뼛속으로 느껴지는 어떤 것이 그를 사로잡았다. 어둠과 공포 속에 앉아 있는 형제들에 대한 찬송은 이 젊은 영혼을 괴롭혀 온 막연히 계속되는 의문에 답하는 것 같았다. 숲 속에서 울고 있는 쌍둥이와 죽은 이케메푸나에 대한 문제였다. 찬송이 그의 목마른 영혼에 쏟아지자 마음 깊숙이 어떤 위안을 느꼈다. 찬송의 노랫말은 헐떡이는 대지의 메마른 입술에 언 빗방울이 떨어져 녹는 것 같았다. 은워예의 어린 마음은 어찌할 바를 몰랐다.

17장

선교사들은 첫 네댓새 밤은 장터에서 보내면서 아침엔 복음을 전파하려고 마을에 들어왔다. 그들은 마을의 족장이 누구인지를 물었지만, 마을 사람들은 족장은 없다고 말해 주었다.

"우리에겐 높은 칭호의 남자와 큰무당 그리고 어르신들만이 있지요."

첫날의 흥분 뒤에 마을의 높은 칭호가 있는 남자들과 어르신 모두의 허락을 얻는 것은 결코 쉬운 일이 아니었다. 하지만 선교사들은 포기하지 않았고, 마침내 음반타의 지도자들이 이들을 받아들였다. 이들은 자신들의 교회를 세울 터를 달라고 했다.

모든 부족과 마을에는 '악령의 숲'이 있었다. 여기에는 문둥

병이나 마마 같은 아주 사악한 질병으로 죽은 모든 이들이 묻혀 있다. 또한 힘 있는 주술사가 세상을 뜨면 그들의 영물(靈物)들을 버리는 곳이기도 했다. 그러므로 '악령의 숲'은 어둠의 사악한 힘과 기가 살아 있는 곳이었다. 음반타의 지도자들은 이 숲을 선교사들에게 주었다. 지도자들은 이들이 마을에 들어오는 것을 원치 않았고, 그래서 제정신이라면 어느 누구도 받아들이지 않을 제안을 이들에게 한 것이었다.

"자신들의 신전을 지을 터를 달라 이거구먼." 친구들과 함께 논의를 하는 자리에서 우첸두가 말했다. "우리가 땅뙈기를 좀 주지 뭐." 그가 말을 잠시 멈추자, 놀라고 반대하는 소리가 웅성거렸다. "악령의 숲 한쪽을 주지. 이 사람들이 죽음도 이긴다고 자랑했지요. 자신들이 이기는 것을 보여 줄 수 있는 진짜 전쟁터를 이 사람들에게 줘 보자고."

동네 사람들은 웃으면서 이에 동의하고, 잠시 마을 사람들끼리 '함께 속삭일' 수 있도록 자리를 비워 달라고 해서 나가 있던 선교사들이 다시 불려 왔다. 마을은 선교사들이 악령의 숲을 가지고 싶은 만큼 가져도 된다고 제안했다. 놀랍게도 이들은 마을 사람들에게 감사하더니 노래를 크게 부르기 시작했다.

"이 사람들이 뭘 모르는 게야." 몇몇 어르신들이 말했다. "하지만 내일 아침 자신들의 터로 가면 알게 되겠지."

그리고 모두들 흩어졌다.

다음 날 이 미친 남자들은 실제로 숲의 일부를 정리하고 집을 짓기 시작했다. 음반타 주민들은 나흘 안에 이들 모두가 죽을 것으로 기대했다. 첫째 날이 지나고 둘째 셋째 넷째 날이 지났다. 하지만 이들 누구도 죽지 않았다. 모두가 어리둥절했다. 그리고 그때 백인의 영물은 믿기지 않는 힘을 가지고 있다고 알려지게 되었다. 또 그가 눈에 안경을 쓰면 악령을 보고 이야기를 할 수 있다는 말이 돌았다. 오래지 않아, 그는 처음으로 개종자 세 명을 얻었다.

* * *

은워예는 비록 첫날부터 새로운 신앙에 끌렸지만 이를 비밀로 했다. 그는 아버지가 무서워 선교사들에게 더 가까이 갈 엄두가 나지 않았다. 하지만 이들이 야외 장터나 마을 운동장에 설교를 하러 나올 때마다, 은워예는 그곳에 있었다. 그리고 이미 이들이 말하는 몇몇 간단한 이야기를 익혀 가기 시작했다.

"이제 교회가 완성되었습니다."

막 걸음마를 시작한 교회를 이제 책임지게 된 통역 키아가 씨가 말했다. 백인은 우무오피아로 돌아가서 그곳에 본부를 짓고, 음반타에 있는 키아가 씨 교회를 정기적으로 방문하러 왔다.

"교회가 완성되었으니 매번 일곱 번째 되는 날엔 모두가 와 진정한 신을 숭배하길 바랍니다."

그 주 일요일에, 은워예는 황토와 나뭇잎으로 만든 조그만 교회에 들어갈 용기를 내지 못하고 지나쳤다가 다시 오곤 했다. 그가 들은 노랫소리는 비록 몇 사람의 것에 불과했지만 크고 확신에 차 있었다. 교회는 악령의 숲이 입을 벌린 듯한 동그란 빈 터에 서 있었다. 이빨로 덥석 깨물려고 기다리는 것일까? 교회를 왔다 갔다 한 다음, 은워예는 집으로 돌아왔다.

음반타의 신과 조상은 가끔 인내심이 있어서 누군가 일부러 자신들을 거역해도 내버려 둔다는 것을 주민들은 잘 알고 있었다. 하지만 그런 경우에도 일곱 주 즉 이십팔 일로 기한이 정해져 있었다. 이 기간 이상은 어느 누구도 용납되지 않았다. 그래서 이 무리한 선교사들이 악령의 숲에 교회를 세운 다음 일곱 주가 되어 가자 마을에서는 흥분이 고조되었다. 마을 사람들은 이 사람들에게 닥칠 재앙을 너무나 확신해서 개종자 가운데 한두 명은 새로운 신앙에 대한 믿음을 포기하는 것이 좋겠다고 생각했다.

마침내 모든 선교사들이 죽어야 할 날이 왔다. 하지만 이들은 그래도 살아 있었고, 자신들의 선생인 키아가 씨를 위해 황토와 나뭇잎으로 새 집을 지어 나갔다. 그 주에 이들은 개종자 몇을 더 얻었다. 그리고 처음으로 여자 개종자도 생겼다. 이름은 은네카로, 부농인 아마디의 부인이었다. 은네카는 아이를 가져 몸이 매우 무거운 상태였다.

은네카는 이전에도 네 번 임신해 아이를 낳았다. 하지만 그녀는 매번 쌍둥이를 낳아, 애들을 바로 내다 버려왔다. 이미 남편과 시대 가족들은 이런 여자를 큰 흠으로 여겼으며 그녀가 기독교도들에게 속하기 위해 도망갔다는 것을 알게 되었을 때도 크게 놀라지 않았다.

* * *

어느 날 아침 오콩코의 사촌 아미쿠가 이웃 마을에 다녀오는 길에 교회를 지나가다가 기독교도들 사이에서 은워예를 보았다. 크게 놀란 그는 집에 오자마자 오콩코의 집으로 곧바로 달려가 자신이 본 것을 전했다. 여자들은 흥분해서 말하기 시작했지만, 오콩코는 냉정히 앉아 있었다.

은워예가 돌아오기 전인 늦은 오후였다. 그가 오비로 들어가 아버지에게 인사를 했지만, 아버지는 응답이 없었다. 은워예가 집 안쪽으로 들어가기 위해 돌아섰을 때, 갑자기 화를 이기지 못한 오콩코가 자리를 박차고 일어나더니 아들의 목을 잡았다.

"어디에 다녀온 게냐?"

오콩코가 더듬거리며 말했다.

은워예는 숨 막히게 조여 오는 손에서 벗어나려고 몸부림쳤다.

"대답해라." 오콩코가 고함을 쳤다. "죽여 버릴 테야!"

그는 야트막한 벽에 걸려 있던 묵직한 지팡이를 집어 들더니 아들에게 두세 번 힘껏 내리쳤다.

"대답을 해!"

그가 다시 고함을 쳤다. 은워예는 그를 쳐다보고 서서 한마디도 하지 않았다. 여자들은 밖에서 울부짖을 뿐 들어가지를 못했다.

"당장 그만 하게!" 바깥에서 한 목소리가 들렸다. 오콩코의 외삼촌인 우첸두였다. "자네 미쳤는가?"

오콩코는 대답이 없었다. 하지만 그는 은워예를 놓아주었고, 아이는 가 버리더니 되돌아오질 않았다.

그는 교회의 키아가 씨에게로 가서, 백인 선교사들이 젊은 기독교인들에게 읽기와 쓰기를 가르치기 위해 학교를 세운 우무오피아에 가기로 한 자신의 결심을 전했다.

키아가 씨는 매우 기뻐했다.

"아버지와 어머니를 떠나 내게로 오는 이에게 복이 있으리라." 그가 목소리를 높였다. "내 말에 귀 기울여 주시는 이들이 내 아버지요 내 어머니시다."

은워예는 이를 이해하지 못했다. 하지만 아버지를 떠난다는 것이 행복했다. 그는 나중에 어머니와 형제자매에게 돌아와 이들이 새로운 신앙을 받아들이도록 하리라고 마음먹었다.
오콩코는 그날 밤 자신의 방에 앉아 장작불을 바라보면서 이 문제를 곰곰이 생각해 보았다. 갑자기 울화가 치민 그는 도끼를 들고 교회로 가 이 사악하고 무도한 집단을 모두 쓸어 버리고 싶은 강한 충동에 사로잡혔다. 하지만 더 생각해 본 그는 은워예가 싸울 가치도 없는 존재라고 스스로 마음을 다스렸다. 그는 모든 사람들 가운데 왜 그가, 이 오콩코가 이런 아들로 저주를 받아야 하느냐고 마음속으로 울부짖었다. 그는 이 일에 자신의 신인 치의 손길이 있다고 확신했다. 그렇지 않으면 어떻게 이 불운과 유배 그리고 이제는 이 배은망덕한 아들의 행동을 설명할 수 있단 말인가? 이제 이 일을 되새겨 보니, 아들의 죄가 너무나 확연하고 분명해졌다. 아버지의 신을 버리고 늙은 암탉같이 꼬꼬거리는 나약한 놈들과 어울려 다니다니. 자신이 죽고 모든 남자 후손들이 은워예의 발자국을 따라 조상들을 버리게 된다면? 오콩코는 이런 끔찍한 가능성, 마치 파멸과도 같은 이런 가능성에 등골이 오싹해 왔다. 자신과 선조들이 지난날의 재만이 남은 제단에 몰려들어 제사와 제물을 기다리는데도 자손들은 오지 않고 대신 백인의 신에게로 가 기도하는 모습도 그려 보았다. 만약 이런 일이 정말 일어난다면, 자신, 오콩코는 이들을 이 땅에서 쓸어 버리고 말 것이다.

오콩코의 별명은 '포효하는 불길'이었다. 모닥불을 들여다보면서 그는 자신의 별명을 떠올렸다. 그런데 어떻게 은워예처럼 나약하고 사내답지 못한 아들을 낳을 수 있단 말인가? 아마 그는 자신의 아들이 아닐지도 모른다. 그렇다! 분명 아니다. 아내가 그를 속인 것이다. 가만 놔두지 않으리라! 하지만 은워예는 그의 할아버지이자 자신의 아버지인 우노카를 닮았다. 그는 이런 생각을 떨쳐냈다. 그, 이 오콩코는 포효하는 불길이라 불렸다. 그가 어떻게 여자 같은 아들을 낳을 수 있단 말인가? 은워예의 나이에 이미 오콩코는 자신의 씨름과 용기로 우무오피아에 이름을 떨쳤다.

그가 무거운 한숨을 내쉬자, 동감이나 하는 듯 장작도 연기를 내며 한숨을 쉬었다. 그러자 오콩코의 눈이 열리더니, 그는 세상사를 선명히 알게 되었다. 불은 타오른 후 식어, 무기력한 재를 낳는 것이다. 그는 다시 깊은 한숨을 내쉬었다.

18장

음반타의 신생 교회는 초기엔 여러 위기가 있었다. 처음에 부락 사람들은 그것이 오래가지 못하리라 생각했다. 하지만 교회는 계속 살아남았고 점차 강해졌다. 주민들은 이를 걱정했지만, 정작 크게 심각한 것은 아니었다. 비루하기 그지없는 에풀레푸 집단이 악령의 숲에 살기로 결정했다면 그것은 그들 자신의 문제였다. 이렇게 된 것으로 보아, 악령의 숲은 그런 이상한 사람들에게 딱 맞는 거처였다. 그들이 숲에서 쌍둥이들을 구한다는 것은 사실이었지만, 아이들을 마을로 데려오지는 않았다. 마을 사람들로서는, 쌍둥이는 버려진 곳에 아직 남아 있는 것이나 다름없었다. 혹시 대지의 여신이 선교사들의 죄를 순진한 마을 사람들에게 터뜨리시지는 않을까?

하지만 한번은 선교사들이 선을 넘으려고 한 적이 있었다.

개종자 세 명이 마을에 들어와 마을의 신들은 다 죽었고 무능력하며 자기들은 모든 제단을 다 불살라 신들을 물리칠 준비가 되었다고 떠들어 댔다.

"저리 가서 네 엄마 거시기나 불 질러라."

어떤 주술사가 말했다. 이 사람들은 붙잡혀서 피가 흥건할 때까지 두들겨 맞았다. 이후 오랫동안 교회와 마을 사이엔 아무 일이 없었다.

하지만 백인이 종교뿐만 아니라 정부도 가지고 왔다는 이야기가 이미 퍼져 있었다. 이들이 우무오피아에 자신들의 종교를 따르는 신도들을 보호하기 위해 재판소를 세웠다는 얘기가 들렸다. 심지어는 어떤 선교사를 살해한 남자 하나를 교수형에 처했다는 얘기마저 있었다.

비록 이런 이야기가 들려도 당시 음반타에서는 마치 동화처럼 들렸고 새로운 교회와 부족 사이의 관계엔 아직 아무런 영향이 없었다. 키아가 씨가 비록 미치기는 했으나 전혀 해를 끼치지는 않았기 때문에 이곳에선 선교사를 죽인다는 것은 생각할 수 없는 일이었다. 개종자들의 경우에도, 이들을 죽일 사람은 부족으로부터 추방될 각오를 해야 했는데, 그것은 이들이 비천한 존재였지만 어떻든 부족에 속한 사람들이었기 때문이다. 그래서 백인의 정부나 다른 마을에서 기독교도들을 죽인 후 생긴 일에 대한 이야기를 어느 누구도 심각하게 생각하지 않았다. 이들이 이제까지보다 더 말썽을 일으킨다면 마을에서 그냥 몰아내면 될 것이었다.

그리고 당시 작은 교회는 주민들을 성가시게 하기보다는

내부 문제에 더 깊이 빠져 있었다. 그 모든 것은 마을의 부랑자들을 받아들이는 문제로부터 시작했다.

이 부랑자들, 즉 오수는 새로운 종교가 쌍둥이나 이런 혐오 대상들을 기꺼이 받아들이는 것을 보고는 자신들도 받아들여질 수 있을 것이라 생각했다. 그래서 어느 일요일에 오수 둘이 교회에 들어왔다. 큰 소동이 일었다. 하지만 새로운 종교가 개종자들에게 해 준 일이 너무 많아 부랑자들이 들어왔을 때에도 즉각 교회를 떠난 사람은 없었다. 이들이 바로 옆에 가까이 있는 경우엔 그저 다른 자리로 옮겨 갔다. 실로 놀랄 만한 일이었다. 하지만 예배가 끝날 때까지만 그랬다. 모두가 항의를 하고 이들을 몰아내려 하자, 키아가 씨가 이들을 말리면서 설득하기 시작했다.

"신 앞에서 노예나 자유인의 구별은 없습니다. 우리 모두 신의 자손으로, 우리는 이들을 형제로 받아들여야 합니다."

"모르시는 말이에요." 개종자 한 사람이 말했다. "우리 가 오수를 받아들였다는 것을 알면 이교도들이 우리를 뭐라 하겠습니까? 비웃을 겁니다."

"비웃으라 하세요. 심판의 날엔 신께서 그들을 비웃으실 겁니다. 왜 온 나라가 화를 내고 온 종족이 헛된 것을 꿈꾸는 것인가요? 하늘에 계신 분께서 웃으실 것입니다. 주께서 이들을 웃음거리로 삼으실 것입니다."

"모르시는 말이에요." 그 개종자가 계속 우겼다. "당신은 우리 선생님이시고, 우리에게 새로운 신앙을 가르치실 수 있으시지요. 하지만 이건 우리가 더 잘 아는 일입니다."

그리고 그는 오수가 무엇인지 그에게 말해 주었다.

오수는 신에게 바쳐진 사람, 달리 말하면 제쳐 놓은 존재로서, 영원한 금기이고, 그의 자손들 또한 그랬다. 일반인과는 결혼할 수도 없었다. 이들은 사실 부랑자로, 대사당 가까이에 위치한 특정한 곳에 살았다. 어디를 가나 이들은 헝클어진 더러운 머리카락을 길게 기른 채 금단의 천민이라는 모습을 하고 다녔다. 면도칼은 그들에게 금기였다. 오수는 일반인의 모임에 참가할 수 없었고, 일반인 또한 오수의 집에 들어갈 수 없었다. 이들은 부족의 네 개 칭호 가운데 어떤 것도 얻을 수 없으며, 죽음을 맞아도 악령의 숲의 다른 오수가 이들을 묻었다. 이런 이들이 어떻게 예수를 따르는 사람이 될 수 있단 말인가?

"그들이 당신과 나보다도 더 예수님을 필요로 합니다."

키아가 씨가 말했다.

"그렇다면 난 부족으로 돌아갈 것입니다."

그 개종자가 말했다. 그리고 그는 걸어 나갔다. 키아가 씨는 꼼짝 않고 앉아 있었다. 신생 교회를 구원한 것은 이러한 그의 굳건함이었다. 흔들리던 개종자들은 그의 흔들림 없는 신념에서 영감과 자신감을 얻었다. 그는 부랑자들이 길고 엉킨 머리를 깎아 버리도록 했다. 처음에 이들은 자신들이 죽지 않을까 겁이 났다.

"당신들이 이교도의 믿음이 준 모습을 버리지 않는 한 우리 교회에 받아들이지 않겠소." 키아가 씨가 말했다. "당신들은 죽을까 두려운 거지요. 왜 그런가요? 어떻게 당신들이 머리를 깎는 사람들과 다르단 말인가요? 하느님은당신과 그들을 똑같이 창조하셨습니다. 하지만 그들은 당신을 문둥이처럼 내쫓았습니다. 그것은 하느님의 신성한 이름을 믿는 모든 이들에게 영원한 삶을 주시기로 약속하신 하느님의 뜻에 반하는 일입니다. 이교도들은 당신이 이렇게 하고 저렇게 하면 죽을 것이라고 말하고, 당신은 겁을 먹지요. 그들은 내가 이 땅에 교회를 세우면 내가 죽을 거라고도 했지요. 내가 죽었습니까? 그들은 내가 쌍둥이를 돌보면 죽게 될 것이라고 말했지요. 나는 아직 살아 있습니다. 이교도들이 말한 것은 다 거짓입니다. 우리 하느님의 말씀만이 진리입니다."

두 부랑자는 자신들의 머리카락을 잘라 버리고, 곧 새로운 신앙의 열렬한 추종자가 되었다. 그리고 음반타의 거의 모든 오수들이 이들의 뒤를 따랐다. 일 년 후 이들 가운데 한 맹신도가 물의 신이 현신한 신성한 비단뱀을 죽여 교회와 마을 간에 심각한 갈등을 불러일으켰다.

그 고귀한 비단뱀은 음반타와 모든 이웃 부족이 가장 공경하는 동물이었다. 그 뱀은 '우리 아버지'라 불렸고, 원하는 곳은 어디든, 사람들의 침상까지도 가도록 놔두었다. 집 안에서는 쥐를 잡아먹고 가끔은 달걀을 삼키기도 했다. 마을 사람이 불의의 사고로 비단뱀을 죽이면, 그는 높으신 어른들에게 하듯 속죄의 제물을 바치고 값비싼 장례식을 치렀다. 일부러 비단뱀을 죽이는 이에 대해 어떤 벌을 가해야 할지는 정해진 바 없었다. 어느 누구도 감히 이런 일이 일어날 것으로 생각하지 않았기 때문이다.

'그럴 리가 없지.' 이 문제에 대해 부족 사람들이 처음에 보인 반응이었다. 실제로 어느 누구도 그 남자가 그렇게 하는 것을 보지 못했다. 그 이야기는 바로 기독교도들 사이에서 먼저 흘러나왔다.

하지만 어떻든 음반타의 지도자들과 어르신들이 대책을 논의하기 위해 모였다. 많은 사람이 한참 동안 화가 나서 말을 했다. 전쟁의 기운이 일기 시작했다. 이미 이곳 어머니 고향의 일에 간여하기 시작한 오콩코는 이 가증스러운 집단에게 채찍을 써서 마을에서 몰아내지 않는 한 평화란 없을 것이라고 말했다.

하지만 상황을 달리 보는 이들도 많았다. 끝내는 이들의 견해가 우세했다.

"우리들의 신을 위해 싸우는 것이 우리의 전통은 아닙니다." 한 사람이 말했다. "지금 그렇게 하지는 맙시다. 누군가 집 안에서 몰래 신성한 비단구렁이를 죽였다면, 그것은 그와 신 사이의 문제입니다. 우리는 그것을 보지 못했습니다. 신과 그의 제물 사이에 끼어들면 그 무례한 자에게 가는 벌을 우리가 받을지 모릅니다. 누군가 신을 모욕하면, 우리는 어찌해야 합니까? 우리가 가서 그의 입을 막아야 합니까? 아니지요. 우리는 그저 듣지 않으려고 손으로 우리 귀를 막으면 되지요. 그게 현명한 처신이지요."

"겁쟁이처럼 굴지 맙시다." 오콩코가 말했다. "어떤 녀석이 내 집에 와 마당에 똥을 쌌다면, 어떻게 하겠습니까? 내 눈을 감으면 되나요? 아닙니다! 몽둥이를 가져와 머리를 깨 버려야지요. 그게 남자가 할 일입니다. 이 사람들은 매일 우리에게 오물을 퍼붓는데, 오케케는 우리가 못 본 척해야 한다고 말합니다."

오콩코는 반감이 가득한 소리를 냈다. 여자 같은 부족 이라고, 그가 생각했다. 이런 일은 아버지의 고향 우무오피아에선 일어날 수 없는 일이었다.

"오콩코의 말이 맞습니다." 다른 남자가 말했다. "우리가 나서야 합니다. 하지만 우리는 그저 이들을 막아 버리기만 합시다. 그럼 우린 그들의 망나니 같은 행동에 책임이 없는 것이지요."

회의에 참석한 모두가 말을 했고, 마지막엔 기독교도들을 막아 버리는 것으로 결정했다. 오콩코는 거부감에 이를 갈았다.

* * *

그날 밤 알림꾼이 음반타 전역을 돌아다니며 새로운 신앙을 믿는 자들은 이제부터 부족의 생활과 권리로부터 모두 배제된다고 알렸다.

기독교도들은 그 숫자가 늘어났고 이제 남자와 여자 그리고 어린아이로 구성된 자신감과 확신에 찬 작은 집단이 되었다. 백인 선교사인 브라운 씨가 정기적으로 이들을 방문했다.

"여기에 첫 씨가 뿌려진 지 여덟 달밖에 되지 않았지만, 주께서 하신 일에 놀라울 뿐입니다."

부활절 바로 전 수난주 수요일에, 키아가 씨는 여자들에게 황토와 백묵과 물을 날라다 교회를 새로 칠하고 부활절을 준비하도록 했다. 그래서 여자들이 이 일을 위해 조를 세 개 만들었다. 이들은 아침 일찍부터 일을 시작해, 일부는 물동이를 이고 냇가로 가고, 다른 이들은 괭이와 바구니를 들고 마을의 황토 구덩이로 가고, 또 다른 이들은 백묵 채석장으로 갔다.

키아가 씨는 교회에서 기도를 하고 있었는데, 이때 여자들이 소리 높여 말하는 것을 들었다. 그는 기도를 마치고 도대체 무슨 일인지 보러 갔다. 여자들에 따르면 젊은이들이 채찍으로 자신들을 냇가에서 몰아냈다는 것이었다. 곧바로, 황토를 가지러 갔던 여자들도 빈 바구니로 돌아왔다. 이들 가운데 일부는 심한 매질을 당했다. 백묵을 가지러 간 여자들 역시 돌아와 비슷한 얘기를 했다.

"이게 도대체 무슨 일인가?"

크게 당황한 키아가 씨가 물었다.

"마을이 우리를 쫓아낸 것입니다." 한 여자가 말했다. "지난밤 알림꾼이 소리를 지르고 다녔지요. 하지만 누구라도 냇가나 채석장도 못 오게 한 적은 없었어요."

다른 여자가 말했다.

"이 사람들이 우리를 무너뜨리겠다는 것입니다. 우리를 장터에도 못 오게 할 것입니다. 사람들이 그렇게 이야기하더군요."

키아가 씨는 남자 개종자들이 올라오는 것을 보고는 이들을 마을로 보내고자 했다. 물론 이들도 알림꾼의 말을 들었지만, 정작 여자들이 냇가에서 쫓겨났다는 것은 생전 들어 본 적이 없는 일이었다.

남자들이 여자들에게 말했다.

"같이 가 보세. 우리가 함께 그 비겁한 놈들을 보러 가지."

몇몇은 큰 막대기를 들고 또 몇몇은 도끼까지 들었다.

하지만 키아가 씨가 이들을 막아섰다. 그는 우선 이들이 왜 추방을 당한 것인지를 알고자 했다.

"사람들 말이 오콜리가 신성한 비단뱀을 죽였다는군요."

한 남자가 말했다.

"거짓말이야." 다른 남자가 말했다. "오콜리가 내게 직접 말하길 그건 거짓말이라고 했어요."

오콜리가 거기에 없어 대답을 들을 수 없었다. 그는 지난밤 병이 들었다. 그리고 그날이 지나기 전에 죽었다. 그의 죽음은 마을 신들이 아직 몸소 싸울 수 있다는 것을 보여 주었다. 그래서 부족민들은 기독교도들을 괴롭힐 필요가 없었다.

19장

그해의 마지막 큰비가 내렸다. 담을 쌓을 황토를 밟고 다지기에 좋은 때였다. 이보다 더 일찍 할 수 없었던 것은 비가 너무 심하게 와 다져 놓은 흙더미를 쓸어 내려갈 수 있어서였고, 또 더 늦게 할 수 없었던 것은 추수철이 시작되고 이어서 곧 건기가 오기 때문이었다.

음반타에서 하는 오콩코의 마지막 추수가 다가오고 있었다. 허망하고 울적한 일곱 해 세월이 마침내 끝을 향했다. 비록 어머니의 고향에서도 가세가 번창하긴 했으나 용감하고 도전적인 남자들이 사는 선친의 땅, 우무오피아에 있었더라면 자신이 더 번창했을 것임을 오콩코는 알았다. 지난 일곱 해면 최고의 지위에 오를 수도 있었으리라. 그래서 그는 매일 자신의 유배 신세를 슬퍼했다. 어머니의 친척들은 그에게 정말 친절했고, 그는 이에 감사했다. 그러나 그것이 사실을 바꿀 수는 없었다. 어머니의 친척들에 대한 고마운 마음에 그는 유배 중에 태어난 첫 아이의 이름을 은네카, '어머니는 위대하시다'로 지었다. 하지만 두 해 후 남자 아이가 태어났을 때는 이름을 은워피아, '황야의 고독 속에 태어나다'라고 지었다.

유배의 마지막 해가 되자마자 오콩코는 오비에리카에게 돈을 보내 집을 더 짓고 바깥담도 쌓을 때까지 자신과 가족들이 살 집 두 채를 옛 집터에 짓도록 했다. 그는 다른 사람에게는 자신의 오비를 짓거나 집 담을 쌓도록 부탁할 수 없었다. 남자는 이런 것들을 스스로 짓거나 아버지에게서 물려받아야 했다.

그해의 마지막 큰비가 내리기 시작하자, 오비에리카가 집 두 채를 완성했다는 전갈을 보내 왔고, 오콩코는 비가 그치면 귀향하려고 준비를 시작했다. 그는 비가 그치기 전 좀 더 일찍 고향으로 가 담을 세우고 싶었지만, 그렇게 한다면 꽉 찬 일곱 해 동안의 처벌에 흠집을 낼 수 있었다. 그럴 수는 없었다. 그래서 그는 건기가 다가오길 초조하게 기다렸다.

건기는 천천히 왔다. 비가 점차 잦아들더니 힘없이 살랑대듯 내렸다. 가끔 비 사이로 햇살이 비치고 가벼운 산들바람이 불어왔다. 상쾌하고 가벼운 비였다. 무지개가 생기기 시작했고, 가끔은 마치 어리고 예쁜 딸 같은, 그리고 나이 들고 희미한 그림자 같은 쌍무지개를 이뤘다. 무지개는 하늘의 비단뱀이라 불렸다.

오콩코는 세 아내를 불러 큰 잔치를 열 준비를 하라고 말했다.

"떠나기 전에 어머니의 친척들에게 고마움을 표해야겠다."

에퀘피에게는 작년에 밭에 심어 아직 거두지 않은 카사바가 있었다. 다른 두 부인들은 그렇지 않았다. 이는 두 부인들이 게을러서가 아니라, 먹일 자식들이 많아서였다. 그래서 에퀘피가 잔치를 위해 카사바를 내놓으리라고 생각되었다. 은워예의 어머니와 오지우고는 수프를 만들 훈제 생선, 야자유, 그리고 후추를 내놓을 작정이었다. 오콩코는 고기와 얌을 책임질 것이다.

에퀘피는 다음 날 아침 일찍 일어나 자신의 딸 에진마와 오지우고의 딸 오비아겔리와 함께 들로 나가 카사바 덩이를 거두어들였다. 셋은 긴 등나무 바구니, 부드러운 카사바 줄기를 쳐낼 도끼, 그리고 카사바 덩이를 캐낼 괭이를 들고 나섰다. 다행히, 밤에 가벼운 비가 내려 땅이 많이 딱딱하지는 않았다.

"쓸 만큼 거두어들이는 데 오래 걸리진 않을 거야."

에퀘피가 말했다.

"잎이 축축할 텐데요." 에진마가 말했다. 그녀는 균형을 잡아 바구니를 머리에 이고 팔짱을 끼고 있었다. 날씨가 서늘했다. "차가운 물이 등에 떨어지는 것이 싫어요. 해가 떠 잎이 마를 때까지 기다려야 했어요."

오비아겔리는 에진마를 '소금'이라 불렀는데 에진마가 물을 싫어해서였다.

"녹아 버릴까 봐 그러는 거야?"

오비아겔리가 끼어들었다.

에퀘피가 말했듯이 수확은 쉬웠다. 에진마는 긴 막대기로 모든 나무를 마구 흔들어 댄 다음 카사바 줄기를 숙여 자르고 덩이를 캐냈다. 어떤 경우는 땅을 팔 필요도 없었다. 밑동을 그냥 잡아당기자, 흙이 올라오고 뿌리가 툭 끊어지면서 덩어리가 당겨 나왔다.

거두어들인 양이 상당히 쌓이면 냇가에 두 번으로 나눠 날랐는데, 그곳에 여자들 각자는 카사바를 발효시키기 위해 사용하는 얕은 우물을 가지고 있었다.

"나흘 아니 사흘만 지나면 다 될 거야." 오비아겔리가 말했다. "아직 어린 것들이니까."

"그렇게 어린 것은 아니란다." 에퀘피가 말했다. "거의 두 해는 된 것들인데, 땅이 안 좋아 그냥 작은 거야."

* * *

오콩코는 일을 미적지근하게 처리하는 사람이 아니었다. 부인인 에퀘피가 염소 두 마리면 잔치에 충분하다고 주장했지만 그는 그녀가 관여할 일이 아니라고 말했다.

"내가 가진 게 있으니까 잔치를 여는 게지. 강가에 살면서 침을 뱉어 손을 닦을 수는 없지 않아. 외가 사람들이 내게 잘해 줬으니 감사를 표해야지."

그래서 염소 세 마리를 잡고 닭도 몇 마리 잡았다. 마치 결혼 잔치 같았다. 푸푸와 얌 죽, 에구시 수프, 비터잎 수프, 그리고 야자주 단지가 수도 없이 많았다.

광범위한 남자 친족인 우문나 모두와 이백 년 전쯤에 살다 가신 오콜로의 모든 자손이 잔치에 초대되었다. 이 대가문의 가장 연장자는 오콩코의 외삼촌 우첸두였다. 오콩코는 외삼촌이 콜라 열매를 깨고, 조상님께 축원도 드리도록 했다. 우첸두는 건강과 자식을 기원했다.

"우리가 재산을 말씀드리지 않은 것은 건강과 자식을 가지면 재산 또한 갖기 때문이네. 우리는 더 많은 돈을 갖기보다는 더 많은 친족을 갖게 해 달라고 기원하지. 동물은 옆구리가 가려우면 나무에 비비고, 사람은 친족에게 긁어 달라고 하지."

그는 특히 오콩코와 그 가족을 위해 기원했다. 그리고 그는 콜라 열매를 깨 조상님들을 위해 한 조각을 땅에 던졌다.

깬 콜라 열매가 돌자, 오콩코의 부인들과 아이들 그리고 요리를 도우러 온 마을 사람들이 음식을 가지고 왔다. 오콩코의 아들들은 야자주 단지를 가져왔다. 음식과 술이 풍족해 많은 친척들이 놀라 휘파람을 불었다. 음식이 다 차려지자, 오콩코가 자리에서 일어나 말했다.

"이 작은 콜라를 받아 주시기 바랍니다. 이 일곱 해 동안 어르신께서 제게 베푸신 모든 것에 보답하기 위한 것은 아닙니다. 아이가 어머니 젖에 보답할 수는 없지요. 제가 이렇게 오시게 한 것은 친척들이 모인다는 것은 그저 좋은 일이기 때문입니다."

먼저 얌 죽이 나왔는데 그것은 얌이 푸푸보다 가볍고 또 으레 얌이 먼저 나오기 때문이었다. 그리고 푸푸가 나왔다. 어떤 이는 이를 에구시 수프에 곁들여 먹고, 어떤 이는 비터잎 수프에 곁들여 먹었다. 그리고 모든 우문나가 먹을 수 있게 고기를 나눴다. 모든 남자들이 연장자 순으로 일어나 자신의 몫을 받았다. 잔치에 올 수 없었던 몇몇 친족을 위해서도 일정한 몫을 따로 챙겼다.

야자주를 마시는 가운데 우문나의 가장 어른 가운데 한 분이 일어서더니 오콩코에게 감사의 말을 했다.

"우리가 이렇게 큰 잔치를 기대하지 않았다고 말한다면 우리의 아들 오콩코가 얼마나 마음이 넓은 사람인지를 모른다는 것이지. 우리 모두 오콩코를 아는 바여서 우리는 큰 잔치를 기대했네. 하지만 이건 기대한 것보다 훨씬 큰 잔치네. 자신들이 어른들보다 더 현명하다고 생각하는 요즘 세대들이 훌륭한 전통적 방식으로 처신하는 남자를 보니 기분이 좋네. 친족들을 잔치에 부르는 것은 이들이 배고파서가 아니네. 이들 모두 집에 먹을 게 있네. 달빛 내리는 마을에 자리를 잡고 함께 모이는 것은 달 때문이 아니지. 달은 누구나 자기 집에서 볼 수 있을 테니까. 우리가 모인 것은 친족들이 모이는 것이 좋은 일이여서네. 내가 왜 이 모든 것을 말하는지 의아하겠지. 그것은 젊은 세대들, 바로 자네들이 걱정이 돼서야." 그는 젊은이들이 모여 앉은 곳으로 팔을 흔들었다. "나로 말하자면, 나는 살 날이 얼마 되지 않고, 우첸두나 우나추쿠나 에메포도 그렇지. 하지만 내가 자네 젊은이들을 걱정하는 것은 자네들이 친척 간의 유대라는 것이 얼마나 강한 것인지를 모르기 때문이네.

자네들은 한목소리로 말한다는 것이 무엇인지 모르네. 그래서 그 결과 어떻게 되었는가? 가증스러운 종교가 자네들 사이에 들어왔네. 남자가 이제 아버지와 형제를 버리는 경우도 있네. 아버지와 조상의 신들을 저주하는 것은 마치 사냥꾼의 개가 갑자기 미쳐 주인에게 달려드는 것과 같은 것이네. 자네들이 걱정되네. 부족이 걱정되네." 그는 다시 오콩코를 향하더니 말했다. "우릴 모이게 해 줘 고맙네."

3부

20장

일곱 해는 부족을 떠나 있기엔 너무 긴 세월이었다. 한 남자의 위치는 항상 그대로 그를 기다리고 있는 것이 아니었다. 그가 떠나자마자 다른 이가 일어나 그 자리를 채웠다. 부족은 도마뱀과 같다. 꼬리를 잃으면 곧 또 다른 꼬리가 자란다.

오콩코는 이런 세상사를 잘 알았다. 그는 탈을 쓰고 부족의 재판을 관장하는 아홉 영령에 속하던 자신의 지위를 잃어버렸다는 것을 알았다. 그는 그의 도전적인 부족을 이끌어, 기반을 다졌다고 들은 새로운 종교를 쳐부술 기회를 잃어버렸다. 부족의 가장 높은 칭호를 얻을 수 있었던 세월도 잃어버렸다. 하지만 이렇게 잃어버린 것 가운데 몇은 복구불능의 것은 아니었다. 그는 모든 사람에게 자신이 돌아왔다는 것을 알게 해야 한다고 결심했다. 그는 화려하게 되돌아가, 잃어버린 일곱 해를 다시 찾고자 했다.

유배 첫해부터 오콩코는 귀향을 계획하기 시작했다. 그가 하고자 한 첫 번째 일은 자신의 집들을 한층 웅장한 규모로 재건하는 것이었다. 이전보다 더 큰 곳간을 짓고 두 명의 새 아내를 위한 집도 지을 생각이었다. 그리고 아들들을 오조 모임에 넣어 자신의 부를 과시하고자 했다. 부족에서 진정으로 위대한 남자만이 이렇게 할 수 있었다. 오콩코는 자신이 누릴 높은 명성이 눈에 선했고, 지상에서 가장 높은 칭호를 얻은 자신을 그려 보았다.

유배의 세월이 한 해 또 한 해 지남에 따라 자신의 치도과거의 잘못을 고쳐 나가는 것 같았다. 오콩코의 얌은, 어머니의 땅에서만이 아니라 자신의 친구가 매년 소작을 맡긴 우무오피아에서도 무성하게 자랐다.

그때 그의 맏아들의 비극적 사건이 일어났다. 처음엔 자신의 마음이 감당하기엔 그 일이 너무 거대해 보였다. 하지만 끝내 그의 불굴의 정신은 슬픔을 이겨 냈다. 그에겐 다른 아들 다섯이 더 있어, 부족의 전통대로 이들을 불러 모았다.

다섯 아들이 부름을 받고 아버지의 오비에 들어와 자리를 잡았다. 가장 어린 아들은 네 살이었다.

"너희 모두는 네 형이 한 참으로 배은망덕한 짓을 보았다. 이제부터 녀석은 더 이상 내 아들이 아니고 너희들의 형도 아니다. 내 동족 사이에서 머리를 꼿꼿이 들 수 있는 남자만이 내 아들이 될 것이다. 너희 가운데 누구라도 여자가 되고 싶다면 지금 당장 은워예를 따라가고, 내가 살아 있는 동안 저주를 퍼부을 수 있도록 해라. 내가 죽은 다음 너희가 내게 등을 돌린다면, 내가 너희를 찾아와 목을 부러뜨리고 말겠다."

오콩코는 딸 복은 많았다. 그는 에진마가 여자라는 것을 아쉬워하지 않은 적이 없었다. 그의 모든 자식 중 에진마만이 자신의 기분을 이해했다. 세월이 감에 따라 둘 사이엔 서로 공감하는 정이 커 갔다.

에진마는 아버지의 유배 기간 동안 성장해 음반타에서 가장 예쁜 소녀 가운데 하나가 되었다. 어머니가 어린 시절에 불렸던 것처럼, 아이도 '어여쁜 수정'이라 불렸다. 어머니의 애간장을 그렇게도 태우던 병약한 소녀가, 거의 하룻밤 만에, 건강하고 활기가 넘치는 처녀로 변한 것이다. 사실 그녀에게는 화난 개처럼 모두를 물어뜯고 싶도록 우울한 때가 있었다. 이런 기분은 그녀에게 갑자기 아무 이유 없이 찾아오곤 했다. 하지만 아주 가끔 그리고 잠시 동안만 있는 일이었다. 이런 때가 계속되면, 아이는 아버지 이외의 어떤 사람도 못 견뎌했다.

음반타의 많은 청년들과 유복한 중년 남자들이 그녀와 결혼하려 했다. 하지만 그녀는 이 모든 사람들을 거절했다. 그 이유는 어느 날 저녁 아버지가 그녀를 불러 이렇게 말했기 때문이었다.

"여기에 착하고 유복한 사람이 많지만, 우리가 고향으로 돌아간 후 네가 우무오피아에서 결혼을 했으면 좋겠다."

그것이 아버지가 말한 모든 것이었다. 그러나 에진마는 몇 마디 말 뒤의 생각과 숨은 의미를 분명히 알아차렸다. 그리고 그녀는 동의했다.

"네 이복 여동생 오비아겔리는 나를 이해하지 못할 게야." 오콩코가 말했다. "하지만 네가 동생에게 설명해 주어라."

비록 둘은 거의 같은 나이였지만, 에진마는 이복동생에게 절대적 영향력을 행사했다. 그녀는 왜 자신들이 아직 결혼을 해서는 안 되는지를 설명했고, 여동생도 그에 동의했다. 그래서 둘은 음반타에서의 모든 청혼을 거절했다.

'이 애가 남자였다면.' 오콩코는 혼자 속으로 생각했다. 아이는 만사를 참으로 완벽하게 이해했다. 자식들 가운데 어느 누가 아버지의 생각을 이렇게 잘 읽을 수 있겠는가? 다 큰 예쁜 딸 둘을 데리고 그가 우무오피아로 돌아가면 상당한 관심을 끌 것이다. 그의 미래 사위들은 부족의 권위 있는 남자들일 것이다. 가난하고 알려지지 않은 남자는 감히 나서지 못할 것이다.

오콩코가 유배되었던 일곱 해 동안 우무오피아는 많이 변했다. 교회가 들어와 많은 사람을 타락하게 했다. 단지 하층민이나 부랑자만이 아니라 가끔은 부자마저도 교회에 들어갔다. 대표적인 경우가 바로 오그부에피 우곤나로서, 그는 칭호를 둘이나 가지고 있었지만, 미친 사람처럼 발목의 칭호 장식을 잘라 내던지고는 기독교도들에 합류했다. 백인 선교사는 그를 매우 자랑스러워했고 그는 우무오피아에서 성찬식, 이보 말로는 성잔치라 불리는 것에서 성사를 받는 첫 사람들 가운데 하나가 되었다. 오그부에피 우곤나는 이 잔치를 먹고 마시는 것으로, 마을 잔치보다 단지 더 신성할 뿐인 것으로 생각했다. 그래서 그는 잔치를 위해 가죽 자루에 뿔 술잔을 넣어 갔다.

그러나 백인들은 교회와 함께 정부도 가지고 왔다. 이들은 재판소를 세워 지역의 치안 판사가 주민들이 그런 법이 있는 지도 모르는 사건들에 대해 판결을 내리게 했다. 판사는 법원 전령이라는 것을 두어 이들로 하여금 사람들을 재판소로 끌고 오게 했다. 많은 전령들이 큰 강의 둑에 위치한 우무루 출신이었는데, 우무루는 몇 해 전에 백인들이 처음 도착해 그들의 종교와 무역 그리고 정부의 주요 시설을 세운 곳이었다. 이 전령들은 우무오피아에서 증오의 대상이었는데, 그 이유는 이들이 낯설고 거만한 데다가 횡포를 부렸기 때문이었다. 이들은 코트마라 불렸으며, 잿빛 반바지 차림 때문에 재 엉덩이라는 별명도 얻었다. 이들이 경비를 서는 감옥에는 백인의 법을 어긴 사람들로 가득했다. 이 죄수들 가운데 일부는 쌍둥이를 버린 사람들이었고 일부는 기독교도들을 괴롭힌 사람들이었다. 이들은 감옥에서 코트마들에게 구타를 당하고 매일 아침 정부 건물들을 청소하고 백인 판사와 전령들을 위해 땔감을 마련해야 했다. 죄수 가운데는 이런 하찮은 일을 하기엔 신분이 높은 칭호가 있는 남자들도 있었다. 이들은 수모 속에 좌절감에 빠졌고, 돌볼 사람이 없어 망가져 버린 밭을 슬퍼했다. 이들이 잡초를 베는 아침에 젊은이들은 도끼질 리듬에 맞춰 노래를 했다.

잿빛 엉덩이 코트마,
녀석이 노예로 딱이지.
흰둥이는 멍청해,

녀석이 노예로 딱이지.

전령들은 재 엉덩이라 불리는 것을 좋아하지 않았고, 이들을 두들겨 팼다. 하지만 이 노래는 우무오피아에 퍼져 나갔다.

오비에리카가 오콩코에게 이런 일들을 얘기하자 그는 너무 슬퍼 머리를 숙였다.

"아마 내가 너무 오랫동안 떠나 있었나 보네." 오콩코가 거의 자신에게 하는 말이었다. "그런데 자네가 말한 것들이 이해가 안 가네. 우리 부족 사람들이 어떻게 된 것인가? 왜 싸우려고 하질 않는가?"

"백인들이 아바메를 어떻게 흔적도 없이 지워 버렸는지 듣지 못했나?"

"들었네. 그런데 아바메 사람들은 약하고 바보 같다는 것도 들었네. 그 사람들은 왜 맞서 싸우지 않은 건가? 총이나 도끼도 없었단 말인가? 우리가 아바메 남자들처럼 겁쟁이란 말인가? 그네들 조상은 우리 선조들 앞에 감히 나서지도 못했네. 우리가 이 녀석들과 싸워 우리 땅에서 몰아내야 하네."

"이미 너무 늦었네." 오비에리카가 의기소침하게 말했다. "우리 남자들과 우리 아들들이 이방인 대열에 합류했다네. 종교에도 들어가고 그네들을 도와 정부를 떠받들고 있네. 우리가 우무오피아에서 백인을 쫓아내려 한다면 그건 쉬운 일이네. 백인은 단지 둘에 지나지 않아. 하지만 이 사람들을 따르면서 힘을 갖게 된 사람들이 가만있겠나? 이 사람들이 우무루로 달려가 군인들을 데리고 오고, 아마 우리도 아바메 신세가 될 것이네." 그는 한동안 멈췄다가 다시 말을 이었다. "지난번 내가 음반타에 들렀을 때 어떻게 이 사람들이 아네토의 목을 매달았는지 말한 적이 있지 않은가."

"문제가 된 땅은 어떻게 되었는가?"

"백인 재판소가 은나마 가족 소유라고 결정했다네. 이들이 백인 전령과 통역에게 많은 돈을 주었다네."

"백인이 땅에 대한 우리의 관습을 알기나 하는가?"

"우리말조차 하지 못하는데 어떻게 알겠나. 그런데도 백인은 우리 관습이 나쁘다고 말하네. 게다가 백인의 종교를 받아들인 우리 형제들마저 우리의 관습이 나쁘다고 말한다네. 우리 형제들이 우리에게 등을 돌렸는데 어떻게 우리가 싸울 수 있겠는가? 백인은 대단히 영리하네. 종교를 가지고 아무 말 없이 조용히 들어왔네. 우리는 그의 바보짓을 즐기면서 여기에 머물도록 했네. 이제 그가 우리 형제들을 손에 넣었고, 우리 부족은 더 이상 하나로 뭉쳐 행동하지 않네. 그가 우리를 함께 묶어 두었던 것들에 칼을 꽂으니 우리는 산산이 부서지고 말았네."

"어떻게 그네들이 아네토를 붙잡아 목을 매달았단 말인가?"

"그 사람이 땅 문제로 오두체를 죽이고는, 대지의 저주를 피하고자 아닌타로 도망을 갔다네. 싸움이 있은 지 여드레째쯤에 그런 것인데, 다친 오두체가 바로 죽지는 않아서였다지. 그는 이레째에 죽었다네. 하지만 모두가 다 그가 곧 죽을 것으로 알고 있었고 아네토는 짐을 다 싸 도망갈 준비가 되어 있었다네. 그런데 기독교도들이 이 사건을 백인에게 고자질했고, 그가 코트마를 보내 아네토를 잡아 오도록 했다네. 그래서 집안의 모든 어른들과 함께 감옥에 갇히게 되었지. 끝내 오두체가 죽고 아네토는 우무루로 보내져 교수형을 당했다네. 다른 사람들은 풀려났지만, 이제까지도 이들의 고통을 대변해 줄 사람을 찾지 못하고 있다네."

이후 두 남자는 긴 시간 동안 아무 말 없이 앉아 있었다.

21장

우무오피아의 많은 남자들과 여자들은 오콩코와 달리 새로운 체제에 대해 강한 반감을 느끼지 않았다. 백인은 물론 괴상한 종교를 가지고 왔지만, 교역소도 세웠고, 이전과는 달리 야자유와 열매도 비싼 물건이 되었고, 많은 돈이 우무오피아로 흘러들었다.

그리고 종교 문제에 있어서도 어떻든 그 안에 무엇인가, 지독한 광기 안에 어떤 체계라 할 수 있는 무엇인가가 있을 것이라는 느낌이 커 갔다.

이것은 브라운 씨 때문이었는데, 백인 선교사인 그는 자신의 교인들이 부족민들의 분노를 살 일을 절대 하지 말도록 했다. 그런데 특히 한 교인이 매우 애를 먹였다. 그의 이름은 에노치로 그의 아버지는 뱀을 숭배하는 무당이었다. 에노치가 신성한 비단뱀을 죽여서 먹어 버렸고, 아버지가 그런 그를 저주했다는 얘기가 떠돌았다.

브라운 씨는 이런 극단적인 열의에 반대하는 설교를 했다. 그는 원기 넘치는 교인들에게 말하길, 모든 것이 있을 수 있는 일이지만, 모든 것이 다 적절한 것은 아니라고 했다. 이렇게 자신의 신앙에 유연한 행보를 한 까닭에, 브라운 씨는 부족 사람들에게조차 존경을 받았다. 그는 부족 유지들과도 교분을 쌓아 갔으며 이웃 마을도 자주 방문하였는데, 한번은 위엄과 지위를 보여 주는 상아 조각을 선물로 받기도 했다. 그 마을의 유명 인사 가운데 한 사람은 아쿤나였는데 그는 자기 아들을 브라운 씨의 학교에 보내 백인의 지식을 배우도록 했다.

브라운 씨는 그 마을에 갈 때마다 아쿤나의 오비에서 통역을 통해 그와 종교에 대해 얘기를 나누면서 긴 시간을 보냈다. 두 사람 모두 상대를 개종시키는 데 성공하지 못했지만 서로의 다른 종교에 대해 많은 것을 배웠다.

"하늘과 땅을 만드신 어떤 위대한 신이 계신다는 말이군요." 아쿤나가 언젠가 브라운 씨의 방문을 받고 말했다. "우리 역시 그분을 믿고 그분을 추쿠라 부릅니다. 그분이 모든 세상과 다른 신들을 만드셨지요."

"다른 신들은 없습니다." 브라운 씨가 말했다. "추쿠만이 오직 신이시고 다른 이들은 가짜입니다. 나무 한 조각을 저렇게 (그는 나무 조각을 깎아 만든 아쿤나의 이켕가가 걸린 서까래를 가리켰다.) 깎아 내고는 그것을 신이라 부르고 계시는군요. 하지만 그것은 어떻든 나무 한 조각이지요."

"그렇지요. 물론 나무 한 조각이지요. 그 조각이 나온 나무는 추쿠가 만드셨죠. 모든 손아래 신들을 만드셨듯이 말입니다. 하지만 그분은 우리가 이들을 통해 그분에게 다가갈 수 있도록 이들을 자신의 전령으로 삼으셨습니다. 당신도 이들과 마찬가지지요. 당신은 당신 교회의 수장이지요."

"아닙니다." 브라운이 이의를 제기했다. "제 교회의 수장은 하느님 그분이십니다."

"저도 압니다." 아쿤나가 말했다. "그런데 이 세상 사람 가운데도 수장이 분명 있겠지요. 당신 같은 분이 이곳의 수장이겠지요."

"그런 의미에서의 제 교회의 수장은 영국에 계십니다."

"그게 내가 말하는 것입니다. 당신 교회의 수장은 당신의 나라에 있지요. 그가 당신을 여기에 전령으로 보냈지요. 그리고 당신 또한 자신의 전령과 하인을 임명했지요. 아니, 또 다른 예로 지역 치안 판사를 들 수 있지요. 그는 당신의 왕이 보냈지요."

"왕이 아니라 여왕이십니다."

통역이 나서서 말했다.

"당신의 여왕이 본인의 전령인 치안 판사를 보내셨지요. 그는 혼자 일을 처리할 수 없어 코트마를 임명해 그를 돕도록 했지요. 신 그러니까 추쿠 또한 마찬가지입니다. 그분은 손아래 신들을 임명해 자신을 돕도록 하지요. 그분의 일은 한 사람이 하기엔 너무 많은 게지요."

"그분을 사람이라 생각하시면 안 됩니다." 브라운 씨가 말했다. "그분을 사람으로 생각하시니까 그분을 도울 사람이 필요하다고 생각하시는 겁니다. 그리고 가장 해로운 것은 당신께서는 스스로 만드신 거짓된 신들에게 모든 경의를 다한다는 것입니다."

"그렇지 않소이다. 우린 작은 신들에게 제물을 바치지만, 이분들로 안 되고 도움을 구할 다른 아무도 없을 때 는 추쿠에게 갑니다. 옳은 일이지요. 우린 마을 유지를 만날 때 하인을 통합니다. 그런데 하인이 도움이 되지 못하면, 그땐 마지막으로 희망을 걸 수 있는 분을 찾아가지요. 우리가 작은 신들에게 더 관심을 보이는 것 같지만 그렇지 않아요. 단지 작은 신들의 주인에게 걱정을 끼치지 않기 위해서입니다. 우리 선조들께서는 추쿠가 대군주이시고 그래서 많은 선조들께서 아이들의 이름을 추쿠카, '추쿠는 위대하시다'라 지었지요."

"한 가지 재미있는 얘기를 하셨습니다. 추쿠를 두려워하시는군요. 제 종교에서 추쿠는 사랑하는 아버지이시며 그분의 뜻을 행하는 자는 두려워할 필요가 없습니다."

"하지만 그분의 뜻을 행하지 않을 때엔 그분을 두려워해야 할 것입니다. 그런데 그분의 의지를 누가 전하는지 아시오? 그것은 그냥 알 수 없을 정도로 크지요."

이런 방식으로 브라운 씨는 부족의 종교에 대해 많은 것을 배우면서 이를 정면으로 공격하면 성공할 수 없을 것이라는 결론을 내렸다. 그래서 그는 우무오피아에 학교와 조그만 병원을 지었다. 마을의 집을 돌면서 아이들을 학교에 보내 달라고 청했다. 그래도 처음에 마을 사람들은 자신의 노비나 간혹은 게으른 아이를 보낼 뿐이었다. 브라운 씨는 애걸하고 주장하고 예언했다. 미래 이 땅의 지도자는 읽고 쓰는 것을 배운 남자와 여자일 것이라고도 말했다. 만약 우무오피아가 아이들을 학교에 보내지 않는다면, 외부인들이 다른 곳에서 와 이들을 지배하게 될 것이라고. 마을 사람들은 이런 일이 이미 원주민 법원에서 일어나고 있는 것을 볼 수 있었는데, 그곳에서는 치안 판사의 언어를 할 수 있는 외부인들이 그를 에워싸고 있었다. 대부분의 이 외부인들은 백인이 맨 처음 도착한 큰 강둑 위의 우무루 지역 마을 출신들이었다.

마침내 브라운 씨의 주장이 먹혀들기 시작했다. 더 많은 사람들이 그의 학교에 배우려고 왔고, 그는 속옷이나 수건을 선물로 주면서 이를 북돋웠다. 배우러 오는 이들이 모두 다 젊은 것은 아니었다. 일부는 서른 살도 더 넘었다. 이들은 아침엔 밭에서 일하고 오후엔 학교에 갔다. 그리고 곧이어 사람들은 백인의 약이 빠르고 잘 듣는다고 말하기 시작했다. 브라운 씨의 학교는 빠르게 결과를 내놓았다. 몇 달이면 법원 전령 혹은 법원 서기까지도 되기에 충분한 정도였다. 더 오래 다닌 이들은 선생이 되었고, 일꾼들은 우무오피아에서 여호와의 정원으로 걸어 들어갔다. 새로운 교회들이 주변 마을들에 세워졌고 이와 함께 학교들도 세워졌다. 맨 처음부터 종교와 교육은 손을 잡고 왔다.

브라운 씨의 선교 활동은 힘을 더해 갔고, 새로운 정부와 연계된 까닭에 새로운 사회적 지위까지 얻었다. 그러나 브라운 씨 자신은 건강이 나빠졌다. 처음에 그는 병세가 나타나는 징후를 무시했다. 하지만 종국에는 슬프고 아픈 마음속에 자신의 신도들을 떠날 수밖에 없었다.

* * *

오콩코가 우무오피아로 돌아온 후 처음 맞은 우기에 브라운 씨가 고향으로 떠났다. 다섯 달 전 오콩코의 귀향을 알았을 때 브라운 씨는 곧바로 그를 찾아왔었다. 브라운 씨는 은워예, 이젠 이삭이라 불리는 오콩코의 아들을 우무루에 있는 새로운 교사 훈련 학교에 막 보낸 후였다. 그리고 그는 오콩코가 이 소식을 듣고 기뻐하리라 생각했다. 하지만 오콩코는 그가 다시 자신의 집에 들어오면 밖으로 들어내 버릴 것이라고 위협하면서 그를 쫓아냈다.

오콩코의 귀향은 그가 원한 만큼 주목받을 만한 것이 되지 못했다. 예쁜 두 딸이 구혼자들 사이에 큰 관심을 불러일으키고 결혼 협의가 곧 진행되었지만, 우무오피아는 그 이상으로 전사의 귀향에 딱히 관심을 보이는 것 같지 않았다. 그가 유배되어 있는 동안 부족은 너무나 큰 변화를 겪어 그의 귀향은 거의 눈에 띄지 않았다. 새로운 종교와 정부 그리고 교역소가 사람들의 눈과 마음을 사로잡았다. 아직도 이 새로운 제도들을 악으로 보는 사람들이 많았지만, 이들조차도 이런저런 다른 것들은 이야기하고 생각해도, 오콩코의 귀향에 대해서는 전혀 그렇지 않았다.

그리고 그해는 또 좋지 않은 해였다. 만약 오콩코가 자신이 계획한 대로 두 아들을 오조 모임에 바로 들어가게 했더라면 관심을 불러일으켰을 것이다. 하지만 입회식은 우무오피아에서 세 해에 한 번 행해졌고, 다음 예식까지는 거의 두 해를 기다려야 했다.

오콩코는 깊은 슬픔에 잠겼다. 그리고 그것은 단지 개인적인 슬픔이 아니었다. 그는 자신의 눈앞에서 부서지고 산산이 조각나는 부족의 처지를 한탄했고, 우무오피아의 도전적인 남자들이 여자처럼 그렇게 영문을 알 수 없이 유약해져 버린 것을 애도했다.

22장

브라운 씨의 후임자는 제임스 스미스 신부였는데, 브라운 씨와는 다른 부류의 사람이었다. 그는 브라운 씨의 타협과 유화 정책을 공개적으로 비난했다. 그는 사물을 흑과 백으로 보았다. 그리고 흑은 악이었다. 그에게 이 세상은 빛의 아이들이 어둠의 자식들과 필사적으로 사투를 벌이는 전쟁터였다. 그는 설교에서 양과 염소와 밀과 잡초에 대해 말했다. 그는 우상을 숭배하는 예언자를 죽여야 한다고 믿었다.

스미스 씨는 많은 신도들이 삼위일체와 성체 의식 같은 것조차 모르는 것에 크게 실망했다. 그것은 이들이 바위 땅에 뿌려진 씨일 뿐이라는 것을 보여 주는 것이었다. 브라운 씨는 숫자 이외에는 생각하질 않았다. 그는 신의 왕국은 큰 군중에 달린 것이 아니라는 것을 알지 못했다. 우리 주님 그분께서는 소수의 중요성을 강조하셨다. 길은 좁아야 하고 숫자는 적어야 한다. 주의 성전을 기적을 갈구하는 우상숭배자들로 채우는 것은 끝없는 후환이 있을 어리석은 짓이었다. 우리 주께서는 그분의 일생에 단 한 번 채찍을 사용하셨는데, 바로 군중을 그분의 교회에서 몰아내기 위해서였다.

우무오피아에 도착한 지 몇 주 지나지 않아 스미스 씨는 새 술을 헌 부대에 담았다 하여 한 젊은 여자를 교회에 나오지 못하도록 했다. 이 여자는 그녀의 개종하지 않은 남편으로 하여금 자신의 죽은 아이를 난자하도록 했었다. 아이는 오그반제임에 분명해, 죽고 또다시 태어나기 위해 어머니의 배 속에 들어가는 것을 계속해, 어머니를 괴롭히는 존재였다. 이 아이는 네 번이나 그 악한 짓을 반복했다. 그래서 다시 돌아오지 못하도록 사지를 난자한 것이었다.

스미스 씨는 이 이야기를 듣고는 분노로 가득 찼다. 가장 신심이 깊은 이들마저도 확인해 준 이야기, 즉 정말 사악한 아이들은 난자를 당해도 단념하지 않고 모든 흉터를 그대로 간직한 채 다시 태어난다는 이야기를 믿지 않았다. 그는 이런 이야기가 사람들을 오도하고자 악마가 세상에 퍼뜨린 이야기라고 말했다. 이런 이야기를 믿는 자는 주의 식탁에 앉을 자격이 없었다.

우무오피아에는 사람이 춤을 추면 북이 장단을 맞춘다는 속담이 있었다. 스미스 씨는 미친 듯 춤을 췄고 그래서 북들도 미쳐 갔다. 브라운 씨의 만류하는 손길 아래서 몸이 욱신거리던 신참내기 광신도들이 마침내 활개를 치기 시작했다. 그들 가운데 하나가 뱀 무당의 아들 에노치로, 신성한 비단뱀을 죽여 먹어 버린 이였다. 새로운 종교에 대한 에노치의 신앙심은 브라운 씨보다 더 커서 마을 사람들은 장례식장에서 남이 가족보다 더 크게 통곡을 해 댄다고들 했다.

에노치는 키가 작고 체격이 왜소한 데다 항상 엄청 바쁜 듯했다. 발은 작고 옆으로 퍼져, 서 있거나 걸을 때면 뒤꿈치가 서로 부딪치고 두 발이 서로 다른 방향으로 가려고 싸우는 듯 앞이 벌어졌다. 이렇게 에노치의 작은 몸집에 갇혀 있는 과도한 기운은 늘 다툼과 싸움으로 분출되었다. 일요일마다 그는 항상 설교가 자신의 적을 향한 것이라고 상상했다. 그리고 그가 우연히 적 옆에 앉았을 경우엔 가끔씩 돌아보면서, 마치 '내가 그렇다고 말했지.' 하고 말하는 듯, 의미 있는 눈길을 보내곤 했다. 브라운 씨가 떠난 후 교회와 우무오피아 부족 간에 쌓여 가던 큰 갈등이 폭발하도록 한 사람이 바로 에노치였다.

사건은 대지의 신을 경배하고자 매년 열리는 의식 기간 에 일어났다. 이 의식에서는 세상을 떠난 후 대지의 여신 가운데 머무는 부족의 조상들이 조그마한 개미구멍을 통해 에구구가 되어 다시 나타났다.

사람이 저지를 수 있는 가장 큰 죄 가운데 하나가 모든 이 앞에서 에구구의 탈을 벗기거나, 혹은 어린아이들 앞에서 불멸의 위엄을 훼손하는 말이나 행위를 하는 것이었다. 그런데 에노치가 한 짓이 그것이었다.

대지의 여신을 경배하는 연례 의식이 있어 탈을 쓴 영령들이 돌아다닌 날이 마침 일요일이었다. 그래서 교회에 왔던 기독교도 여자들이 집에 돌아갈 수가 없었다. 남자들 몇이 나가서 여자들이 지나갈 수 있도록 에구구에게 잠시 돌아가 있어 달라고 간청했다. 에구구가 이에 동의하고 막 돌아가고 있었는데, 이때 에노치가 이들은 감히 기독교인을 어떻게 하지 못할 것이라고 큰소리를 쳐 댔다. 그러자 모든 에구구가 다시 돌아와 한 명이 항상 가지고 다니던 막대기로 에노치를 크게 한 대 내리쳤다. 에노치는 달려들더니 그의 탈을 벗겼다. 다른 에구구들이 바로 수모를 당한 동료를 둘러싸, 여자와 어린아이의 부정한 눈으로부터 그를 감싸서 데리고 돌아갔다. 에노치가 조상의 영령을 죽였고, 우무오피아는 혼란에 빠졌다.

그날 밤 영령들의 어머니인 대지의 여신이 온 부족을 돌아다니며, 아들의 죽음을 슬퍼했다. 끔찍한 밤이었다. 우무오피아에서 가장 나이가 많은 노인도 이렇게 이상하고 무서운 소리를 들어 본 적이 없었고, 다시는 들을 수도 없는 소리였다. 마치 부족의 영혼 자체가 앞으로 닥쳐 올 크나큰 재앙, 바로 영혼 자신의 죽음을 슬퍼하는 것 같았다.

다음 날 탈을 쓴 우무오피아의 모든 에구구가 장터에 모였다. 이들은 부족의 모든 지역과 이웃 마을에서까지 왔다. 무서운 오타카구가 이모 마을에서 오고, 에퀜수는 하얀 수탉을 매달고 울리 마을에서 왔다. 무시무시한 집회였다. 수많은 영령들의 섬뜩한 목소리, 이들이 앞뒤로 달릴 때나 서로 인사를 나눌 때 등 뒤로 울려 대는 종소리는 모든 이의 가슴에 공포의 전율을 느끼게 했다. 생전 처음으로 신성한 소리판이 벌건 대낮에 울렸다.

분노한 일행은 장터를 떠나 에노치의 집으로 향했다. 부족의 어른들 몇 사람 또한 이들과 함께했는데, 부적과 액막이로 중무장을 하고 있었다. 이들은 오구, 즉 마법으로 팔이 강해진 남자들이었다. 일반 남자들과 여자들은 집 안으로 안전하게 피해 귀를 기울였다.

기독교 지도자들은 지난밤 스미스 씨의 관사에서 모임을 가졌었다. 이들이 논의하는 동안 대지의 여신이 아들의 죽음에 통곡하는 소리를 들을 수 있었다. 이 섬뜩한 소리는 스미스 씨에게 영향을 주었는데, 처음으로 그가 두려워하는 것 같았다.

"이 사람들이 어떻게 하려는 건가?"

그가 물었지만 아무도 몰랐다. 이런 일이 이제껏 일어난 적이 없었기 때문이었다. 스미스 씨는 치안 판사와 법원의 전령들을 부르러 사람을 보냈으나, 그들은 전날 순회에 들어가고 없었다.

"한 가지는 분명하다." 스미스 씨가 말했다. "우리가 이들을 몸으로 막을 수는 없다. 우리의 힘은 주님에게 있다."

그들은 함께 무릎을 꿇고 신에게 구원을 구했다.

"주여, 당신의 사람들을 구해 주소서."

스미스 씨가 울부짖었다.

"그리고 당신의 자손을 지켜 주소서."

남자들이 함께했다.

그들은 에노치가 하루나 이틀 정도 관사에 숨어 있도록 했다. 에노치 자신은 이 말을 듣고는 크게 실망하였는데, 곧 성스러운 전쟁이 임박할 것을 기대했기 때문이었다. 그리고 그와 똑같이 생각하는 기독교도들이 몇 명 더 있었다. 하지만 이렇게 신앙심 깊은 이들에도 불구하고 결국 지혜로움이 승리해, 많은 사람이 목숨을 건질 수 있었다.

일단의 에구구들이 성난 회오리바람처럼 달려가 도끼와 불로 에노치의 집을 폐허 더미로 만들고 말았다. 그리고 이들은 파괴적인 바람에 취해 그곳에서 교회로 나아갔다.

스미스 씨는 교회에 앉아 탈을 쓴 영령들이 다가오는 소리를 들었다. 그는 교회 영내로 들어올 수 있는 문으로 조용히 걸어가, 그곳에 서 있었다. 하지만 교회 영내에 서너 명의 에구구가 나타났을 때는 거의 뛰어 도망갈 뻔했다. 그는 이런 충동을 억눌러, 도망가는 대신에 교회 쪽으로 두 계단을 내려가 다가오는 영령을 향해 걸어 나갔다.

에구구들이 앞으로 몰려오고, 교회 영내를 둘러싼 긴 대나무 담이 무너졌다. 요란한 종소리가 찰랑거리고, 도끼가 부딪히고, 대기는 먼지와 기괴한 소리로 가득찼다. 스미스 씨 뒤편에서 발소리가 들렸다. 그가 몸을 돌리자 통역인 오케케가 있었다. 오케케는 지난밤 교회 지도자 모임에서 에노치의 행동을 강하게 비판했는데, 이로 인해 그와 신부와의 관계에 금이 가게 되었다. 오케케는 에노치가 신부에 대한 부족민들의 분노를 불러일으킬 수 있으므로 그를 영내에 감춰 주면 안 된다고까지 주장했다. 스미스 씨는 그를 아주 심하게 비난하고, 그날 아침 그의 충고를 구하지도 않았다. 하지만 지금 그가 성난 영령들과 대치하고 있는 자신의 옆에 다가와 서자, 스미스 씨는 그를 쳐다보고는 미소를 지었다. 힘없는 미소였지만, 거기엔 깊은 감사가 들어 있었다.

예상외로 침착한 두 사람으로 인해 에구구의 돌진은 잠깐 동안 멈칫했다. 하지만 천둥 사이의 긴장된 정적처럼, 오직 잠깐 동안 정지했을 뿐이었다. 두 번째 돌진은 처음보다 더 강력했다. 이번에는 두 사람을 삼켜 버렸다. 그리고 또렷한 목소리 하나가 소란을 뚫고 올라오자 바로 정적이 흘렀다. 두 사람을 가운데 두고 둥그런 공간이 만들어졌고, 아조피아가 말하기 시작했다.

아조피아는 우무오피아 에구구의 우두머리였다. 그는 부족의 재판을 담당하는 아홉 조상님의 수장이자 대변인이었다. 그의 목소리는 또렷해서 분노한 영령들을 즉시 조용하게 만들 수 있었다. 그러고 나서 그는 스미스 씨에게 말을 건넸는데, 그가 말하는 동안 그의 머리에서 연기가 피어올랐다.

"백인의 몸이여, 안녕하느냐?"

영령들이 사람에게 말할 때 쓰는 언어로 그가 말했다.

"백인의 몸이여, 나를 아는가?"

그가 다시 물었다.

스미스 씨는 그의 통역을 쳐다보았지만, 먼 우무루 출신인 오케케 또한 무슨 말인지 몰랐다.

아조피아는 거친 목소리로 웃어 젖혔다. 녹슨 금속성 웃음이었다.

"이들은 이방인이지. 그리고 무지하지. 하지만 그건 그렇다치자."

그는 동료들에게 몸을 돌리더니, 이들을 우무오피아의 조상님이라 부르면서 인사를 드렸다. 그는 덜그럭거리는 창을 땅에 꽂았고, 창은 금속성의 생명체처럼 흔들렸다. 그러고는 다시 한번 선교사와 통역을 향했다.

"백인에게 절대 해치지 않겠다고 말해라." 그가 통역에게 말했다. "그에게 자기 집으로 돌아가고 우릴 내버려 두라고 말해라. 우린 이전에 우리와 함께했던 그의 형제를 좋아했다. 그는 바보 같았지만, 그래도 우린 그가 좋았고, 그를 봐서 그의 형제를 해치진 않을 것이다. 하지만 그가 지은 이 신전은 부숴야 한다. 우리는 더 이상 이를 우리 가운데 용납하지 않을 것이다. 이것은 말할 수 없는 미움을 낳았고, 우리가 이것을 끝장내고 말겠다." 그가 동료들에게로 몸을 돌렸다. "우무오피아의 조상님들이여, 무고하셨는지요?" 그러자 그들이 걸걸한 한 목소리로 대답했다. 그는 다시 선교사에게로 몸을 돌렸다. "우리의 방식을 좋아한다면 당신이 우리와 함께 머물 수 있다. 당신은 당신의 신을 모실 수 있다. 사람이 신과 조상님의 영령을 모신다는 것은 좋은 것이다. 다치고 싶지 않다면 당신의 집으로 돌아가길 바란다. 우리는 무척 화가 났지만 당신에게 말로 하고자 꾹 참고 있다."

스미스 씨가 통역에게 말했다.

"이들에게 여기서 나가라고 말하게. 이곳은 하느님의 집이고 이곳이 더럽혀지는 것을 두고 보지 않겠다고 말하게."

오케케는 우무오피아의 영령과 지도자들에게 현명하게 말

을 전달했다.

"백인이 말하길 친구처럼 이렇게 불만을 털어놓기 위해 오신 것이 기쁘답니다. 이 일을 자신에게 맡겨 주시면 좋겠다는군요."

"우리가 이 일을 그에게 맡길 수 없는 것은 우리가 그의 관습을 이해하지 못하듯이 그가 우리 관습을 이해하지 못하기 때문이다. 그가 우리 관습을 모르니 그를 바보라 부르는 게고, 아마도 우리 역시 그의 관습을 모르니 그도 우리를 바보라 부르겠지. 그에게 사라지라고 해라."

스미스 씨는 그의 입장을 견지했다. 그러나 그는 자신의 교회를 구할 수는 없었다. 에구구가 가고 나서 브라운 씨가 세웠던 황토 교회는 흙더미와 잿더미가 되었다. 그리고 잠시 동안 부족의 영령은 평안을 되찾았다.

23장

몇 해 만에 처음으로 오콩코는 행복에 가까운 기분을 느꼈다. 자신의 유배 기간 동안 형언할 수 없이 변모해 버린 세월이 다시 돌아온 듯했다. 그동안의 변화를 간과해 왔던 부족이 이를 바꿔 가는 것 같았다.

부족 사람들이 자신들이 취할 행동에 대해 결정하기 위해 장터에 모였을 때 오콩코는 이들에게 강하게 발언했다. 그리고 이들은 존경심 속에 그를 경청했다. 전사가 전사였던 그 좋은 옛날이 다시 온 듯했다. 비록 이들이 선교사를 죽이거나 기독교도들을 몰아내는 데 동의하지는 않았지만, 이들은 실질적인 뭔가를 하는 데는 의견을 같이했다. 그리고 이들은 이를 실행했다. 오콩코는 다시 행복해지는 것 같았다.

* * *

교회를 부순 후 이틀 동안은 아무 일도 없었다. 우무오피아의 모든 남자들은 총이나 도끼로 무장을 하고 다녔다. 그들은 아바메 남자들처럼 방심 속에 당하지는 않을 것이었다.

그런데 치안 판사가 순회를 마치고 돌아왔다. 스미스 씨는 즉시 그에게로 가 함께 장시간 논의를 했다. 우무오피아의 남자들은 이를 알아차리지 못했는데, 만약 그랬다 해도 중요하게 생각지 않았을 것이다. 선교사는 자주 그의 백인 형제에게 갔었다. 이런 것은 이상하지 않았다.

사흘 후 치안 판사는 달변인 전령을 우무오피아의 지도자들에게 보내 본부에서 자신과 만나자고 요청했다. 이것 역시 이상하지 않았다. 그는 자주 지도자들을 불러 소위 그가 말하는 교섭을 갖자고 요청했었다. 오콩코도 그가 초대한 여섯 지도자 가운데 한 사람이었다.

오콩코는 다른 사람들에게 완전 무장을 하라고 경고하며 말했다.

"우무오피아의 남자는 초청을 거절하지 않는다. 남자는 초청을 받고 가지 않아도 되지만, 굳이 초청하지 말라고 하지는 않는다. 가되, 시절이 변했으니 우리가 만일에 대비해야 한다."

그래서 여섯 남자는 도끼로 무장하고 치안 판사를 보러 갔다. 총을 갖고 가지는 않았는데 걸맞지 않을 것 같아서였다. 그들은 치안 판사가 앉아 있는 재판소 안으로 안내되었다. 판사는 그들을 정중히 맞았다. 그들은 가죽 자루와, 덮개를 한 도끼를 풀어 바닥에 내려놓고 자리를 잡았다.

"내가 당신들을 오도록 한 것은 내가 없는 동안 일어난 일 때문입니다." 치안 판사가 말을 시작했다. "내가 몇 가지를 전해 들었는데 당신들의 말을 직접 들을 때까지는 믿을 수 없습니다. 서로 우호적으로 이를 논의해 이런 일이 다시 발생하지 않도록 하는 방법을 찾아 봅시다."

오그부에피 에쿠에메가 벌떡 일어나 이야기하기 시작했다.

"잠깐만요." 판사가 말을 막았다. "관계자들 또한 불러 당신의 청원을 듣고 주의를 기울이도록 하지요. 상당수가 외지 출신이고, 비록 이곳 말은 할 수 있어도 여기 관습은 모르지요. 제임스! 가서 관계자들을 오라 하게."

그의 통역이 법정을 떠나더니 곧 열두 명의 남자들과 함께 돌아왔다. 이들은 우무오피아의 남자들과 자리를 함께 했고, 오그부에피 에쿠에메는 어떻게 에노치가 에구구를 살해했는지에 대한 이야기를 하기 시작했다.

너무나도 갑작스럽게 여섯 남자는 수갑이 채워지고 구치소로 끌려갔다. 대처할 틈이 없었다. 잠깐의 소동이 있었을 뿐이었고, 워낙 짧은 순간이어서 도끼를 빼 들 시간도 없었다.

"우리에게 협조하기로 동의만 한다면, 당신들을 해치진 않겠소." 치안 판사가 그들에게 말했다. "우린 당신들이 행복할 수 있도록 당신들에게 평화로운 통치 체제를 가져왔습니다. 누군가 당신들을 괴롭히면 우리가 구하러 올 것입니다. 하지만 우리는 당신들이 다른 사람들을 괴롭히도록 놔두지도 않을 것입니다. 우리는 법정을 세워 위대한 여왕님이 다스리시는 영국에서처럼 사건을 판결하고 정의를 구현합니다. 당신들을 여기에 오게 한 것은 당신들이 작당하여 다른 사람을 괴롭히고, 집과 교회에 불을 질렀기 때문입니다. 이런 일은 이 세상에서 가장 강력한 통치자이신 우리 여왕님의 영토 안에서 일어나서는 안 되는 일입니다. 나는 당신들이 벌금으로 조가비 200자루를 내도록 결정하였습니다. 이 결정에 맞게 당신네 사람들이 벌금을 걷어내는 데 동의하면 바로 풀려날 것입니다. 이것에 대해 할 말이 있습니까?"

여섯 남자는 의기소침한 채 침묵을 지켰고 판사는 이들을 잠시 떠났다. 그는 법원의 전령들에게 이들은 우무오피아의 지도자들이므로 자신이 구치소를 떠난 후에도 예의를 갖춰 이들을 다루도록 지시했다. 그들은 "알겠습니다, 판사님."이라고 말하며 인사를 했다.

치안 판사가 떠나자마자, 죄수의 이발사이기도 한 전령의 우두머리가 면도칼을 꺼내 놓더니 남자들의 머리카락을 깎아 버렸다. 남자들은 아직도 수갑이 채워져 있어, 침울하게 앉아 있을 수밖에 없었다.

"누가 두목인가?" 전령이 조롱하듯 물었다. "우무오피아에선 거지도 다 발목 장식을 하던데. 열 조가비나 나가나?"

여섯 남자는 그날 그리고 다음 날도 아무것도 먹지 못했다. 그들은 먹을 물조차도 제공받지 못했고, 오줌을 누러 밖으로 나가거나 급한 일을 보러 숲으로 들어갈 수도 없었다. 밤엔 전령들이 와 이들을 놀려 대고 박박 깎은 머리를 서로 맞부딪쳤다.

남자들은 그들끼리만 있을 때에도 서로 할 말이 없었다. 사흘째가 되어서야 배고픔과 모욕을 더 이상 참을 수 없어 굴복하는 것에 대해 얘기하기 시작했다.

"내 말대로 백인 놈을 죽였어야 했습니다."

오콩코가 고함을 쳤다.

"그랬다면 지금쯤 우무루에서 교수형을 기다리는 신세가 되었을 거야."

다른 이가 그에게 말했다.

"누가 백인을 죽이려고 한 거야?"

방금 뛰어 들어온 전령이 물었다. 아무도 말을 하지 않았다.

"아직도 지은 죄에 성이 차지 않아, 또 백인을 죽여야 한다 이거지?"

그가 큰 몽둥이를 가져오더니, 남자들의 머리와 등을 몇 대씩 내리치기 시작했다. 오콩코는 증오심에 숨이 막혀왔다.

* * *

여섯 남자가 갇히자마자, 법원 전령들은 우무오피아로 들어가 마을 사람들이 벌금으로 조가비 250자루를 내놓지 않으면 마을 지도자들이 풀려나지 않을 것이라고 말했다.

"벌금을 곧바로 내지 않는다면, 마을 지도자들을 우무루의 지체 높은 백인에게 데려가, 교수형에 처할 것이다."

전령의 우두머리가 말했다.

이 이야기는 여러 마을로 바로 퍼져 나갔고 갈수록 과장되었다. 어떤 이는 남자들이 이미 우무루로 옮겨져 다음 날 교수형에 처해질 것이라고 했다. 어떤 이는 그들의 가족들 또한 처형될 것이라고 했다. 다른 이들은 아바메에서 그랬듯이 군대가 우무오피아 사람들을 죽이기 위해 이미 오는 중이라고 말했다.

그날은 보름 때였다. 하지만 그날 밤 아이들의 목소리는 들리지 않았다. 마을 사람들이 보름달 놀이를 위해 항상 모여들었던 마을의 일로는 텅 비었다. 이구에도의 여자들은 마을에 선보일 새로운 춤을 배우기 위해 비밀스러운 곳에 모이지도 않았다. 젊은 남자들은 보름 땐 항상 나돌아 다녔지만 이날 저녁엔 집을 지켰다. 이들이 친구나 연인을 만나러 가는 경우에도 마을 길 위에선 더 이상 남자다운 목소리를 들을 수 없었다. 우무오피아는 귀를 쫑긋 세운 채 조용하고 심상찮은 공기를 킁킁거리면서 어디로 도망가야 할지 모르는 놀란 동물과도 같았다.

정적은 마을의 알림꾼이 오게네를 둥둥 치는 소리로 깨졌다. 그것은 아카칸마 시대 이상의 연배가 있는 모든 우무오피아 남자들이 아침을 먹은 다음 장터에 모이라는 연락이었다. 그는 마을 구석구석, 사방으로, 주요 길이란 길은 빼놓지 않고 걸어 다녔다.

오콩코의 집은 버려진 곳 같았다. 마치 찬물을 쏟아 부은 것 같았다. 그의 가족은 모두 집에 있었지만, 모두가 목소리를 낮췄다. 그의 딸 에진마는 아버지가 투옥되고 교수형에 처해질 것이라는 소식을 듣고는, 결혼을 약속한 남자의 가족과 이십팔일 동안 머물러야 했던 의례 도중에 집으로 돌아왔다. 집에 오자마자 그녀는 오비에리카에게로 가 우무오피아의 남자들이 이 일을 어떻게 할 것인지에 대해 물어보려 했다. 하지만 오비에리카는 아침에 집을 나가 돌아오지 않았다. 그의 부인들은 그가 비밀 모임에 갔을 것으로 생각했다. 에진마는 무언가가 진행되고 있다는 것에 만족했다.

마을 알림꾼의 호소가 있은 다음 날 아침 우무오피아의 남자들은 장터에 모여 백인을 달래기 위해 조가비 250자루를 지체 없이 모으기로 결정하였다. 오십 자루는 법원 전령들이 자신들 몫으로 올려 부른 것이라는 사실을 마을 사람들은 알 길이 없었다.

24장

오콩코와 그의 동료 죄수들은 벌금이 지불되자마자 풀려났다. 치안 판사는 이들에게 다시 여왕에 대해, 그리고 평화와 좋은 정부에 대해 이야기했다. 하지만 남자들은 귀 기울이지 않았다. 이들은 단지 주저앉아서 그와 통역을 쳐다보았다. 마지막으로 이들은 자신들의 자루와, 덮개를 씌운 도끼를 돌려받고 집으로 돌아왔다. 이들은 일어나 재판소를 나섰다. 이들은 누구에게도 또 자신들끼리도 말을 하지 않았다.

교회처럼 재판소는 마을에서 조금 떨어진 외곽에 세워졌었다. 이를 연결하는 길은 재판소 너머에 있는 냇가로 가는 길이기도 해서 매우 번잡한 곳이었다. 넓고 모래가 많은 땅이었다. 건기엔 널따란 모랫길이 만들어졌다. 하지만 비가 오면 양옆으로 숲이 무성하게 자라 길을 막았다. 지금은 건기였다.

여섯 남자는 마을로 가는 길에 물동이를 이고 냇가로 가는 여자와 아이들을 만났다. 하지만 남자들이 너무나 무겁고 무서운 표정을 하고 있어 여자와 아이들은 이들에게 '은노' 즉 '어서 오세요'라고 말하지도 못하고, 단지 이들이 지날 수 있도록 한편으로 물러나 길을 비켜 줬다. 마을에 들어서자 남자들이 줄지어 이들에 합세해 마침내 상당한 숫자가 되었다. 여섯 남자는 각자의 집으로 향했고, 집으로 들어가면서 군중 일부를 안으로 데리고 갔다. 마을은 조용하고, 억눌린 분위기 속에 움직이고 있었다.

에진마는 여섯 남자가 풀려날 것이라는 소식이 알려지자마자 아버지를 위해 음식을 준비했다. 그녀는 음식을 오비에 있는 아버지에게 가져갔다. 아버지는 얼이 빠진 듯 음식을 먹었다. 전혀 당기지 않았지만, 오직 아이를 기쁘게 하기 위해 먹었다. 남자 친척과 친구들이 그의 오비에 모였고, 오비에리카가 그에게 먹기를 권했다. 누구도 아무 말을 하지 않았지만, 이들은 오콩코의 등에서 간수의 채찍이 살 속 깊이 남겨 놓은 긴 자국을 보았다.

* * *

마을의 알림꾼이 그날 밤 다시 돌아다녔다. 그는 철제 징을 두드리며 아침에 또다시 집회가 있을 것이라고 알렸다. 모두들 우무오피아가 최근에 생긴 일들에 대해 마침내 마음을 털어놓을 것임을 알고 있었다.

오콩코는 지난밤 조금밖에 눈을 붙이지 못했다. 참혹한 마음이 일종의 어린아이 같은 흥분과 뒤섞였다. 잠자리에 들기 전에 그는 유배에서 돌아온 후 만져 본 적이 없는 전쟁 복장을 내려놨다. 연기에 그을려 만든 라피아야자 스커트의 먼지를 털고, 긴 깃털이 달린 투구와 방패를 점검했다. 모두가 만족스러운 상태였다.

대나무 침상에 누워 그는 백인 재판소에서 받은 대우를 생각하며 복수를 다짐했다. 우무오피아가 전쟁을 결정한다면, 모든 게 잘될 것이다. 하지만 마을이 겁쟁이가 되는 쪽을 택한다면 자신이 나가 복수를 할 것이다. 그는 과거에 있었던 전쟁들에 대해 생각했다. 가장 숭고했던 전쟁은 이시케 부족과의 전쟁이었다. 그 시절엔 오쿠도가 아직 살아 있었다. 오쿠도는 어느 누구보다도 출전가를 잘 부르는 방법을 알고 있었다. 그는 전사는 아니었지만, 그의 목소리는 모든 남자를 사자로 변하게 했다.

'훌륭한 남자들이 다 가고 없다.' 오콩코가 그 시절을 떠올리면서 한숨지었다. '이시케 부족은 우리가 그때 전쟁에서 적들을 어떻게 죽였는지를 잊지 못할 것이다. 우리는 적 열두 명을 죽이고 적은 우릴 오직 둘밖에 죽이지 못했지. 네 번째 주가 끝나기도 전에 그들은 우리에게 화해를 청했지. 그때는 남자가 남자인 시절이었지.'

이런 생각들을 하고 있는데 멀리서 징 소리가 들려왔다. 오콩코가 조심스럽게 귀를 기울이니, 간신히 알림꾼의 목소리가 들렸다. 하지만 목소리가 매우 희미했다. 그는 침상에서 뒤척였고 등 때문에 고통스러워졌다. 오콩코는 이를 갈았다. 알림꾼이 점점 가까이 다가오더니 오콩코의 집을 지나갔다.

'우무오피아의 가장 큰 장애물은 겁쟁이 에공완네다.' 아주 씁쓸한 생각이 들었다. '그자의 달콤한 혀는 불을 식은 재로 만들 수 있다. 그자의 말은 남자들을 무기력하게 만들어 버린다. 우리가 오 년 전에 그자의 여자 같은 지혜를 무시했다면, 지금 이렇게 되진 않았을 것이다.' 그는 이를 갈았다. '내일 그자는 사람들에게 우리 조상님들은 '수치스러운 전쟁'을 한 적이 없다고 말하겠지. 사람들이 그의 말을 듣는다면 나는 이들을 떠나 혼자 직접 복수를 하겠다.'

알림꾼의 목소리가 또다시 희미해져 갔고, 거리가 멀어짐에 따라 징의 날카로움 또한 점차 사그라졌다. 오콩코는 모로 누운 몸의 방향을 바꾸면서, 자신의 등에 느껴지는 고통으로부터 일종의 쾌감마저 얻었다.

'에공완네가 내일 '수치스러운 전쟁'에 대해 이야기한다면 앞으로 나가 그자에게 내 등과 머리를 보여 주겠다.'

그는 이를 갈았다.

* * *

장터는 해가 뜨자마자 차기 시작했다. 오콩코가 오비에리카를 찾아와 불렀을 때 오비에리카는 자신의 오비에서 그를 기다리고 있었다. 그는 가죽 자루와 덮개를 씌운 도끼를 어깨에 메고 친구에게로 갔다. 오비에리카의 집은 길 가까이에 있어 장터로 가는 모든 남자들을 볼 수 있었다. 그는 이날 아침 앞서 지나간 많은 남자들과 인사를 나누었다.

오콩코와 오비에리카가 집회 장소에 도착했을 때는 이미 무척이나 많은 사람들이 모여, 모래 한 알을 던져도 다시 땅에 떨어지지 않을 정도였다. 그리고 아홉 부락의 더 많은 사람들이 사방에서 오고 있었다. 그렇게 많은 숫자는 오콩코의 마음을 훈훈하게 했다. 하지만 그는 특히 한 남자에 주목했는데, 자신이 그렇게도 두려워하고 경멸하는 혀를 가진 남자였다.

"그자를 보았는가?"

오콩코가 오비에리카에게 물었다.

"누구 말인가?"

"에공완네 말이네."

그는 이렇게 말하면서 눈으로는 넓은 장터를 한쪽 구석에서 반대편 구석까지 훑어 갔다. 대부분의 남자들은 가져온 좌대를 놓고 앉았다.

"보지 못했네." 오비에리카는 이렇게 대답하고 군중 쪽으로 눈을 돌렸다. "아니, 저기 있네. 케이폭 나무 아래에 있네. 저자가 우리를 싸우지 못하게 설득할까 봐 두려운가?"

"두렵냐고? 나는 그자가 자네 마을 사람들한테 하는 일엔 관심이 없네. 나는 그자와 그자의 말에 귀 기울이는 마을 사람들을 경멸하네. 선택하라면 난 혼자서라도 싸우는 걸 택하겠네."

둘은 목소리를 높여 이야기했는데, 모든 사람들이 말을 해 마치 시끄러운 큰 시장 바닥 같았기 때문이었다.

'난 그자가 말을 마칠 때까지 기다리겠다.' 오콩코가 생각했다. '그러고 나서 내가 말하겠다.'

"그런데 왜 그자가 전쟁에 반대하는지 아는가?"

"그자는 겁쟁이지."

오콩코가 이렇게 말했을 때, 오비에리카는 그가 이어서 하는 말을 듣지 못했는데, 바로 그때 뒤에서 누군가 그의 어깨를 두드리며 친구 대여섯과 악수를 하고 인사도 나누고자 돌아봤기 때문이었다. 오콩코는 그 목소리를 알고 있었음에도 돌아보지 않았다. 그는 인사를 나눌 기분이 전혀 아니었다. 하지만 한 남자가 그를 가볍게 치더니 집안사람들에 대해 물었다.

"모두 잘 있습니다."

그가 심드렁하게 대답했다.

이날 아침 우무오피아 주민들에게 연설할 첫 번째 남자는 오키카로 투옥되었던 여섯 가운데 한 명이었다. 오키카는 훌륭한 사람이었고 웅변가였다. 하지만 그는 첫 번째 연설자로서 부족 집회에서 군중을 조용히 만드는 데 필요한 폭발적인 목소리는 갖고 있지 못했다. 그런 목소리는 온예카가 가지고 있었으므로 오키카가 연설을 시작하기 전에 온예카가 우무오피아 사람들에게 인사를 하기로 했었다.

"우무오피아 크웨누!"

그가 소리치면서, 왼팔을 들고 손을 펴 허공에 흔들었다.

"야아!"

우무오피아가 함성을 질렀다.

"우무오피아 크웨누!" 그가 매번 다른 곳을 향해, 다시, 또다시, 그리고 또다시 소리를 쳤다. 그리고 군중은 "야아!" 하고 대답했다.

마치 치솟는 불길에 찬물을 끼얹은 것처럼 갑자기 정적이 흘렀다.

오키카가 바로 자리에서 일어나더니 그 역시 부족 사람들에게 네 번 인사를 했다. 그런 다음 연설을 시작했다.

"우리가 곳간을 짓고 집을 고쳐야 할 이때, 우리가 집을 정리해야 할 이때, 우리가 왜 여기에 모였는지 여러분은 아십니까? 제 부친께서는 제게 이렇게 말하곤 하셨습니다. '벌건 대낮에 두꺼비가 뛰면, 그 뒤에서 뭔가 녀석의 목숨을 노린다는 것이다.' 이렇게 사방의 부족 마을에서 여러분 모두가 이른 아침에 이 집회로 쏟아져 들어오는 것을 보고, 나는 뭔가가 우리 목숨을 노리고 있다는 것을 알았습니다."

그가 잠시 말을 멈춘 다음 다시 시작했다.

"우리의 모든 신들께서 울고 계십니다. 이데밀리께서 울고 계시고, 오구구께서 울고 계시며, 아그발라께서 울고 계시며, 모든 다른 분들도 울고 계십니다. 돌아가신 조상님들께서 당하신 부끄러운 모욕과 우리 모두가 눈으로 직접 목격한 가증스러운 짓 때문에 그분들이 울고 계십니다."

그가 떨리는 목소리를 가다듬기 위해 또다시 말을 멈췄다.

"이것은 위대한 집회입니다. 어느 부족도 이보다 더한 규모와 이보다 더한 용기를 자랑할 수 없을 것입니다. 그런데 우리 모두가 여기에 있습니까? 저는 그대들에게 묻습니다. 우무오피아의 모든 아들들이 여기에 우리와 함께합니까?"

깊은 속삭임이 군중 사이를 휩쓸었다.

"그렇지 않습니다. 그들은 부족을 버리고 제각각의 길을 갔습니다. 오늘 아침 이곳에 있는 우리는 조상님들에게 충실하지만, 우리 형제들이 우리를 버리고 이방인과 한패가 되어 조상의 땅을 더럽혔습니다. 우리가 이방인과 싸운다면 우리는 우리의 형제들을 치게 될 것이고 아마도 우리 부족의 피를 흘리게 할 것입니다. 그러나 우리는 이를 해야 합니다. 우리 선조께서는 이런 일을 꿈에도 생각해 본 적이 없고, 형제를 죽인 일도 없습니다. 하지만 우리 선조들에게는 백인들이 오지 않았습니다. 그래서 우리는 선조들께서 하시지 않았을 일을 해야만 합니다. 에네케 새는 왜 항상 날고 있느냐고 질문을 받자 이렇게 대답했습니다. '사람들이 총으로 표적을 정확히 쏘는 법을 알고 있으니 나는 나뭇가지에 앉지 않고 나는 법을 배웠습니다.' 우리는 이 악을 뿌리 뽑아야 합니다. 그리고 우리의 형제가 악의 편에 든다면 우리는 그들 또한 뿌리 뽑아야 합니다. 그리고 우리는 이를 지금 해야만 합니다. 물이 발목 정도 깊이에 지나지 않은 지금 우리가 이 물을 퍼내야 합니다……."

바로 이때 군중 속에 갑작스러운 소동이 일었고 모든 눈이 그쪽을 향했다. 장터로부터 백인의 재판소로, 그리고 그 너머 냇가로 난 길은 매우 굽어 있었다. 그래서 법원 전령 다섯 명이 군중 가장자리에서 몇 걸음 떨어진 곳에 있던 굽은 길에 나타날 때까지, 어느 누구도 이들이 다가오는 것을 볼 수 없었다. 오콩코는 그 가장자리에 앉아 있었다.

오콩코는 그들이 누구인지를 알아보자마자 자리를 박차고

일어났다. 그는 전령의 우두머리와 마주하면서, 증오로 치를 떨었고 한마디도 할 수 없었다. 우두머리가 겁을 먹지 않고 버티고 서자, 부하 넷이 그 뒤에 줄을 지었다.

그 짧은 순간에 이어, 세상은 모든 것을 멈추고 선 듯, 기다렸다. 완벽한 정적이었다. 우무오피아의 남자들은 나무와 무성한 덩굴과 함께 무언의 배경이 되어 버린 채, 기다렸다.

마법을 깬 것은 전령의 우두머리였다.

"비켜!"

그가 명령했다.

"무슨 일이냐?"

"네가 익히 잘 아는 힘 있는 백인께서 집회를 멈추라신다."

일순간 오콩코가 도끼를 꺼냈다. 전령은 공격을 피하기 위해 몸을 웅크렸다. 소용이 없었다. 오콩코의 도끼가 두 번 내려오고 남자의 머리가 제복 입은 몸통 옆으로 떨어졌다.

기다리던 배경들이 갑자기 혼란스럽게 살아났고 집회는 멈추었다. 오콩코는 죽은 남자를 응시하며 서 있었다. 그는 우무오피아가 전쟁을 하지 않을 것임을 알고 있었다. 그것은 군중이 다른 전령들을 도망가도록 놔둔 것으로 알 수 있었다. 군중은 행동하는 대신 혼란에 빠졌다. 그는 이런 혼란에 내재한 두려움을 감지했다. 그에게 이렇게 묻는 목소리도 들렸다.

"왜 이런 짓을 한 거야?"

그는 도끼를 모래에 닦고 떠났다.

25장

치안 판사가 일단의 무장한 군인들과 법원 전령들을 거느리고 오콩코의 집에 도착했을 때 그의 오비에 적잖은 남자들이 힘없이 앉아 있었다. 그가 이들에게 밖으로 나오라고 명령하자, 이들은 아무 소리 없이 따랐다.

"누가 오콩코인가?"

그가 통역을 통해 물었다.

"그는 여기 없어요!"

오비에리카가 대답했다.

치안 판사는 화가 치밀어 얼굴이 벌겋게 변했다. 그는 남자들에게 오콩코를 내놓지 않으면 모두를 감옥에 넣겠다고 경고했다. 남자들은 자기들끼리 수군거렸고, 오비에리카가 다시 말했다.

"그가 있는 곳으로 데려가지요. 아마 당신 부하들이 우릴 도울 수 있을 겁니다."

치안 판사는 오비에리카가 "아마 당신 부하들이 우릴 도울 수 있을 겁니다."라고 한 말뜻을 이해하지 못했다. 가장 화를 돋우는 이 사람들의 버릇 가운데 하나가 장식적인 언어를 좋아하는 것이라고 그는 생각했다.

오비에리카와 다른 대여섯 사람이 앞장을 섰다. 치안 판사와 그의 부하들은 총기로 만반의 준비를 하고 이들을 따랐다. 그는 오비에리카에게 허튼수작을 부리면 모두들 총에 맞을 줄 알라고 경고했다.

오콩코의 집 뒤로는 작은 숲이 자리하고 있었다. 집에서 숲으로 이어지는 유일한 길은 닭들이 모이를 찾아 쉴 새 없이 오가는 토담에 난 작은 구멍이었다. 구멍은 남자가 지나갈 수 없을 정도로 작았다. 오비에리카가 치안 판사와 그 부하들을 데리고 간 곳이 바로 그 숲이었다. 그들은 벽에 바짝 붙어, 집을 빙 돌았다. 이들이 내는 유일한 소리는 마른 잎을 밟는 발소리였다.

그리고 그들은 오콩코의 시신이 매달린 나무에 도착했고, 모두는 죽은 듯 멈춰 섰다.

"아마도 당신 부하들이 그를 끌어내려 묻는 데 도움을 줄 수 있겠지요." 오비에리카가 말했다. "우리 대신 이 일을 할 다른 마을의 이방인들에게 사람을 보냈지만, 아마 오는 데 오래 걸릴 겁니다."

치안 판사는 곧바로 사람이 바뀌었다. 단호한 행정가에서 원시 관습을 연구하는 학자가 된 것이었다.

"왜 당신들이 직접 그를 끌어내리지 못한단 말입니까?"

"우리 법도에 어긋나는 일입니다." 한 남자가 말했다. "남자가 스스로 목숨을 끊는 것은 큰 죄악입니다. 대지의 여신을 거역하는 것으로, 이를 저지른 남자는 동족이 묻어 줄 수 없습니다. 그의 시신은 불길한 것이어서, 오직 이방인들만이 만질 수 있지요. 당신네들은 이방인이고, 그래서 우리가 당신네들에게 시신을 내려 달라고 부탁하는 것입니다."

"여느 다른 남자들처럼 묻어 줄 수 있는 것입니까?"

치안 판사가 물었다.

"우리는 그를 묻어 줄 수 없습니다. 이방인들만이 그렇게 할 수 있지요. 당신 부하들이 그리 할 수 있다면 사례를 하지요. 그가 묻히기만 하면 그땐 우리가 그에 대한 의무를 다한 것입니다. 우리는 제물을 바쳐 부정 탄 땅을 정화할 것입니다.

친구의 매달린 시신을 꿈쩍 않고 응시하던 오비에리카가 갑자기 치안 판사를 향해 사나운 기세로 말했다.

"저 남자는 우무오피아의 가장 훌륭한 남자 가운데 한 사람이다. 너희들이 그를 죽음으로 몰아세웠다. 그리고 이젠 개처럼 땅에 묻힐 것이야……."

그는 더 이상 말을 잇지 못했다. 그의 목소리가 떨려 말을 가로막았다.

"입 닥쳐!"

전령 가운데 하나가, 불필요하게도, 소리를 질렀다.

"시신을 내려라." 치안 판사가 전령의 우두머리에게 명령했다. "그리고 시신과 이 사람들 모두를 재판소로 끌고 와라."

"알겠습니다, 나리."

우두머리가 인사를 하며 말했다.

치안 판사는 군인 서넛을 데리고 사라졌다. 아프리카의 여러 지역에 문명을 전파하고자 여러 해 동안 노력한 끝에 그는 많은 것을 배웠다. 그 가운데 하나가, 치안 판사는 나무에 목을 맨 남자를 내리는 것 같은 이런 품위 없는 사소한 일을 하지 않도록 조심해야 한다는 것이었다. 이런 것에까지 관심을 기울이면 원주민들이 자신을 함부로 여길 것임이 분명했다. 자신이 집필하고자 하는 책 속에서 그는 이 점을 강조할 것이다. 재판소로 다시 걸어가면서 그는 그 책에 대해 생각했다. 매일이 그에겐 새로운 자료였다. 전령을 죽인 후 스스로 목숨을 끊은 이 남자에 대한 이야기는 재미있는 읽을거리일 것이다. 그에 대해 거의 한 장(章)도 쓸 수 있을 것이다. 아마 한 장 전부는 아니어도, 어떻든 몇 개의 문단은 가능할 것이다. 이것 외에도 포함할 것이 너무나 많아, 자세한 사항은 과감히 잘라 내야 할 것이다. 그는 많은 생각 끝에 이미 책의 제목을 정해 놓았다. "니제르강 하류 원시 종족의 평정."

이보 용어

아가디은와이: 늙은 여자.

아그발라: 여자. 또한 아무런 칭호가 없는 남자에게도 사용된다.

에구구: 탈을 쓰고 마을 조상신 역할을 하는 사람.

에네케은티오바: 새의 일종.

에제아가디은와이: 늙은 여자의 이.

에크웨: 악기. 나무로 만든 북의 일종.

에풀레푸: 가치 없는 남자.

오게네: 악기. 징의 일종.

오그반제: 뒤바뀐 아이. 죽었다 다시 태어나기 위해 어머니에게 돌아오는 것을 반복하는 아이. 아이의 이이우와를 찾아 부수지 않으면, 오그반제 아이를 살려 키우기가 거의 불가능하다.

오보도 디케: 용맹스러운 이들의 땅.

오비: 가장이 거처하는, 집 안의 넓은 장소.

오수: 방랑자들. 신을 모시는 데 바쳐진 오수는 금기이며 어떤 식으로든 일반인과 섞이는 것이 허락되지 않는다.

오예: 나흘인 한 주 가운데 하루의 이름.

오조: 칭호 혹은 지위 이름.

오지 오두 아추이지지오: 소.(즉 꼬리로 파리 쫓는 놈.)

오추: 살인 혹은 살해.

우리: 신부 값이 지불되는 때 여는 약혼식의 일부.

우두: 악기. 도자기로 만든 북의 일종.

우무아다: 여자 친족들이 친정 마을로 돌아오는, 딸들의 가족 모임.

우문나: 광범위한 남자 친족.(우무아다의 남성형.)

울리: 여자들이 피부에 문신을 그리기 위해 사용하는 물감.

은나 아이: 우리 아버지.

은노: 어서 오세요.

은디치에: 어르신들.

은소아니: 모든 사람이 혐오하는 종교적으로 모욕적인 행위. 문자 그대로는 '대지의 금기'.

은자: 아주 조그만 새.

이냥가: 뽐내며 재주 부리기.

이바: 열.

이사이피: 예식. 만약 아내가 남편과 오랫동안 헤어져 있다가 재결합하는 경우, 그동안 아내가 정절을 지켰음을 분명히

하기 위해 치른다.

이이우와: 오그반제와 영령의 세계를 잇는 특별한 종류의 돌멩이. 이이우와를 찾아 부숴야만 아이가 죽지 않는다.

일로: 마을 운동장으로 운동, 토론 등의 모임이 열리는 곳.

지기다: 구슬 허리띠.

치: 개인 신.

코트마: 법원 전령. 이보어가 어원이 아닌, 영어 '법원 전령(court messenger)'이 전와(轉訛)된 단어다.

크웨누: 동의와 인사말을 나타내는 외침.

투피아: 저주 혹은 맹세.

작품 해설

한 시대의 파국에 새긴 희망의 조건

1

치누아 아체베의 『모든 것이 산산이 부서지다』는 아프리카 문학의 고전이 되었다. 일반적 평가에서 또 내용적 측면에서도 이 작품이 고전의 반열에 든 것은 정당해 보인다. 우선 『모든 것이 산산이 부서지다』는 아프리카 문학으로는 가장 널리 알려진 작품 가운데 하나다. 이미 이 작품은 사십오 개국 이상의 언어로 번역되어 800만 부가 넘게 판매되었다. 또한 아프리카 문학이 주로 구전되는 형식을 넘어 본격적인 문자 문학으로 접어드는 과정에서 시대적으로 앞섰고, 그 야심찬 의도에 있어서도 폭이 가장 넓은 작품이기도 하다. 특히, 이러한 의도는 아프리카의 상황과 정신을 담아 내면서도 대륙을 뛰어넘는 호소력을 갖는 결실을 맺었다. 이런 점에서 이 작품은 분명 나이지리아 문학, 아프리카 문학, 그리고 세계 문학이라는 스펙트럼 속에 지역적 구체성과 인류의 보편성을 동시에 구현하는 데 성공하고 있다.

아체베는 1930년 나이지리아 동부 이보족 마을인 오기디에서 태어났다. 그곳에는 일찍이 영국 성공회의 선교사들이 진출했고, 아체베의 가족 또한 기독교도였다. 어린 시절부터 교회 미션스쿨에서 교육을 받은 그는 이바단 대학교에서 문학과 사학을 전공하였고, 이후 라고스의 나이지리아 방송국에 근무했으며, 나이지리아 그리고 미국의 여러 대학에서 강의를 했다. 1958년 『모든 것이 산산이 부서지다』를 발표하였고, 다음 작품은 『더 이상 평안은 없다』(1960), 『신의 화살』(1964), 『민중의 사람』(1966) 등을 거쳐 『사바나의 개미 언덕』(1987)으로 이어진다.

이들 일련의 작품은 19세기 말에서 20세기 말까지를 단계적으로 다룬다. 첫 작품인 『모든 것이 산산이 부서지다』는 영국이 나이지리아 지역에 본격적으로 침입해 오기 시작한 19세기 말을, 『신의 화살』은 영국의 지배 체제가 완전히 정착되고 기독교가 전통 종교를 무너뜨리는 1920년대를, 『더 이상 평안은 없다』는 독립으로 나아가는 정권 이양기 동안 도덕적 해이에 직면하는 1950년대를, 『민중의 사람』은 소망하던 독립을 이루고 민족국가를 세웠지만 이후 무질서와 정치적 부패가 만연한 1960년대를, 『사바나의 개미 언덕』은 혼돈과 좌절 그리고 정치적 불안정과 새롭게 다가오는 외세 속의 1980년대가 배경이다. 그러므로 이들 다섯 작품은 역사적 흐름과 주제 그리고 주인공들의 관계 등에서 아체베의 5부작으로 불릴 수 있을 만큼 상호 연계성을 갖는다.

문학 작품은 당대 상황을 배경으로 하고 또 그에 대한 의견을 표명한다. 하지만 그 수위는 작가와 시대에 따라 차이가 있는 것이 사실이다. 아체베의 경우, 자신이 속한 이보족, 나이지리아, 그리고 아프리카가 직면한 상황은 그의 생각과 작품 형성에 있어 여느 작가에게서보다 더 결정적 역할을 한다. 되돌아보면 지난 한 세기가 아프리카의 삶을 얼마나 철저하게 변화시킨 격변의 시대였는지를 알 수 있어, 아프리카 작가가 자신에게 주어진 상황에서 벗어난다는 것은 오히려 생각할 수 없는 일로 여겨진다.

역사상 서양과 아프리카의 교역은 직간접적으로 계속 이루어져 왔는데, 일방적 수탈과 침략의 서막은 노예 무역을 통해서였다. 근대적 형태의 노예 무역은 15세기 초부터 북아프리카를 시작으로 점차 남진하여, 1480년대에는 포르투갈인들, 1562년에는 영국인들에 의해 베냉까지 확대되었다. 특히 영국은 17세기 중반 이후 아프리카와 서인도 제도 그리고 유럽을 잇는 삼각 무역 구도를 통해 자국의 부를 지속적으로 증가시킬 수 있는 체제를 구축했고, 영국 신사의 호주머니는 해외에서 온 돈으로 채워지게 되었다. 영국이 노예 무역에 머물던 단계를 지나, 직접 아프리카 내부로 들어가게 되는 것은 19세기 중반부터다. 영국에게 아프리카는 정복할 가치와 용이성이 있는 마지막 대륙이었고, 1841년부터 시작된 리빙스턴(David Livingstone)의 선교 활동과 탐험은 결과적으로 그 선발대에 해당하는 것이었다.

영국은 1861년 라고스를 점령하고, 1900년에 남부와 북부 나이지리아에 각각 독립적인 보호령을 만들었고, 1914년엔 둘을 다시 통합해 나이지리아 식민국(Colony of Nigeria)을 세웠다. 1960년 나이지리아가 공식적 독립을 이룰 때까지 외세의 무력은 오랜 세월 지속해 온 토착 전통 체제를 산산이 부숴 버렸다.

『모든 것이 산산이 부서지다』의 역사적 배경은 두 가지라 할 수 있다. 그 첫 번째는 이 소설의 배경이 되는 시대로, 영국 제국주의 체제의 침입과 이에 따라 전통 사회가 붕괴되는 19세기 말이다. 두 번째는 아체베가 이 소설을 쓰고 발표한 시대다. 이 소설이 발표된 1958년의 나이지리아는 이제 독립이 약속되고 정권 이양을 준비하는 기간이었다. 『더 이상 평안은 없다』는 이 시절을 다루는데, 여기서는 새로운 국가 건설로 가는 길목에서 정치적 부패와 경제적 빈곤에 당면한 젊은이들이 겪는 가치관의 혼란을 이야기한다. 아체베가 『모든 것이 산산이 부서지다』를 집필한 것은 바로 이 시기였다. 그는 자신들의 공동체와 전통이 서구에 의해 폭력적으로 해체되는 과정을 되돌아보고, 풍요로웠던 전통문화를 기억하면서 이에 내재된 정신을 새로운 국가 건설의 도덕적이자 문화적인 토대로 재설정하고자 한 것으로 보인다.

2

서구 열강, 특히 영국이 니제르강 하안을 본격적으로 식민화할 무렵 이 지역에는 200개가 넘는 다른 언어를 사용하는 부족들이 있었다. 그 대표적 부족으로는 요루바, 에도(혹은 에도 비니), 이보(혹은 이그보), 이비비오 등이 있었다. 아체베는 이보족 출신으로, 자신의 종족이 지켜 온 문화적 전통을 새롭게 하면서 이를 나이지리아라는 새로운 정치체제에 연결하고자 하였고, 이러한 계획이 그의 문학의 중요한 원동력 가운데 하나가 되었다.

하지만 문학 작품으로서의 『모든 것이 산산이 부서지다』는 참담한 사회사를 문학적 방식으로 기록하고 생각한다. 『모든 것이 산산이 부서지다』는 거대한 역사를 개인들의 삶과 생각을 통해 그려 내고 또 해석해 낸다. 작품은 주인공 오콩코의 비극을 이야기한다. 이야기는 충분히 개인적이고 또 비극적이다. 이러한 비극의 원인은 상당 부분 개인적 차원에서 연유하고 또 그 결과 역시 개인적으로 감당해야 했다. 이 부분을 새삼 강조하는 것은 소위 말하는 제3세계 문학에서, 주인공의 비극은 주로 사회정치적 상황에 기인한 것으로만 읽혀 왔기 때문이다. 이는 오해의 여지가 있다. 분명 제3세계의 문학도 개인의 비극과 사회적 비극이 동일한 무게로 얽힌 모습을 제시하며, 『모든 것이 산산이 부서지다』는 이를 구현하는 대표적 작품이다.

역사에서 보이듯 주인공 오콩코와 그의 우무오피아가 맞은 파국에는 서구 제국주의와 문화가 가장 큰 책임을 져야 한다는 것은 분명하다. 하지만 이러한 상황에서도 아체베는 이 작품을 통해 주인공 개인의 책임과 그 개인을 둘러싼 사회와 문화가 져야 할 책임 또한 거론한다는 점에 주목해야 한다. 개인 비극의 원인은 가장 크게는 정치사회적 변화, 특히 서구 제국주의에 있지만, 작가는 자신의 사회와 문화가 갖는 한계와 약점을 지적하는 것 또한 빠뜨리지 않았다는 것이다. 이와 같이 오늘의 상황에 대해 스스로의 책임이 상대적으로 큰 것은 아니지만, 이를 간과하지 않고 냉철한 눈길로 점검하는 것은 상당한 의의를 갖는다.

작가는 먼저 주인공 오콩코의 장점을 얘기한다. 그는 자수성가한 사람이다. 음악만을 좋아하는 아버지와 달리, 그는 아주 젊을 때부터 가족을 부양하고, 맨손으로 밭과 곳간 그리고 집을 늘려 갔다. 건강하고, 전례가 없는 씨름 선수에다가, 항상 높은 꿈을 품고 또 그것을 달성하기 위해 끊임없이 노력하는 사람이다. 하지만 그에게는 이에 못잖은 약점 또한 있다. 그는 성장하는 과정에서 아버지와는 무조건 정반대의 길을 택해야 하며, 또한 남자다워야 한다는 강박관념에 사로잡힌다. 그런 만큼 여자 그리고 여자다운 것을 항상 의식적으로 거부하거나 경멸하려고 한다. 가령 민담 같은 이야기는 여성스러운 것, 나약하고 쓸모없는 소일거리에 불과한 것으로 여긴다. 또한 불같은 성미 때문에 자주 사소한 실수에 노출된다. 그는 조그만 부주의에 불운이 겹쳐, 결국 일곱 해 동안 유배의 세월을 보내야 하는 처지가 된다. 게다가 그는 자신과 반대되는 성격의 사람 특히 신분이 낮은 사람에 대해서는 전혀 겸손하지 않다. 일반적으로 자신보다 못하다고 생각되는 타자에 대해 신중하지 못하고, 불철주야 자기 존엄성을 관리하는 인물이다. 그가 양자나 다름없게 된 이케메푸나를 자신의 도끼로 직접 죽인 것도, 남자다워야 한다는 강박 관념에서 한시도 벗어나지 못하고 자기 존엄성에 대해 지나치게 집착해 촉발된 결정이었다.

오콩코의 경우와 같이 그의 부족 또한 사회 구조와 문화 등에 있어 장점만큼 단점도 갖는다. 아체베가 무엇보다도 외부 사람들에게 보여 주고자 하는 것은 이 전통 사회가 나름대로의 원칙과 구조 그리고 미학을 가지고 있었다는 점이다. 부족민은 자연에 맞춰 농사를 짓되, 오직 생산만 하는 것이 아니라 이를 즐긴다. 노동에 따른 휴식과 여흥 또한 다양하다. 단지 씨름과 같은 스포츠만 있는 것이 아니다. 조상들의 지혜가 담긴 많은 민담과 설화가 입에서 입으로, 부모에게서 자식에게로 전해진다. 이런 이야기의 전승은 주로 여자들의 몫으로 그려지는데 여기에는 다른 의미도 있다. 그 가운데 하나가 겉으로 드러나는 남성 위주의 사회에서도 여성들이 내적으로 일정한 역할과 힘을 갖는다는 점이다. 곳곳에서 여자들은 나름대로의 문화, 집단성, 그리고 권한을 갖고 있는 모습을 보여 준다. 또한 남녀 모두는 얘기를 하거나 상대방을 설득할 때 다양한 격언을 구사하고, 풍부한 유머 감각을 자랑한다. 대다수는 전통을 고수하기보다는 전통을 존중하려고 노력하면서도, 외부 문화에 대해 유연하고 관대할 수 있는 여유를 강조

한다. 사실 이러한 여유는 마을 사람들로 하여금 오히려 서구 문명, 특히 기독교가 틈입해 오는 것에 대해 별로 개의치 않도록 했다.

하지만, 뒤돌아보면 이 사회와 문화에 한계와 단점이 없었던 것은 아니었다. 아체베가 보여 주는 그 첫 번째 것은 이 사회가 지나치게 엄격한 위계적 신분 질서를 갖는다는 점이다. 대표적 예가 오수 같은 일종의 불가촉천민 집단을 설정하고 이들을 사회의 일원으로 용납하지 않는 관습이다. 덧붙여 쌍둥이를 낳으면 무조건 숲에 내다 버려야 한다는 미신 또한 그 대표적 경우라 할 수 있다. 이들에게 기존의 전통을 다시 보려는 노력이 부족했던 것이다. 부족민들 사이에서 기독교가 관심을 끌고 세력을 확장할 수 있었던 것은 부족 문화가 기독교에 대해 보여 준 관용과 함께, 이와 같이 엄격한 신분 체제에 의해 소외되고 방치된 집단이 있었기 때문이었다.

아체베는 이렇게 주인공과 그를 둘러싼 문화와 사회를 일정한 균형 감각 속에 그려 냈다. 물론 그가 이러한 균형 감각을 동원함으로써 서구 제국주의가 아프리카의 파국적 상황에 대해 갖는 책임을 경감해 주고자 하는 것은 아니다. 그것은 한편으로 소위 대영 제국과 서구 세력의 책임을 묻고, 다른 한편으로 매우 섬세하게 스스로가 어떤 위치에 있었는가를 재점검하려는 의지를 반영하는 작업이라 할 수 있다. 이러한 의지는 아체베가 자신을 단순히 작가이기보다는 국민의 교사로 인식하는 것에 기인한다. 초기의 그는 자신의 좌표를 '교사로서의 작가'로 설정했다.

이러한 좌표는 아체베의 문학이 민족 서사시를 지향하도록 한다. 인류 최초의 서사시는 고대 메소포타미아 지역의 『길가메시』다. 서양 문학에서 대표적 서사시는 호메로스의 『일리아스』와 『오디세이아』다. 서사시는 주로 초인적 영웅이 그가 속한 집단의 운명을 개척해 나가는 과정을 그린다. 길가메시, 아킬레우스, 오디세우스가 그들이다. 주로 이러한 구도의 영웅 서사시는 이후 민족 서사시의 형태로 계승 발전되어 갔다. 대표적인 경우로 로마 시대 베르길리우스의 『아이네이스』, 프랑스의 『롤랑의 노래』, 독일의 『니벨룽겐의 노래』, 영국의 『베오울프』 등이 있다. 우리의 경우에는 몽고 등의 외압이 가중되던 고려 말 이규보가 고구려의 영웅적 시조 동명왕에 대해 노래한 『동명왕편』(1193)이 대표적 예다.

『모든 것이 산산이 부서지다』는 영웅 서사시이자 민족 서사시다. 우리가 아는 민족이라는 개념이 본래적이기보다는 상대적이고 문화적으로 구축된 측면이 강하다고 한다면, 아체베의 문학은 자신의 목소리로 문화적 정체성을 모색해 나가려는 문화 프로젝트라 할 수 있다. 사실 아체베 이전의 나이지리아, 나아가 아프리카는 스스로를 알리기보다는 항상 알려지는 대상에 지나지 않았다. 더 많은 경우는 서양이 말하고자 하는 바의 단순한 배경에 지나지 않았다. 이런 경우 이곳에 사는 사람들 역시 자연과 구별되지 않는 배경으로 그려졌을 뿐이다. 아프리카를 가장 진지한 배경으로 사용한 영문학 작품으로는 콘래드(Joseph Conrad)의 『암흑의 핵심』과 케리(Joyce Cary)의 『미스터 존슨』 등이 있다. 이 경우에도 아프리카는 백인에게 도덕적 아노미를 일으키는 공간이거나 원주민들이 우스꽝스럽게도 백인을 흉내 내려다 비극적 죽음을 맞이하는 공간에 지나지 않는다. 아체베가 이후에 분명히 밝힌 바와 같이, 그는 콘래드가 어떻든 아프리카에 대해 우호적인 관심을 갖고 있었다는 일반적 평가에 대해 매우 비판적이다. 『모든 것이 산산이 부서지다』에서 주요 행사로 자주 언급되는 결혼식 장면은 『미스터 존슨』이 아프리카에서 신부를 돈으로 흥정해 사는 것으로만 소개하는 경우와 대조를 이룬다. 이런 점에서 이 소설이 여러 가지 관혼상제에 대해 자세히 설명하는 것은 매우 의도적이다. 아체베는 아프리카의 목소리로 아프리카에 대해 말하고자 한 것이고, 또 그것을 영웅적 주인공과 서사시적 규모를 갖는 이야기에 담고자 한 것이었다. 이를 통해 그는 아프리카의 문학을 유럽 문학과 동등한 반열에 놓고자 한 것이라 해도 과언이 아니다.

물론 그렇다고 해서, 아체베가 반드시 유럽 문학에 대해 어떤 경쟁의식과 적대감만을 갖는 것은 아니다. 그는 서양문학 특히 영문학에 매우 익숙한 작가다. 『모든 것이 산산이 부서지다』의 오콩코처럼 주인공은 영웅적 인물로서, 운명을 개척하고 좌절을 겪는 과정, 사소한 약점이 전체 삶을 좌우하는 것 등에 있어 서구 문학 일반 특히 그리스 고전에 보이는 주제나 이야기 전개 양식과 일맥상통한다는 평가도 있다. 물론, 이러한 평가보다는 지리적, 문화적 경계를 넘어 문학이라는 장르가 갖는 보편적 특성을 이 작품도 지녔다고 하는 것이 더 올바른 평가일 것이다.

3

아체베는 작품의 제목들을 서구 문학 작품에서 빌려 오는 것을 서슴지 않는다. 이 작품의 제목 '모든 것이 산산이 부서지다'는 아일랜드의 시인 예이츠(W. B. Yeats)의 시 「재림」에서 따왔다. 예이츠는 이 시에서 기존 체제의 붕괴가 또 다른 체제를 잉태하는 계기가 될 수 있음을 노래한다. 예이츠가 영국 세력에 대해 느낀 바에 아체베도 동감했던 것인지는 모른다. 예이츠의 시에서와 같이, 이 소설의 제목에는 지금 세상의 질서가 점점 긴장을 더해 가다 갑자기 붕괴해 버리는 것은 비극일 수도 있지만 동시에 그것이 새로운 세상으로의 전환점이길 기대하는 마음 또한 있다고 할 수 있다. 하지만 오콩코의 삶과 그의 부족의 역사가 맞는 엄청난 파국 앞에 이러한 희망적 전망이 가능할지는 무거운 의문으로 남는다. 작가는 우선 이러한 파국의 의미를 새기는 것이 새로운 출발의 첫발을 내딛는 것으로 생각했을 것이다. 그리고 이러한 비극적 대단원은 한층 더 복합적인 의미의 층위를 갖는 것 또한 사실이다. 다수 서사시에서 그랬듯 영웅적 개인의 죽음과 파멸은 의외로 그 인간적 풍모와 영웅성을 숭고한 경지로까지 끌어올리는 원동력이 되기 때문이다.

이 작품이 영어로 쓰였다는 점도 설명할 필요가 있다. 아체베는 자신의 토착어인 이보어 대신 영어로 작품 활동을 해 왔다. 나이지리아의 공식어는 영어다. 나이지리아는 여러 부족으로 형성된 국가이고, 각 부족에는 나름의 토착어가 있다.

그럼에도 영어가 공식어가 된 것은 이들 부족들이 모두 공평하게 사용할 수 있는 언어가 영어이고, 영어를 통해 여러 부족을 하나의 국가와 국민으로 묶어 낼 수 있다는 정책적 결정에서다. 물론, 아체베가 영어를 사용하는 것은 단지 영어가 나이지리아의 공식어라는 것에만 기인하지 않는다. 그것은 분명 아체베가 개인적으로 선택한 언어다. 그는 영어가 자신에게 자연스럽게 주어진 언어이고, 이를 자신의 생각을 표현하는 자연스러운 도구로 생각한다고 말한다. 토착어 혹은 자국어로 쓰인 문학이 반드시 다른 문화의 영향을 받지 않았다고 말할 수 없듯이, 영어로 쓰인 작품이 더 이상 영문학으로만 머물지 않는 것이 오늘의 세계적 문화 상황이다. 물론, 이에 대한 비판의 눈길 또한 있는 것이 사실이다. 이런 작품들은 아무리 영국과 서구에 비판적 목소리를 내도 결국엔 영문학의 일부로 남게 된다는 반론이 그것이다. 하지만 이런 비판 가능성에도 불구하고, 아체베는 마치 서양 문학의 여러 요소들을 사용하듯이, 자신의 문화와 사회를 풍부하게 할 수 있는 요소로 영어를 받아들였다.

언어를 선택하는 문제에서와 같이 『모든 것이 산산이 부서지다』는 문화의 문제에 대해서도 매우 열린 자세를 보여 준다. 또한 서구와 아프리카의 문화가 서로 열린 자세를 갖기를 주문한다. 아체베는 마을과 부락 그리고 부족 등이 문화적으로 각기 다르며, 서로 교류하고, 이를 통해 상대의 문화를 이해하려고 노력하는 모습을 보여 준다. 이들은 서구 기독교와 제국주의가 들어오는 경우에도 이런 기조 속에 이해하고 양보하려고 노력한다. 또한 초기에 부임한 브라운 신부의 경우에도 최대한 토착 문화와 제도를 이해하고 상호 교류하면서 원주민들을 설득하는 선교 사업을 펼쳐나간다. 하지만 전혀 다른 유형의 사람인 그의 후임자는 제국주의적인 일방적 정책으로 우무오피아를 휩쓸어 버린다.

아체베는 문화적 접촉과 교류에 있어 관용의 폭을 넓힐 것을 주문한다. 그는 『모든 것이 산산이 부서지다』에서 이제껏 일방적으로 다루어지고, 나름대로 자신의 입장을 변호하지 못한 문화를 소개하는 데 상당한 공간을 할애한다. 작품은 곳곳에서 이보의 문화가 얼마나 미적으로 세련된 자족적 체제였는가를 보여 준다. 마을 사람들은 “해는 무릎을 꿇고 있는 사람보다 그 앞에 서 있는 사람에게 먼저 비친다.”거나 “어린이도 손을 씻으면 왕과 함께 식사할 수 있다.”는 등과 같이 건전한 상식을 담은 다양한 속담들을 적절히 구사하고, 모기와 귀 그리고 거북이 등이 등장하는 민담과 우화를 즐기고 이를 자녀의 교육에 활용하는 문화를 갖고 있다. 아체베가 이보족 사회와 생활에서 사용되는 여러 용어들을 번역하기보다는 그대로 옮겨 놓은 것 또한 외부의 독자들이 낯선 문화를 접하고 이를 최대한 있는 그대로 받아들이고 이해해 주길 바라는 의도에서였다. 이를 통해 그는 작품의 말미에 치안 판사가 오콩코의 자살을 단지 인류학적 연구의 한 장을 채울 수 있는 사건으로 여기는 것과 같은 이해를 넘어서도록 주문한다.

아체베의 『모든 것이 산산이 부서지다』는 한 영웅적 주인공의 파국과 함께 그가 속한 사회체제와 가치관의 붕괴를 그렸다. 작가는 이러한 일련의 과정을 우선 철저히 비극으로 받아들이게끔 한다. 그는 한 시대의 종말과 새로운 출발선상에서 이러한 비극적 세밀화 내면에 어떤 희망의 조건을 새겨 넣고 있다. 그것은 주인공 오콩코를 한 인간으로, 그의 사회를 한 문화 단위로 그려 냄으로써 더욱 선명히 부각되었다. 이들에서 보이는 한 인간으로서 그리고 한 문화로서 갖는 고유한 개별성은 이들의 인간적 그리고 문화적 존재 가치를 증명하는 가장 문학적인 목소리였다.

2008년 봄
조규형

작가 연보

1930년 11월 16일 나이지리아 동부 이보족 마을인 오기디에서 태어났다. 본명은 앨버트 치누아루모구 아체베(Albert Chinualumogu Achebe). 목사인 아버지가 영국 빅토리아 여왕의 남편의 이름을 따 아들의 세례명을 앨버트라 했다.

1944년 우무아히아에 있는 중고등학교에 입학했다.

1948년 이바단 대학교(당시엔 런던 대학교 소속)에 입학해 영문학, 사학, 신학을 공부했다.

1954년 라고스의 나이지리아 방송국에서 프로듀서로 근무하기 시작하면서, 아프리카 여러 지역과 미국 등지를 여행했다.

1956년 런던의 BBC에서 방송 관련 업무를 연수했다.

1958년 『모든 것이 산산이 부서지다』를 출간했다.

1960년 『더 이상 평안은 없다』를 출간했다.

1961년 크리스티 친웨 오콜리(Christie Chinwe Okoli)와 결혼했다. 국제방송인 나이지리아 소리 방송을 창설했다.

1962년 단편집 『계란 제물』을 출간했다.

하이네만(Heinemann) 출판사의 아프리카 작가 시리즈 초대 편집자가 되었다.(이 시리즈는 오늘날까지도 아프리카 작가, 이후 서인도 제도 작가들을 가장 체계적으로 방대하게 소개하는 중요한 역할을 하고 있다.)

1964년 『신의 화살』을 출간했다. 이 작품으로 뉴 스테이츠맨 족 캠벨 상을 수상했다.

1966년 『민중의 사람』을 출간했다. 우무오피아를 떠나 도시로 이주한 소년의 경험과 성장을 다룬 아동서 『치케와 강』을 출간했다.

1967년 방송국 직책을 사임하고, 비아프라 공화국의 외교관으로 활동했다. 시인인 크리스토퍼 오킥보와 함께 비아프라의 중심지인 에누구에서 출판사(Citadel Books)를 설립했다. 나이지리아 대학교 선임 연구원으로 활동했다.

1971년 시집 『경계하라, 동포여』를 출간했다. 나이지리아 문예지 《오키케》 창간을 주도했다.

1972년 미국 매사추세츠 주 애머스트 대학의 객원교수로 초빙되었다. 미국의 흑인 작가 제임스 볼드윈(James Baldwin)과 교류했다. 미국 다트머스 대학에서 명예 박사 학위를 취득했다. 『경계하라, 동포여』로 영연방 시상을 수상했다.

아동 도서 『표범은 어떻게 발톱을 갖게 되었나』(존 이로아가나치 공저)를 출간했다.

1973년 시집 『비아프라의 크리스마스』를 출간했다. 나이지리아의 이상과 일상 현실 사이의 괴리를 다룬 단편집 『전쟁의 소녀들』을 출간했다.

1975년 미국의 코네티컷 대학에서 객원교수로 초빙되었다.

산문집 『창조일의 아침』과 아동 도서 『피리』를 출간했다. 로투스 어워드(Lotus Award for Afro-Asian Writers)를 수상했다.

1976년 나이지리아 대학교 영문학 교수가 되었다.

1977년 아동 도서 『북』을 출간했다.

1978년 비아프라 내전에서 숨진 동료 시인 크리스토퍼 오킥보의 시를 모은 『그를 묻지 마라: 크리스토퍼 오킥보 추모 시집』(두벰 오카포 공편)을 출간했다.

1982년 이보 시선집 『아카 웨타』(공편)를 출간했다.

1984년 나이지리아의 무질서, 종족 분쟁, 부패 등과 함께 특히 지도력의 부재를 비판한 시평(時評) 『나이지리아의 문제점』을 출간했다.

이보 문화를 다루는 격월간지 《우와 은디 이보》를 창간했다.

1985년 1960년에서 1985년 사이에 발표된 아프리카 대표 단편 스무 편을 선정하여 수록한 『아프리카 단편집』 (C. L. 이너스 공편)을 출간했다. 나이지리아 대학교 명예 교수로 임명되었다.

1987년 미국의 매사추세츠 대학 교수(1987~1988)로 재직했다. 『사바나의 개미 언덕』을 출간했다. 이 작품이 부커 상 후보에 올랐다. 나이지리아 최고문화훈장인 국가공로상을 수상했다.

1988년 산문집 『희망과 장애물』을 출간했다.

1990년 교통사고로 하반신 마비의 중상을 입고, 이후 증세가 지속되었다.

뉴욕주 아난데일온허드슨시의 바드(Bard) 대학 언어문학 석좌 교수였다.

1992년 1980년대 아프리카 여러 지역을 대변하는 대표적 단편을 모은 『하이네만 현대 아프리카 단편소설집』(C. L. 이너스 공편)을 출간했다.

1996년 미국 하버드 대학에서 명예박사 학위를 받았다.

1997년 일련의 인터뷰 모음인 『아체베와의 대화』를 출간했다.

1998년 『또 하나의 아프리카: 로버트 라이언스 사진집』(로버트 라이언스 사진, 아체베 글)을 출간했다. 미국 브라운 대학에서 명예박사 학위를 받았다.

2000년 1988년 하버드 대학에서의 강연을 묶은 산문집 『고향과 유배지』를 출간했다.

2002년 독일 출판 협회가 수여하는 평화상을 수상했다.

남아프리카 공화국 케이프타운 대학에서 명예박사 학위를 받았다.

2004년 비아프라 내전의 상흔을 기록한 시집 『시선집』을 출간했다. 나이지리아의 정치 상황에 대한 항의로 나이지리아 연방공화국 지도자 훈장을 거부했다.

2007년 부커 상(Man Booker International Prize)을 수상했다.

2013년 나이지리아 대학교 명예교수이자 뉴욕 주 바드 대학교의 언어문학 석좌 교수, 브라운 대학교 아프리카 문헌학 교수로 재직 중, 지병으로 세상을 떠났다.

세계문학전집 171

모든 것이 산산이 부서지다

1판 1쇄 펴냄 2008년 2월 22일
1판 34쇄 펴냄 2022년 6월 20일

지은이 치누아 아체베
옮긴이 조규형
발행인 박근섭, 박상준
펴낸곳 (주)민음사

출판등록 1966. 5. 19. (제 16-490호)
서울특별시 강남구 도산대로1길 62(신사동) 강남출판문화센터 5층 (우편번호 06027)
대표전화 02-515-2000 팩시밀리 02-515-2007
www.minumsa.com

ISBN 978-89-374-6171-2 04800
ISBN 978-89-374-6000-5 (세트)

민음사 세계문학전집

세계문학전집 목록

45 **젊은 예술가의 초상** 조이스 · 이상옥 옮김 서울대 권장도서 100선
46 **카탈로니아 찬가** 오웰 · 정영목 옮김
47 **호밀밭의 파수꾼** 샐린저 · 공경희 옮김 《타임》 선정 현대 100대 영문소설 | 미국대학위원회 선정 SAT 추천도서 | 《뉴스위크》 선정 100대 명저 | BBC 선정 꼭 읽어야 할 책
48·49 **파르마의 수도원** 스탕달 · 원윤수, 임미경 옮김
50 **수레바퀴 아래서** 헤세 · 김이섭 옮김 노벨 문학상 수상 작가 | 국립중앙도서관 선정 청소년 권장도서
51·52 **내 이름은 빨강** 파묵 · 이난아 옮김 노벨 문학상 수상 작가
53 **오셀로** 셰익스피어 · 최종철 옮김 서울대 권장도서 100선
54 **조서** 르 클레지오 · 김윤진 옮김 노벨 문학상 수상 작가
55 **모래의 여자** 아베 코보 · 김난주 옮김
56·57 **부덴브로크 가의 사람들** 토마스 만 · 홍성광 옮김 노벨 문학상 수상 작가
58 **싯다르타** 헤세 · 박병덕 옮김 노벨 문학상 수상 작가
59·60 **아들과 연인** 로렌스 · 정상준 옮김 《뉴스위크》 선정 100대 명저
61 **설국** 가와바타 야스나리 · 유숙자 옮김 노벨 문학상 수상 작가 | 서울대 권장도서 100선
62 **벨킨 이야기 · 스페이드 여왕** 푸슈킨 · 최선 옮김
63·64 **넙치** 그라스 · 김재혁 옮김 노벨 문학상 수상 작가
65 **소망 없는 불행** 한트케 · 윤용호 옮김 노벨 문학상 수상 작가
66 **나르치스와 골드문트** 헤세 · 임홍배 옮김 노벨 문학상 수상 작가
67 **황야의 이리** 헤세 · 김누리 옮김 노벨 문학상 수상 작가
68 **뻬쩨르부르그 이야기** 고골 · 조주관 옮김
69 **밤으로의 긴 여로** 오닐 · 민승남 옮김 노벨 문학상 수상 작가 | 미국대학위원회 선정 SAT 추천도서
70 **체호프 단편선** 체호프 · 박현섭 옮김
71 **버스 정류장** 가오싱젠 · 오수경 옮김 노벨 문학상 수상 작가
72 **구운몽** 김만중 · 송성욱 옮김 서울대 권장도서 100선 | 국립중앙도서관 선정 청소년 권장도서
73 **대머리 여가수** 이오네스코 · 오세곤 옮김
74 **이솝 우화집** 이솝 · 유종호 옮김 논술 및 수능에 출제된 책(1998~2005)
75 **위대한 개츠비** 피츠제럴드 · 김욱동 옮김 《타임》 선정 현대 100대 영문소설
76 **푸른 꽃** 노발리스 · 김재혁 옮김
77 **1984** 오웰 · 정회성 옮김 《타임》 선정 현대 100대 영문소설 | 《뉴스위크》 선정 100대 명저
78·79 **영혼의 집** 아옌데 · 권미선 옮김
80 **첫사랑** 투르게네프 · 이항재 옮김
81 **내가 죽어 누워 있을 때** 포크너 · 김명주 옮김 노벨 문학상 수상 작가
82 **런던 스케치** 레싱 · 서숙 옮김 노벨 문학상 수상 작가
83 **팡세** 파스칼 · 이환 옮김
84 **질투** 로브그리예 · 박이문, 박희원 옮김
85·86 **채털리 부인의 연인** 로렌스 · 이인규 옮김
87 **그 후** 나쓰메 소세키 · 윤상인 옮김
88 **오만과 편견** 오스틴 · 윤지관, 전승희 옮김 미국대학위원회 선정 SAT 추천도서
89·90 **부활** 톨스토이 · 연진희 옮김 논술 및 수능에 출제된 책(1998~2005)
91 **방드르디, 태평양의 끝** 투르니에 · 김화영 옮김
92 **미겔 스트리트** 나이폴 · 이상옥 옮김 노벨 문학상 수상 작가
93 **뻬드로 빠라모** 룰포 · 정창 옮김

94 **차라투스트라는 이렇게 말했다** 니체 · 장희창 옮김 국립중앙도서관 선정 청소년 권장도서
95·96 **적과 흑** 스탕달 · 이동렬 옮김 국립중앙도서관 선정 청소년 권장도서
97·98 **콜레라 시대의 사랑** 마르케스 · 송병선 옮김 노벨 문학상 수상 작가 | BBC 선정 꼭 읽어야 할 책
99 **맥베스** 셰익스피어 · 최종철 옮김 서울대 권장도서 100선 | 미국대학위원회 선정 SAT 추천도서
100 **춘향전** 작자 미상 · 송성욱 풀어 옮김 서울대 권장도서 100선
101 **페르디두르케** 곰브로비치 · 윤진 옮김
102 **포르노그라피아** 곰브로비치 · 임미경 옮김
103 **인간 실격** 다자이 오사무 · 김춘미 옮김
104 **네루다의 우편배달부** 스카르메타 · 우석균 옮김
105·106 **이탈리아 기행** 괴테 · 박찬기 외 옮김
107 **나무 위의 남작** 칼비노 · 이현경 옮김
108 **달콤 쌉싸름한 초콜릿** 에스키벨 · 권미선 옮김
109·110 **제인 에어** C. 브론테 · 유종호 옮김 BBC 선정 꼭 읽어야 할 책
111 **크눌프** 헤세 · 이노은 옮김 노벨 문학상 수상 작가
112 **시계태엽 오렌지** 버지스 · 박시영 옮김 《타임》 선정 현대 100대 영문소설 | 《뉴스위크》 선정 100대 명저
113·114 **파리의 노트르담** 위고 · 정기수 옮김 미국대학위원회 선정 SAT 추천도서
115 **새로운 인생** 단테 · 박우수 옮김
116·117 **로드 짐** 콘래드 · 이상옥 옮김 《뉴스위크》 선정 100대 명저
118 **폭풍의 언덕** E. 브론테 · 김종길 옮김 미국대학위원회 선정 SAT 추천도서
119 **텔크테에서의 만남** 그라스 · 안삼환 옮김 노벨 문학상 수상 작가
120 **검찰관** 고골 · 조주관 옮김
121 **안개** 우나무노 · 조민현 옮김
122 **나사의 회전** 제임스 · 최경도 옮김 미국대학위원회 선정 SAT 추천도서
123 **피츠제럴드 단편선 1** 피츠제럴드 · 김욱동 옮김
124 **목화밭의 고독 속에서** 콜테스 · 임수현 옮김
125 **돼지꿈** 황석영
126 **라셀라스** 존슨 · 이인규 옮김
127 **리어 왕** 셰익스피어 · 최종철 옮김 서울대 권장도서 100선 | 《뉴스위크》 선정 100대 명저
128·129 **쿠오 바디스** 시엔키에비츠 · 최성은 옮김 노벨 문학상 수상 작가
130 **자기만의 방** 울프 · 이미애 옮김
131 **시르트의 바닷가** 그라크 · 송진석 옮김
132 **이성과 감성** 오스틴 · 윤지관 옮김
133 **바덴바덴에서의 여름** 치프킨 · 이장욱 옮김
134 **새로운 인생** 파묵 · 이난아 옮김 노벨 문학상 수상 작가
135·136 **무지개** 로렌스 · 김정매 옮김
137 **인생의 베일** 서머싯 몸 · 황소연 옮김
138 **보이지 않는 도시들** 칼비노 · 이현경 옮김
139·140·141 **연초 도매상** 바스 · 이운경 옮김 《타임》 선정 현대 100대 영문소설
142·143 **플로스 강의 물방앗간** 엘리엇 · 한애경, 이봉지 옮김 미국대학위원회 선정 SAT 추천도서
144 **연인** 뒤라스 · 김인환 옮김
145·146 **이름 없는 주드** 하디 · 정종화 옮김
147 **제49호 품목의 경매** 핀천 · 김성곤 옮김 《타임》 선정 현대 100대 영문소설

148 성역 포크너 · 이진준 옮김 노벨 문학상 수상 작가 | 퓰리처상 수상 작가

149 무진기행 김승옥

150·151·152 신곡(지옥편 · 연옥편 · 천국편) 단테 · 박상진 옮김 서울대 권장도서 100선 | 미국대학위원회 선정 SAT 추천도서 | 국립중앙도서관 선정 청소년 권장도서 | 《뉴스위크》 선정 100대 명저

153 구덩이 플라토노프 · 정보라 옮김

154·155·156 카라마조프가의 형제들 도스토옙스키 · 김연경 옮김 서울대 권장도서 100선 | 국립중앙도서관 선정 청소년 권장도서

157 지상의 양식 지드 · 김화영 옮김 노벨 문학상 수상 작가

158 밤의 군대들 메일러 · 권택영 옮김 퓰리처상 수상 작가

159 주홍 글자 호손 · 김욱동 옮김 서울대 권장도서 100선 | 미국대학위원회 선정 SAT 추천도서

160 깊은 강 엔도 슈사쿠 · 유숙자 옮김

161 욕망이라는 이름의 전차 윌리엄스 · 김소임 옮김

162 마사 퀘스트 레싱 · 나영균 옮김 노벨 문학상 수상 작가

163·164 운명의 딸 아옌데 · 권미선 옮김

165 모렐의 발명 비오이 카사레스 · 송병선 옮김

166 삼국유사 일연 · 김원중 옮김 서울대 권장도서 100선

167 풀잎은 노래한다 레싱 · 이태동 옮김 노벨 문학상 수상 작가

168 파리의 우울 보들레르 · 윤영애 옮김

169 포스트맨은 벨을 두 번 울린다 케인 · 이만식 옮김

170 썩은 잎 마르케스 · 송병선 옮김 노벨 문학상 수상 작가

171 모든 것이 산산이 부서지다 아체베 · 조규형 옮김 《타임》 선정 현대 100대 영문소설 | 《뉴스위크》 선정 100대 명저

172 한여름 밤의 꿈 셰익스피어 · 최종철 옮김 미국대학위원회 선정 SAT 추천도서

173 로미오와 줄리엣 셰익스피어 · 최종철 옮김 미국대학위원회 선정 SAT 추천도서

174·175 분노의 포도 스타인벡 · 김승욱 옮김 노벨 문학상 수상 작가 | 《타임》 선정 현대 100대 영문소설

176·177 괴테와의 대화 에커만 · 장희창 옮김

178 그물을 헤치고 머독 · 유종호 옮김 《타임》 선정 현대 100대 영문소설

179 브람스를 좋아하세요... 사강 · 김남주 옮김

180 카타리나 블룸의 잃어버린 명예 하인리히 뵐 · 김연수 옮김 노벨 문학상 수상 작가

181·182 에덴의 동쪽 스타인벡 · 정회성 옮김 노벨 문학상 수상 작가

183 순수의 시대 워튼 · 송은주 옮김 《뉴스위크》 선정 100대 명저 | 퓰리처상 수상작

184 도둑 일기 주네 · 박형섭 옮김

185 나자 브르통 · 오생근 옮김

186·187 캐치-22 헬러 · 안정효 옮김 《타임》 선정 현대 100대 영문소설 | 《뉴스위크》 선정 100대 명저 | BBC 선정 꼭 읽어야 할 책

188 숄로호프 단편선 숄로호프 · 이항재 옮김 노벨 문학상 수상 작가

189 말 사르트르 · 정명환 옮김

190·191 보이지 않는 인간 엘리슨 · 조영환 옮김 《타임》 선정 현대 100대 영문소설 | 미국대학위원회 선정 SAT 추천도서 | 《뉴스위크》 선정 100대 명저

192 왑샷 가문 연대기 치버 · 김승욱 옮김 퓰리처상 수상 작가

193 왑샷 가문 몰락기 치버 · 김승욱 옮김 퓰리처상 수상 작가

194 필립과 다른 사람들 노터봄 · 지명숙 옮김

195·196 하드리아누스 황제의 회상록 유르스나르 · 곽광수 옮김
197·198 소피의 선택 스타이런 · 한정아 옮김 퓰리처상 수상 작가
199 피츠제럴드 단편선 2 피츠제럴드 · 한은경 옮김
200 홍길동전 허균 · 김탁환 옮김
201 요술 부지깽이 쿠버 · 양윤희 옮김
202 북호텔 다비 · 원윤수 옮김
203 톰 소여의 모험 트웨인 · 김욱동 옮김
204 금오신화 김시습 · 이지하 옮김
205·206 테스 하디 · 정종화 옮김 미국대학위원회 선정 SAT 추천도서 | BBC 선정 꼭 읽어야 할 책
207 브루스터플레이스의 여자들 네일러 · 이소영 옮김
208 더 이상 평안은 없다 아체베 · 이소영 옮김
209 그레인지 코플랜드의 세 번째 인생 워커 · 김시현 옮김 퓰리처상 수상 작가
210 어느 시골 신부의 일기 베르나노스 · 정영란 옮김
211 타라스 불바 고골 · 조주관 옮김
212·213 위대한 유산 디킨스 · 이인규 옮김 서울대 권장도서 100선 | BBC 선정 꼭 읽어야 할 책
214 면도날 서머싯 몸 · 안진환 옮김
215·216 성채 크로닌 · 이은정 옮김
217 오이디푸스 왕 소포클레스 · 강대진 옮김 서울대 권장도서 100선
218 세일즈맨의 죽음 밀러 · 강유나 옮김
219·220·221 안나 카레니나 톨스토이 · 연진희 옮김 서울대 권장도서 100선
222 오스카 와일드 작품선 와일드 · 정영목 옮김
223 벨아미 모파상 · 송덕호 옮김
224 파스쿠알 두아르테 가족 호세 셀라 · 정동섭 옮김 노벨 문학상 수상 작가
225 시칠리아에서의 대화 비토리니 · 김운찬 옮김
226·227 길 위에서 케루악 · 이만식 옮김 《타임》 선정 현대 100대 영문소설 | 《뉴스위크》 선정 100대 명저
228 우리 시대의 영웅 레르몬토프 · 오정미 옮김
229 아우라 푸엔테스 · 송상기 옮김
230 클링조어의 마지막 여름 헤세 · 황승환 옮김 노벨 문학상 수상 작가
231 리스본의 겨울 무뇨스 몰리나 · 나송주 옮김
232 뻐꾸기 둥지 위로 날아간 새 키지 · 정회성 옮김 《타임》 선정 현대 100대 영문소설 | 《뉴스위크》 선정 100대 명저
233 페널티킥 앞에 선 골키퍼의 불안 한트케 · 윤용호 옮김 노벨 문학상 수상 작가
234 참을 수 없는 존재의 가벼움 쿤데라 · 이재룡 옮김
235·236 바다여, 바다여 머독 · 최옥영 옮김
237 한 줌의 먼지 에벌린 워 · 안진환 옮김 《타임》 선정 현대 100대 영문소설
238 뜨거운 양철 지붕 위의 고양이 · 유리 동물원 윌리엄스 · 김소임 옮김 퓰리처상 수상작
239 지하로부터의 수기 도스토옙스키 · 김연경 옮김
240 키메라 바스 · 이운경 옮김
241 반쪼가리 자작 칼비노 · 이현경 옮김
242 벌집 호세 셀라 · 남진희 옮김 노벨 문학상 수상 작가
243 불멸 쿤데라 · 김병욱 옮김
244·245 파우스트 박사 토마스 만 · 임홍배, 박병덕 옮김 노벨 문학상 수상 작가

246 **사랑할 때와 죽을 때** 레마르크 · 장희창 옮김
247 **누가 버지니아 울프를 두려워하랴?** 올비 · 강유나 옮김
248 **인형의 집** 입센 · 안미란 옮김
249 **위폐범들** 지드 · 원윤수 옮김 노벨 문학상 수상 작가
250 **무정** 이광수 · 정영훈 책임 편집 서울대 권장도서 100선
251·252 **의지와 운명** 푸엔테스 · 김현철 옮김
253 **폭력적인 삶** 파솔리니 · 이승수 옮김
254 **거장과 마르가리타** 불가코프 · 정보라 옮김
255·256 **경이로운 도시** 멘도사 · 김현철 옮김
257 **야곱을 둘러싼 추측들** 욘존 · 손대영 옮김
258 **왕자와 거지** 트웨인 · 김욱동 옮김
259 **존재하지 않는 기사** 칼비노 · 이현경 옮김
260·261 **눈먼 암살자** 애트우드 · 차은정 옮김 《타임》 선정 현대 100대 영문소설
262 **베니스의 상인** 셰익스피어 · 최종철 옮김
263 **말리나** 바흐만 · 남정애 옮김
264 **사볼타 사건의 진실** 멘도사 · 권미선 옮김
265 **뒤렌마트 희곡선** 뒤렌마트 · 김혜숙 옮김
266 **이방인** 카뮈 · 김화영 옮김 노벨 문학상 수상 작가 | 미국대학위원회 선정 SAT 추천도서
267 **페스트** 카뮈 · 김화영 옮김 노벨 문학상 수상 작가 | 국립중앙도서관 선정 청소년 권장도서
268 **검은 튤립** 뒤마 · 송진석 옮김
269·270 **베를린 알렉산더 광장** 되블린 · 김재혁 옮김
271 **하얀 성** 파묵 · 이난아 옮김 노벨 문학상 수상 작가
272 **푸슈킨 선집** 푸슈킨 · 최선 옮김
273·274 **유리알 유희** 헤세 · 이영임 옮김 노벨 문학상 수상 작가
275 **픽션들** 보르헤스 · 송병선 옮김 서울대 권장도서 100선
276 **신의 화살** 아체베 · 이소영 옮김
277 **빌헬름 텔 · 간계와 사랑** 실러 · 홍성광 옮김
278 **노인과 바다** 헤밍웨이 · 김욱동 옮김 노벨 문학상 수상 작가 | 퓰리처상 수상작
279 **무기여 잘 있어라** 헤밍웨이 · 김욱동 옮김 미국대학위원회 선정 SAT 추천도서
280 **태양은 다시 떠오른다** 헤밍웨이 · 김욱동 옮김 《타임》 선정 현대 100대 영문 소설
281 **알레프** 보르헤스 · 송병선 옮김
282 **일곱 박공의 집** 호손 · 정소영 옮김
283 **에마** 오스틴 · 윤지관, 김영희 옮김
284·285 **죄와 벌** 도스토옙스키 · 김연경 옮김 미국대학위원회 선정 SAT 추천도서
286 **시련** 밀러 · 최영 옮김
287 **모두가 나의 아들** 밀러 · 최영 옮김
288·289 **누구를 위하여 종은 울리나** 헤밍웨이 · 김욱동 옮김 노벨 문학상 수상 작가 | 《뉴스위크》 선정 100대 명저
290 **구르브 연락 없다** 멘도사 · 정창 옮김
291·292·293 **데카메론** 보카치오 · 박상진 옮김
294 **나누어진 하늘** 볼프 · 전영애 옮김
295·296 **제브데트 씨와 아들들** 파묵 · 이난아 옮김 노벨 문학상 수상 작가

297·298 **여인의 초상** 제임스·최경도 옮김 미국대학위원회 선정 SAT 추천도서
299 **압살롬, 압살롬!** 포크너·이태동 옮김 노벨 문학상 수상 작가
300 **이상 소설 전집** 이상·권영민 책임 편집
301·302·303·304·305 **레 미제라블** 위고·정기수 옮김
306 **관객모독** 한트케·윤용호 옮김 노벨 문학상 수상 작가
307 **더블린 사람들** 조이스·이종일 옮김
308 **에드거 앨런 포 단편선** 앨런 포·전승희 옮김 미국대학위원회 선정 SAT 추천도서
309 **보이체크·당통의 죽음** 뷔히너·홍성광 옮김
310 **노르웨이의 숲** 무라카미 하루키·양억관 옮김
311 **운명론자 자크와 그의 주인** 디드로·김희영 옮김
312·313 **헤밍웨이 단편선** 헤밍웨이·김욱동 옮김 노벨 문학상 수상 작가
314 **피라미드** 골딩·안지현 옮김 노벨 문학상 수상 작가
315 **닫힌 방·악마와 선한 신** 사르트르·지영래 옮김
316 **등대로** 울프·이미애 옮김 《타임》 선정 현대 100대 영문소설 | 《뉴스위크》 선정 100대 명저
317·318 **한국 희곡선** 송영 외·양승국 엮음
319 **여자의 일생** 모파상·이동렬 옮김
320 **의식** 노터봄·김영중 옮김
321 **육체의 악마** 라디게·원윤수 옮김
322·323 **감정 교육** 플로베르·지영화 옮김
324 **불타는 평원** 룰포·정창 옮김
325 **위대한 몬느** 알랭푸르니에·박영근 옮김
326 **라쇼몬** 아쿠타가와 류노스케·서은혜 옮김
327 **반바지 당나귀** 보스코·정영란 옮김
328 **정복자들** 말로·최윤주 옮김
329·330 **우리 동네 아이들** 마흐푸즈·배혜경 옮김 노벨 문학상 수상 작가
331·332 **개선문** 레마르크·장희창 옮김
333 **사바나의 개미 언덕** 아체베·이소영 옮김
334 **게걸음으로** 그라스·장희창 옮김 노벨 문학상 수상 작가
335 **코스모스** 곰브로비치·최성은 옮김
336 **좁은 문·전원교향곡·배덕자** 지드·동성식 옮김 노벨 문학상 수상 작가
337·338 **암 병동** 솔제니친·이영의 옮김 노벨 문학상 수상 작가
339 **피의 꽃잎들** 응구기 와 시옹오·왕은철 옮김
340 **운명** 케르테스·유진일 옮김 노벨 문학상 수상 작가
341·342 **벌거벗은 자와 죽은 자** 메일러·이운경 옮김 퓰리처상 수상 작가
343 **시지프 신화** 카뮈·김화영 옮김 노벨 문학상 수상 작가
344 **뇌우** 차오위·오수경 옮김
345 **모옌 중단편선** 모옌·심규호, 유소영 옮김 노벨 문학상 수상 작가
346 **일야서** 한사오궁·심규호, 유소영 옮김
347 **상속자들** 골딩·안지현 옮김 노벨 문학상 수상 작가
348 **설득** 오스틴·전승희 옮김
349 **히로시마 내 사랑** 뒤라스·방미경 옮김
350 **오 헨리 단편선** 오 헨리·김희용 옮김

세계문학전집은 계속 간행됩니다.